LES NUITS DE NANTUCKET

Elin HILDERBRAND

LES NUITS DE NANTUCKET

Traduit de l'anglais (États-Unis)
par Isabelle St. Martin

Michel LAFON

Du même auteur
Chez le même éditeur

Beach Club

Titre original :
Nantucket Nights

7-13, boulevard Paul-Émile-Victor – Neuilly-sur-Seine Cedex.

Pour mes amis Richard et Amanda Congdon, qui m'ont enseigné la patience, le dévouement et la force de l'esprit humain.

KAYLA

Décembre sur l'île de Nantucket. Un mois de ciels blancs où soufflent les premiers vents froids de l'hiver, un mois que seule la perspective des fêtes de Noël permet de supporter. Lorsque Kayla s'arrête devant la banque Pacific National, au pied du grand pin Douglas, elle voit les tourbillons de neige tapisser les pavés de Main Street aux arbres chargés de lumières scintillantes et tous ces gens, dont elle partage la vie depuis vingt ans, se presser vers l'abri tiède des magasins.

Kayla aussi a des courses à faire. À *Tout pour la cuisine,* elle achète une cuillère à glace destinée au professeur de Luke, et la caissière lui fait déguster un canapé servi sur un plateau d'argent : saumon fumé et pain complet, parsemés de quelques perles noires d'œufs de lump. À *La promenade en traîneau,* on vous offre du vin chaud dans des gobelets en carton. Kayla choisit quelques décorations et des guirlandes lumineuses aux ampoules en forme de coquille Saint-Jacques. À *La boutique du cachemire,* elle craque pour un pashmina cerise qu'elle arborera au dîner du 15 où elle est invitée avec Raoul. La vendeuse l'enveloppe dans un papier de soie crème, ferme le paquet avec des rubans rouges et le glisse dans un élégant sac aux poignées tressées. En regagnant sa voiture, Kayla s'émerveille à l'idée que, en apparence, sa vie semble avoir repris un rythme normal.

Voilà trois mois jour pour jour qu'Antoinette a disparu. Elle ne peut penser à rien d'autre sur le chemin du retour. À l'instant où elle pénètre chez elle, le téléphone sonne. Elle ne parvient toujours pas à décrocher, parce qu'elle a peur.

– *Peur de quoi ?* lui a souvent demandé Raoul.

Très exactement de ceci. Elle attend que le répondeur se mette en marche et elle entend une voix :

– Kayla. C'est Paul Henry. J'ai du nouveau. Rappelez-moi, s'il vous plaît.

Elle efface le message et se met à faire les cent pas sans lâcher son sac. Elle est contente de se trouver seule à la maison. Personne d'autre n'a entendu la communication.

J'ai du nouveau.

Peur de quoi ?

Peur que tout ne redevienne pas comme avant. Antoinette, la femme que Kayla considérait naguère comme sa meilleure amie, a disparu au large de Great Point, le dernier vendredi d'août.

Antoinette est-elle morte ? Ou non ? Impossible de le savoir.

Jusqu'à maintenant.

Ce vendredi-là, veille du week-end du Labor Day, le téléphone sonna à 14 heures. Kayla était en train de déjeuner, une moitié de sandwich à la tomate et huit chips light, tout en feuilletant le catalogue des *Jardins Hollandais,* à la recherche de tulipes pour le printemps. Elle décrocha le téléphone de la cuisine. C'était la secrétaire de son amie Valerie Gluckstern.

– Je vous passe Val, dit la jeune femme.

Vingt secondes plus tard, Val prenait la communication. Kayla l'entendit fermer la porte de son bureau. Val ne répondait à ses appels privés que dans des pièces hermétiquement closes.

– Kayla ?

– Oui, maître, dit Kayla en se léchant les doigts.

– Tu as eu Antoinette ?

– Pas encore.

– Mais ça tient toujours pour ce soir ? 23 h 30 tapantes ? Tu conduis ?

– Comme promis.

– Ouf ! Je suis tellement contente que j'en exploserais de joie. Je dois avoir dans les seize liquidations, ce mois-ci, mais ça m'est égal. John a dit je ne sais plus quoi, cette nuit, qu'il voulait encore se présenter aux municipales au printemps, mais ça ne m'a rien fait.

– Et ce soir tu vas nous dire qui te met dans une telle joie ? Qui est M. Mystère ?

– Comme promis ! répéta Valerie à son tour. J'apporte le champagne. Tu as pris du fromage ?

– J'y vais cet après-midi. La semaine dernière, j'ai demandé à Antoinette de se charger des langoustes, mais je vais lui téléphoner pour le lui rappeler.

– Ce soir, c'est la pleine lune. C'est d'un romantique ! Jamais la Nuit des Sirènes n'était tombée à la pleine lune.

– Non, en effet.

– Ce sera la première fois en vingt ans. Tu te rends compte ? Vingt ans ! Ce qu'on est vieilles !

Val laissa échapper un long soupir qui siffla dans le téléphone, comme si elle fumait. Mais Kayla savait que son amie ne touchait plus aux cigarettes.

– Tu fais de la gym ? demanda-t-elle.

– Vingt levers de poids tous les jours, pour me faire les biceps. On peut lutter contre l'âge, tu sais.

– Ça dépend. Pour moi, c'est trop tard, j'en suis à rationner mes chips. Je compte ma portion autorisée, je referme le paquet et je le planque.

– Je connais.

– Arrête ! Tu n'as jamais dépassé la taille 36 !

– 38.

– J'envie toutes les quadragénaires qui ne dépassent pas le 42.

Kayla entendit un poids heurter le sol et Val ajouta :

– Je n'aime pas t'entendre te plaindre de ton tour de taille.

– Je n'y peux rien.

Elle n'en dit pas plus car elle entendit sonner le second téléphone du bureau de Val – sûrement un important appel d'affaires, encore de l'argent à gagner.

– Allez, dit-elle. Je te laisse. À ce soir !

Elle raccrocha et reprit son déjeuner ainsi que les soixante-dix variétés de jonquilles sur lesquelles elle planchait, mais son esprit vagabondait encore sur sa conversation avec Val.

Son amie venait de passer le plus clair de son été à entretenir une mystérieuse liaison. Avec quelqu'un que tout le monde connaissait, disait-elle, mais dont elle ne voulait pas dévoiler le nom. Voilà des mois que Kayla tâchait de découvrir qui pouvait être l'heureux élu – Charlie, propriétaire du marché aux poissons ; Thebaud, le commissaire ; Alan, le facteur. Non, non, non, répondait Val. L'autre meilleure amie de Kayla, Antoinette, refusait, quant à elle, de jouer aux devinettes.

– J'ai mieux à faire que de spéculer sur les amours illicites de Valerie, expliqua-t-elle. Par exemple m'offrir ma propre liaison défendue.

Kayla se versa un verre de limonade qu'elle but lentement. La maison était calme et, un court instant, elle se sentit presque seule, la dernière femme au foyer de toute l'Amérique. Son mari construisait la plus grande demeure qu'ait jamais connue l'île de Nantucket, ses quatre enfants profitaient dehors de leurs derniers jours de liberté avant la rentrée, et ses deux meilleures amies menaient des vies débordantes d'énergie sexuelle – des mains étrangères glissées sur leurs cuisses, l'électrique émotion d'un premier baiser. Kayla ne connaissait plus ces sensations, enfouies dans son passé. Sagement, elle rangea son assiette et son verre dans le lave-vaisselle.

Bien qu'il lui arrivât se s'apitoyer sur son sort, Kayla n'avait pas une existence particulièrement sinistre. Certes, Nantucket était petite, isolée à quelque cinquante kilomètres des côtes américaines, mais elle comptait d'immenses plages, des hectares de lande peuplée d'étangs et une charmante ville aux rues pavées, aux églises flanquées de clochers, aux demeures historiques bâties au XIXe siècle grâce aux fortunes des baleiniers. Il fut un temps où tout ce qui se passait d'important en été ne pouvait arriver que sur Nantucket. La saison chaude en faisait un coin de paradis mais c'était aussi vrai pour le reste de l'année et Kayla plaignait ceux qui ne connaissaient pas ces jours d'octobre, pourpres et craquants comme une pomme, ou la neige qui recouvrait les rues comme un tapis pour Noël, ou les phoques qui dormaient sur les rochers au large des jetées et faisaient claquer leurs nageoires devant les passagers du ferry dans le port glacé par l'hiver. Il restait vrai, cependant, que les plus grands événements se produisaient en été, ce qui s'était encore vérifié cette année, même pour une femme au foyer comme Kayla.

En juin, son mari, Raoul Montero, architecte-entrepreneur, avait décroché la plus grosse commande jamais passée sur Nantucket – la demeure des Ting à Monomoy. Val représentait Pierre et Elisabeth Ting lorsqu'ils avaient acheté ce terrain pour six millions de dollars ; la demeure qu'ils comptaient y bâtir allait coûter dix millions. Le jour où Raoul avait appris que le contrat lui revenait, il était rentré déjeuner, chose qu'il faisait rarement. Kayla était en train de désherber le potager, en short et haut de bikini, les genoux encrassés de terre. Juste avant que Raoul se gare, elle se grisait de liberté. Ses enfants étaient tous ailleurs : son fils aîné, Theo, travaillait à mi-temps comme agent de passerelle pour Island Airlines, ses filles, Jennifer et Cassidy, faisaient du baby-sitting, et le petit dernier, Luke, allait en centre aéré tous les jours jusqu'à 16 heures. Après dix-neuf ans de mariage, elle disposait tout d'un coup d'une belle journée d'été pour elle toute seule ; elle fit des plantations, s'enivrant de senteurs de romarin et de basilic, écoutant Cat Stevens chanter *Oh Very Young* à la radio de la cuisine. Tout d'un coup, elle vit la camionnette rouge à plateau de Raoul, sa chère Chevrolet, s'arrêter devant le garage.

– J'ai le contrat Ting ! annonça-t-il en franchissant en un clin d'œil la distance qui le séparait d'elle.

– Bravo ! s'exclama-t-elle. Quelle chance !

– Ce n'est pas une question de chance, ma puce : tout est dans le talent.

Il avait certes de la chance mais en plus, il était béni des dieux. Grand et athlétique, il arborait le teint mat et les cheveux noirs des Hispaniques, avec des yeux marron doré. Leurs enfants l'adoraient et l'imitaient en toute chose. Kayla n'en revenait toujours pas : elle avait enfanté de quatre clones de son époux. À croire qu'elle n'était pour rien dans leur conception, à croire qu'elle n'était qu'une touriste sur leur planète.

Raoul la souleva dans ses bras. Non pas qu'elle ait été petite ni fluette mais, ce jour-là, lorsqu'il l'emporta dans la maison, elle eut l'impression de faire un petit 36.

– Tu étais seule ? demanda-t-il.

– Oui.

Il ne la déposa qu'une fois monté dans la chambre, après avoir dénoué son haut de bikini avec les dents. Il l'étendit sur le lit, tira son short et sa culotte sur ses genoux sales. Nantucket était une petite île et des rumeurs avaient couru sur deux éventuelles liaisons extraconjugales de Raoul. Kayla refusait de les écouter. Il émit un léger sifflement.

– Tu es belle, Kayla !

– Je suis contente que tu aies décroché le contrat. Je sais combien tu y tenais.

– Nous y tenions tous les deux, non ?

– Si. Toute la famille, en fait. Quand les enfants seront au courant, ils vont être fous de joie.

Peut-être était-ce le souvenir de cette heure délicieuse passée à faire l'amour en plein jour avec son mari, ou celui de sa discussion sur les liaisons de ses amies, toujours est-il que Kayla, après avoir raccroché sa communication avec Val, décida d'aller voir Raoul sur son chantier.

Monomoy offrait un paysage à couper le souffle, l'endroit idéal pour édifier une demeure à dix millions de dollars. La propriété des Ting comprenait un front de mer de cent cinquante mètres, dont une plage, un appontement et une vue plongeante sur le port de Nantucket et la ville, ses clochers, ses quais et le phare rouge de Brant Point. Sans doute Pierre Ting avait-il battu un record en achetant si cher son terrain mais ce n'était encore qu'une goutte d'eau dans l'océan des avoirs du roi hongkongais du matériel d'échafaudage. La plupart des résidents n'appréciaient pas qu'une famille ultra-fortunée se soit emparée d'un des plus beaux endroits de l'île alors qu'elle ne comptait y passer que quelques semaines par an. Raoul s'était fait étriller par certains de ses confrères ainsi que par les promoteurs qui lui reprochaient d'avoir accepté le chantier de « la cathédrale », comme tout le monde l'appelait.

– Ils sont jaloux, répondait-il. Si on le leur avait proposé, ils se seraient jetés dessus.

Kayla se gara dans le parking improvisé, entre cinq camionnettes, mais ne vit pas la Chevrolet de Raoul. Alors elle se souvint que son mari la prêtait parfois à son équipe pour aller chercher du matériel ou des sandwichs. Elle descendit de sa voiture. Une grande benne jaune servait de décharge, parmi des planches, des outils et des canettes vides. Kayla se dirigea vers la maison. Elle était fière des plans de Raoul, bien qu'elle se sente parfois secrètement d'accord avec les insulaires qui les trouvaient quelque peu ostentatoires. Raoul lui avait fait visiter le chantier. Le vestibule lui avait paru extraordinairement clair et spacieux, assez haut pour qu'on puisse y planter un arbre, ainsi que l'avaient prévu les Ting – un cerisier japonais qui répandrait ses fleurs mauves sur le sol de marbre. Ensuite, on pénétrait dans le grand salon, puis dans la salle à manger avec ses placards destinés à recevoir les services en porcelaine, la cuisine équipée de trois foyers avec leurs superstructures de granit rose, l'office, le petit salon où seraient installés télévision, lecteur de DVD et un chargeur de cinq cents CD, l'atrium qui recevrait la piscine couverte. Un large escalier menait au premier où se succédaient les cinq chambres d'amis, la salle de jeux des enfants, la suite des parents avec sa chambre, ses deux

les Rencontres Culturelles de
La Catounière à Bouyon
Festivals : tous les 2 mois
Rencontres : tous les samedis
>Rencontres musicales
>Cours et stages de théâtre
>Résidence de formation artistique
>Fêtes calendaires
>Soirées privées
>Fêtes des pitchouns
>Séminaires et conférences
Détails au verso
Choisissez votre formule
en réservant au :
04 93 59 07 15
www.Ringo2D.com
103.4 FK Fréquence K
EUROSON
Paris • Toulouse • Nice
BOUYON
PiC

salles de bains (pour lui et pour elle), son bureau, son salon et ses quatre penderies (dont une réservée aux seules chaussures d'Elisabeth Ting). Onze balcons ornaient la façade et un patio de deux cent cinquante mètres carrés menait à la piscine découverte, au jacuzzi et à la plage.

C'était le plan le plus audacieux que Raoul ait jamais dessiné ; *Architectural Digest* avait déjà téléphoné pour venir faire des photos dès que la demeure serait construite. Mais, pour le moment, ce n'était encore qu'une ébauche aux murs de Placoplâtre et aux sols de contreplaqué couverts de copeaux. Ça sentait merveilleusement bon, comme toujours le bois fraîchement coupé. C'était l'odeur de Raoul et Kayla la préférait à toute autre.

Quelqu'un lui effleura le dos. Elle fit volte-face. C'était Jacob Anderson, l'un des ouvriers de Raoul. Les cheveux frisés et les yeux verts, il était beaucoup trop beau, malgré son jean et ses bottes de travail. Lorsque Kayla l'aperçut, deux mots lui dansèrent dans l'esprit : *liaison illicite,* et elle se sentit rougir.

– Jacob ! Vous m'avez fait peur.

– Ah oui ?

Kayla s'éclaircit la gorge.

– Est-ce que… Euh… Raoul est là ?

Il secoua sa belle tête coiffée d'une casquette de base-ball dont s'échappaient quelques boucles trempées de sueur.

– Il est allé voir quelque chose en ville.

– En ville ?

– Oui, c'est ce qu'il a dit. Il ne savait pas trop à quelle heure il allait rentrer.

– Ah ! murmura Kayla.

Elle plissa le front, même si ce n'était pas beau, haussa les sourcils pour tâcher d'y remédier. Elle n'avait aucune raison de s'inquiéter, Raoul avait certainement mille raisons d'aller en ville – bureau du Bâtiment, poste, banque…

Il lui décocha un sourire espiègle et charmant.

– Puis-je vous faire visiter la maison ?

– Merci, mais c'est déjà fait. Raoul me l'a montrée il y a quelques semaines.

– Attendez, que je vous montre quand même le premier étage. Ça a beaucoup changé depuis.

– Une autre fois.

– Oh, Kayla, vous me brisez le cœur !

Et là, il fit quelque chose d'incroyable : il lui posa un doigt sur la bouche. Elle se dit, *il va m'embrasser,* et se demanda où avait disparu le reste de l'équipe – cette bâtisse était grande, la personne la plus proche pouvait se trouver à trente-cinq mètres de là.

– Chips ! s'exclama-t-il.

Il brandit sous ses yeux l'objet du délit : une petite miette jaune qui devait rester de son déjeuner. Elle poussa un soupir.

– Je plaide coupable.

Prudemment, elle battit en retraite et ajouta :

– Bon, quand vous verrez Raoul, soyez gentil de lui dire que je suis passée.

Elle avait presque atteint la sortie quand elle se rappela autre chose :

– Pourriez-vous lui rappeler que j'ai ma Nuit des Sirènes, ce soir ?

– Votre… Nuit des Sirènes ?

– C'est ça. Il comprendra.

– Mais moi, je ne comprends pas. Il s'agit d'une sorte de société secrète ? D'une sauterie entre copines qui vous oblige à ôter vos vêtements ?

Il se lécha le doigt censé avoir recueilli le morceau de chips d'une façon affreusement suggestive et Kayla le planta là tout en se disant qu'il avait visé juste. Mais plutôt mourir que de le lui avouer.

Elle reprit sa voiture sans cesser de penser au morceau de chips, au toucher délicat de Jacob, à Raoul qui était parti en ville et qui ne savait pas quand il rentrerait. Une énorme appréhension s'empara d'elle au souvenir des rumeurs qui avaient couru sur son mari quelques années plus tôt : Raoul avec Pamela Ely – une belle brune aux longues jambes et au nez retroussé – puis avec la pulpeuse Missy Tsoulakis, âgée de dix-neuf ans. Rien n'était jamais venu corroborer ces racontars mais impossible de les oublier alors que toute la ville en parlait, alors que Pamela Ely détournait systématiquement les yeux lorsqu'elle croisait Kayla au supermarché. Pour Raoul, rien n'était plus facile que de déclarer à son équipe : « Je pars en ville. Je ne sais pas quand je rentrerai. »

Kayla avait mal partout.

Ce que tu peux être bête et prévisible ! se dit-elle. Entre cette fichue pomme chips et Jacob dans son jean maculé de peinture (un jean ! rien n'allait mieux à un homme...) et Valerie qui trompait son mari et Antoinette, qui ne trompait personne parce qu'elle n'était liée à personne, mais qui avait laissé entendre qu'elle menait une vie sexuelle débridée, ces derniers temps, Kayla se prenait à soupçonner tout le monde. Il lui était arrivé, en regardant Raoul dormir, de lui toucher le sexe et de le trouver dur ; alors elle se demandait, *est-ce qu'il rêve de moi ?* Comment s'en assurer ? Raoul passait son temps à lui répéter qu'elle était belle, mais ses quatre maternités lui avaient fait prendre du poids et elle menait une bataille constante contre les kilos. Elle n'était pas mal, pour quarante-deux ans, mais pas extraordinaire non plus – il y avait forcément des femmes, sur cette île, dix fois plus séduisantes qu'elle grâce à la gymnastique, à la chirurgie esthétique et à l'hérédité. Peut-être était-elle trop sensible, peut-être ferait-elle mieux de lire les bouquins abracadabrants de Val – *Vous êtes superbe mais pas tant que moi ; Comment devenir sensationnelle en dix leçons ; Cessez de vous ronger les ongles et retroussez-vous les manches.* Soudain un sentiment de réconfort la submergea : la camionnette rouge de Raoul arrivait dans sa direction.

Ils s'arrêtèrent au milieu de la route. Raoul baissa la radio en souriant.

– Bonjour, chérie !

Elle détacha sa ceinture et se pencha par la fenêtre jusqu'à pouvoir l'embrasser. Il sentait la même odeur que d'habitude.

– Où étais-tu ? demanda-t-elle.

– À la mairie. Pour vérifier certains droits de passage. Je suis tombé sur Valerie qui m'a rappelé votre petite séance de spiritisme de ce soir.

Kayla reprit sa place au volant.

– On ne va pas faire tourner les tables, Raoul.

Il jeta un coup d'œil dans son rétroviseur, mais personne ne venait. Même en été, on pouvait s'asseoir au milieu de la route et bavarder sans risquer d'être dérangé.

– Justement, s'insurgea-t-il, j'aimerais bien savoir ce que vous fabriquez toutes les trois, dehors, en pleine nuit.

– Je m'en doute, mais ça ne te regarde pas.

– Je sais, c'est une question d'œstrogènes. Tant pis pour les hommes… Dis-moi, comment allait Theo, ce matin ?

– Pareil. Je lui ai demandé s'il était content de retourner au lycée la semaine prochaine et il n'a pas répondu. Je l'ai prié de passer chercher Luke ce soir et j'ai eu tout juste droit à une sorte de grognement.

Raoul s'adossa à l'appui-tête.

– Écoute, comme je ne travaille ni dimanche, ni lundi, je vais l'emmener à la pêche et nous pourrons discuter tous les deux entre hommes.

– Espérons que ça marchera.

– À quelle heure pars-tu, ce soir ?

– À 23 h 15. Je rentrerai à l'aube, avant ton départ.

– Bon.

Il lui envoya un baiser du bout des doigts et redémarra.

Il était 15 h 30, ce qui laissait à Kayla le temps de passer chez le traiteur chercher des framboises et du fromage. Elle choisit une bonne tranche de Saint-André et deux baguettes saupoudrées de farine. Elle se laissa également tenter par des olives, des poivrons rouges et des champignons marinés, de ces petites merveilles qui ne risquaient pas de plaire aux enfants. Elle lorgna la salade de poulet ainsi qu'une crème de concombres à l'aneth, et en prit deux bonnes portions. Elle quitta le magasin à 15 h 58 et se dirigea vers l'école pour vérifier comment réagissaient ses garçons.

Elle n'aimait pas beaucoup faire ça mais l'attitude étrange de Theo, depuis un mois, ne lui laissait pas le choix. Elle emprunta plusieurs petites rues afin de passer devant l'école à 16 h 10 et, effectivement, elle repéra Luke dans son tee-shirt vert du centre aéré de Nantucket, armé de deux gâteaux sur une assiette en carton et d'un ballon mauve. Son fils de cinquante ans dans un corps de gamin de huit ans... À croire que Luke était né adulte. Il aimait l'ordre, il aimait se conformer aux règlements, il aimait la ponctualité. Dès l'âge de trois semaines, il avait saisi les horaires que tentait de lui faire respecter Kayla et, plus tard, il refusa de manger tant qu'on ne lui avait pas posé de bavoir. Kayla avait lu quelque part que le benjamin d'une famille avait tendance à jouer les farfadets sans attache, mais ce n'était pas le cas pour celui-ci. À ses yeux, c'était le plus susceptible de développer un ulcère. L'inanité du monde qui l'entourait le laissait toujours pantois.

Kayla se gara en double file et Luke ouvrit la portière du côté passager. L'assiette de gâteaux recouverte d'un film de plastique atterrit sur la place centrale et le ballon rebondit à l'arrière.

– Theo n'est pas venu, annonça l'enfant.

L'air de dire : *Les jeunes d'aujourd'hui ! On ne peut pas compter sur eux...*

– Il n'est que 10, remarqua sa mère en faisant un créneau dans une place libre. Laissons-lui le bénéfice du doute. On va l'attendre cinq minutes, il peut encore arriver.

Luke poussa un soupir et attacha sa ceinture. Une petite tache rose de jus de fruits lui maculait la lèvre. Il tapa ses baskets contre le tapis de la voiture.

– Alors, demanda Kayla. Comment s'est passée ta dernière journée au centre ? Vous avez eu un goûter d'adieu ?

Luke hocha la tête et croisa les bras.

– Je suppose que tu seras content de ne plus porter ce tee-shirt, reprit-elle. Tu veux qu'on en fasse un chiffon ?

Il tira sur le tissu, le renifla :

– Je te conseille de bien le laver d'abord.

Ils regardèrent passer les voitures. Les gens quittaient la plage dans des Jeeps découvertes, laissant sécher leurs serviettes au grand air. Les employés de bureau rentraient chez eux. Quelques klaxons retentirent joyeusement. C'était le début d'un long week-end de fête. Le dernier de cette période de vacances.

– Maman, tu vois bien que Theo n'arrive pas.

Kayla mit le moteur en marche.

– D'accord. On s'en va.

Comme prévu, la Jeep de Theo était garée devant la maison. Luke se mordit les lèvres pour ne rien dire et Kayla préféra en faire autant. Ils trouvèrent Theo en short de bain, tranquillement installé à se couper les ongles des pieds. Il ne leva pas la tête à leur arrivée.

– Salut ! lança Kayla.

Tandis qu'elle rangeait ses achats dans le réfrigérateur, son fils aîné s'approcha et intercepta la crème de concombres ; avec une fourchette, il l'attaqua à même sa boîte de plastique. Luke le considérait d'un œil noir, comme s'il disait : *sauvage !*

Il inscrivit son nom en capitales sur un bout de papier qu'il glissa sous le film protégeant son assiette de gâteaux.

– C'est à moi ! déclara-t-il.

– Crève ! rétorqua Theo.

Luke consulta sa mère du regard : *Tu ne vas pas tolérer ça ?* semblait-il dire.

– Theo ! lâcha Kayla d'un ton qui se voulait dénué de tout reproche. Cette salade est pour tout le monde.

– Tu mets tes microbes dedans, avec ta fourchette ! râla Luke.

Theo s'arrêta, toisa son petit frère :

– Toi, tu dégages !

Kayla préféra faire sortir le gamin, qui lui glissa au passage :

– Tu as oublié de le gronder parce qu'il n'était pas venu me chercher.

– Non, j'attends le bon moment.

– Je vais le dire à papa.

– Moi aussi.

Ce qui parut satisfaire Luke.

Les filles étaient dans le salon, Jennifer regardant la télé, Cassidy plongée dans le dernier *Harry Potter* tout en finissant le paquet de chips.

– Arrête de manger ça ! s'écria Jennifer. C'est du pur poison !

Cassidy haussa les épaules.

– Ça va les filles ? lança Kayla.

– Theo a oublié de venir me chercher, annonça Luke.

– Et alors ? demanda Jennifer.

Cassidy ne leva pas la tête de son bouquin. Les deux sœurs semblaient sortir droit d'un article illustrant les diverses étapes de l'adolescence. À quatorze ans, Jennifer était déjà une petite femme : les seins formés, de longs cheveux noirs et brillants, une voix gutturale. Elle s'inquiétait de son poids et de sa peau, lisait la composition de tous les aliments qu'elle mangeait. Cassidy, quant à elle, avait onze ans et faisait encore très petite fille avec ses rondeurs enfantines et cette façon de vous regarder droit dans les yeux sans ciller. Quand elle recevait ses amies, c'était pour lire ou jouer avec sa maison de poupées.

Kayla aimait tellement ses enfants qu'elle les embrassa tous les trois, d'abord la lèvre au jus de fruits de Luke, puis la joue rebondie de Cassidy et enfin, rapidement, la chevelure parfumée de Jennifer.

Theo fit son entrée, toujours en train de manger les concombres à la crème.

– Qu'est-ce que vous foutez ?

Du coup, ses trois frère et sœurs semblèrent s'insurger : *Tu ne vas pas tolérer ça ?*

À cet instant, le téléphone sonna.

*
* *

– Kayla ?

C'était Antoinette. Elle possédait la voix la plus sensuelle de la planète, suave et fruitée comme un chocolat de Noël.

– Bonjour !

– Qu'est-ce qui se passe ?

– Tu dois apporter les langoustes, lui rappela Kayla.

Elle regarda la pendule de la cuisine : 16 h 30.

– Tu peux t'en charger ? ajouta-t-elle. Sinon, j'envoie Theo chez East Cost Fish. Il me doit un service.

Elle se retourna et se trouva nez à nez avec son fils aîné. Il était tellement beau – cheveux bruns blondis par le soleil, pupilles marron doré et un fabuleux bronzage : le portrait de son père jeune. Il la regardait de ce drôle d'air qu'elle lui avait déjà vu, comme s'il savait sur elle des choses qu'elle-même ignorait.

– Je m'en charge, répondit Antoinette. J'ai le temps.

– Bon, d'accord.

Cependant, Luke ouvrait les portes coulissantes donnant sur la terrasse et laissait s'envoler son ballon. Kayla posa la main sur l'écouteur.

– Luke, mon chéri, pourquoi as-tu fait ça ?

L'enfant rentra, passa devant Theo d'un air indigné et s'éloigna sans mot dire.

– Tu n'as pas besoin de deux gosses pour le week-end ? marmonna Kayla au téléphone.

– Non, répondit Antoinette, j'ai déjà le mien.

– Le tien quoi ?

– Mon gosse.

Kayla se tut. Elle savait qu'Antoinette avait eu autrefois une fille qu'elle avait fait adopter.

– Tu veux dire… finit-elle par souffler.

– Elle a téléphoné il y a quelques jours. Elle s'appelle Lindsey. *Lindsey.* Un nom de Blanche par excellence.

– Elle est blanche ?

Theo fixait toujours sa mère d'un air mauvais et elle couvrit de nouveau l'écouteur :

– Tu permets ?

– Oui, lâcha-t-il froidement.

Elle sortit sur la terrasse, cherchant du regard le ballon de Luke mais il avait disparu.

– Elle n'était pas blanche, quand je l'ai eue, continuait Antoinette. Ni blanche, ni noire. Elle était… disons qu'à l'époque je la trouvais couleur bouchon. Tu vois, je bois trop. Cette histoire m'a complètement retournée.

– J'imagine. Alors, elle vient ce week-end ?

– Demain. J'ai essayé de lui expliquer que je vivais en pleine forêt, sur une île à cinquante kilomètres de la côte, que je n'étais pas très liante, mais ça n'a pas eu l'air de beaucoup l'impressionner.

Mal à l'aise, Kayla se retourna pour découvrir à nouveau Theo sur le rail des portes coulissantes, qui continuait de la regarder.

– On en reparlera ce soir, si tu veux, se hâta-t-elle de dire à Antoinette. Il faut que j'y aille, maintenant.

– Des queues de langoustes ?

– Oui.

– Tu me prends à minuit moins le quart ?

– Pile.

Kayla raccrocha et Theo parut aussitôt se désintéresser d'elle. Il referma la boîte de concombres et la remit dans le réfrigérateur puis rangea sa fourchette dans le lave-vaisselle. Un petit garçon modèle. Il s'éclipsa, laissant sa mère réfléchir au cas d'Antoinette, de cette fille disparue qui reparaissait. Que pouvait-on ressentir quand on abandonnait un bébé ? À quoi pouvait ressembler son enfant ? Son amie ne lui avait jamais dit si son mari était noir ou blanc et Kayla n'avait jamais osé le lui demander. Couleur bouchon ? Qu'est-ce que cela pouvait signifier ? Plus blanc que noir ? Plus noir que blanc ?

Au fait, pourquoi cette question la titillait-elle ? Theo reparut avant qu'elle ait trouvé la réponse. Il était en tee-shirt et en tongs et faisait sauter entre ses doigts les clefs de sa voiture.

– Tu sors ? interrogea-t-elle.

Bien entendu, il ne répondit pas. Inutile, donc, de lui demander où il allait ou s'il rentrerait pour dîner. Il sauta dans sa Jeep et démarra. Kayla le regarda s'éloigner.

– Tu crois qu'ils vont tous se conduire comme ça ?

Kayla venait de raconter à Raoul comment Theo avait oublié Luke, comment il lui parlait, comment il la dévisageait et ne lui répondait pas. Cela n'avait que trop duré.

Face à elle, devant son dîner inachevé, Raoul s'adossa à sa chaise qui grinça. 22 heures allaient sonner. Luke et Cassidy étaient montés se coucher, Jennifer dormait chez une amie, Theo n'avait pas reparu. Kayla et Raoul finissaient les salades à la lumière des bougies.

– Je ne sais pas, Kayla.

– Tu crois qu'on devrait lui supprimer la voiture ?

– Tu serais obligée de l'emmener à ses cours. Non, ce serait nous punir nous-mêmes.

– Il faudrait quand même que tu lui parles. Il a peut-être juste besoin d'une petite mise au point de ta part. Emmène-le à la pêche et vois avec lui.

– Peut-être, dit Raoul.

Il se frotta les yeux.

– Ça lui passera, Kayla.

C'est facile à dire, songea-t-elle, *tu n'es jamais là.* D'autant que Theo semblait lui en vouloir à elle en particulier. L'été avait pourtant si bien commencé ! Theo travaillait à l'aéroport et s'y rendait dans sa Jeep. Avait-elle besoin d'une dernière course ? Son fils se précipitait pour l'aider. Il accompagnait ses amis et d'innombrables filles aux soirées et aux feux de camp sur la plage. Il n'était pas loin de devenir le garçon le plus populaire du lycée, et, lorsqu'il obtint sa voiture, le téléphone ne cessa plus de sonner. Kayla aurait largement pu passer ses journées à jouer les secrétaires de M. Theo Montero.

Et puis, à la fin du mois de juillet, quelque chose s'était détraqué. L'humeur de Theo avait tourné, façon lait caillé. Il ne répondait plus aux coups de fil de ses amis, il disparaissait de longs moments sans explication, jurait comme un soutier, s'enfermait dans sa chambre des heures durant.

Kayla avait beau chercher, elle ne voyait pas ce qui avait pu lui arriver ; à cette époque de l'année, on vivait dehors. Le soleil se levait tôt, on se nourrissait de grillades, les enfants allaient en centre aéré, le téléphone sonnait à travers les fenêtres ouvertes. Un soir que leur fils aîné était sorti, Kayla et Raoul fouillèrent sa chambre ; elle s'en voulait de recourir à une telle extrémité, jamais elle ne se serait crue capable d'ouvrir ses tiroirs, de soulever son matelas, d'inspecter son sommier. Ils s'attendaient à découvrir de l'herbe ou des canettes de bière, mais ils ne mirent même pas la main sur un numéro de *Playboy.* Tout juste trouvèrent-ils, dans la pagaille, des gants de base-ball, des caleçons et un exemplaire de *La Lettre écarlate*. Raoul prit le livre.

– J'ai dans l'idée que Hawthorne n'a rien à voir dans tout ça.

Kayla se disait que ce n'était qu'une mauvaise passe. Son fils avait dix-huit ans, un an de plus que ses camarades de classe car il avait dû redoubler à cause d'une mononucléose ; si bien que la plupart de ses amis avaient pris de l'avance sur lui et quittaient l'île pour entrer à l'université. En outre, il devait encore souffrir de douleurs de croissance.

Une nuit, au début de ce changement d'attitude, elle était tombée sur Theo dans la cuisine. Torse nu, éclairé par la seule lumière du réfrigérateur ouvert, il buvait du lait à la bouteille. Un instant, elle observa sans rien dire ce beau garçon en colère, son fils.

– Theo, qu'est-ce qui te tracasse comme ça ?

Il s'arrêta de boire.

– Toi, rétorqua-t-il hargneusement.

– Tu t'es disputé avec tes amis ? Il t'est arrivé quelque chose au travail ?

Il ne répondit pas.

– Dis-moi ce qui se passe, insista-t-elle.

Il rangea le lait, remonta dans sa chambre et claqua la porte.

Quinze jours plus tôt, au cours de son bilan annuel de santé, Kayla avait dit au Dr Donahue que le comportement de Theo l'empêchait de dormir. Leur médecin de famille aurait pu prendre sa retraite depuis longtemps, mais il préférait continuer à travailler et s'était fait la réputation de déceler tous les maux dont pouvaient souffrir ses patients, qu'ils le sachent déjà ou non. En l'occurrence, il prescrivit un sédatif à Kayla.

– Quel âge a-t-il, ce garçon ? Dix-huit ans ? Il va bientôt quitter la maison.

Une heure plus tard, Raoul dormait comme un loir tandis que Kayla se préparait pour sa Nuit des Sirènes. Elle enfila un pantalon de survêtement, un tee-shirt rouge au logo de MONTERO BÂTIMENT et des tennis. En sortant sur la terrasse, elle vit le jardin baigné du clair de lune. La première Nuit des Sirènes à la pleine lune. Peut-être fallait-il y voir un signe.

*
* *

Kayla avait vingt-deux ans quand elle débarqua sur Nantucket. Comme elle n'y connaissait personne, elle loua pour l'été une chambre dans un pavillon de Hooper Farm Road. C'était une petite baraque biscornue mais quand on sortait d'un foyer d'étudiants du Massachusetts, tout le reste prenait des allures de château. Ses deux voisines de couloir s'appelaient Valerie McIntyre et Antoinette Riley. Comme Kayla, Valerie sortait de la faculté et comptait poursuivre son droit à l'université de New York. Elle comptait aussi sortir avec les plus beaux garçons de sa promotion, impressionner ses professeurs et vite se faire engager dans quelque prestigieux cabinet de Manhattan, à moins de devenir elle-même juge ou procureur. Tout cela dans l'optique de se marier un jour, d'avoir des enfants et d'ouvrir son propre cabinet à Nantucket. Kayla admirait l'ambition de son amie ; quant à elle, elle n'avait pas de projets aussi grandioses. Il lui suffirait de s'acheter une bicyclette et de se trouver un emploi, peut-être un copain, puis de se laisser porter par la vague de l'été.

Antoinette avait trois ans de plus que Kayla et Val ; brune, le teint mat, elle leur raconta sa vie dès le jour de son installation :

– Je suis aux trois quarts afro-américaine et un quart française, d'ancêtres huguenots qui ont fui les guerres de religion. Voilà, comme ça vous savez tout de moi, alors inutile de me regarder bêtement.

Kayla convint qu'elle devait la regarder bêtement. Jamais elle n'aurait cru avoir une voisine black. Maintenant, elle en était enchantée. Valerie, qui se nourrissait déjà de manuels pratiques, déclara d'un ton sentencieux :

– C'est ce qui fait la différence entre Antoinette et nous, et ça n'a rien à voir avec la couleur de la peau. Toi et moi, nous sommes des fusibles, comme la plupart des gens. Tandis qu'elle tient plutôt du disjoncteur. Avec elle, ça passe ou ça casse. Elle doit aimer la solitude.

Jugement qui eut tôt fait de s'avérer : Kayla et Valerie devinrent vite amies. Elles trouvèrent chacune une place de vendeuse, Kayla chez Murray's, une boutique de mode, Valerie dans une bijouterie. Elles passaient leurs journées de congé à la plage et leurs soirées à danser au *Chicken Box*. Kayla appréciait infiniment cette nouvelle amitié mais n'aimait pas tenir Antoinette à l'écart. En fait, ça *avait* à voir avec la couleur de peau – ces deux Blanches qui laissaient leur copine noire à la maison. Cependant, Kayla proposait toujours à Antoinette de les accompagner – au cinéma, au bar, à la plage – mais celle-ci refusait systématiquement, du même ton railleur et catégorique :

– Non... Merci, ajoutait-elle après une courte pause.

Contrairement à ses voisines, Antoinette ne travaillait pas. Encore une chose qu'elle expliqua dès leur première rencontre : elle venait à Nantucket pour se « guérir ». De quoi au juste ? Ce fut une interminable source de spéculations entre Kayla et Valerie. En tout cas, Antoinette n'avait rien d'une alcoolique repentie : elle s'achetait du chablis qu'elle mettait au frais chez elle et buvait toute seule dans une coupe en cristal ciselé de Waterford ; ni d'une droguée en pleine désintoxication : lorsque Kayla et Valerie allumaient un joint avant de sortir en boîte, Antoinette sortait la tête de sa chambre pour demander une taffe. Les deux filles s'empressaient d'obtempérer, dans l'espoir de lui délier la langue, mais elle ne semblait au contraire que se fermer davantage. Après qu'elle avait fumé, ses paupières tombaient, sa bouche béait et elle se retirait dans sa chambre, les bras croisés.

Antoinette dansait divinement. De temps à autre, Kayla la trouvait dans la cour, vêtue d'un justaucorps noir et de chaussons roses en train de tournoyer, de bondir, d'agiter les bras comme si elle était complètement saoule. Elle ne s'arrêtait que le justaucorps détrempé de sueur et, alors, vidait une bouteille d'eau, s'essuyait le visage et regardait autour d'elle comme si son car venait de la débarquer dans une ville inconnue.

Un jour, Antoinette s'aperçut que Kayla l'observait depuis la fenêtre de la cuisine.

– Ça fait partie du processus de guérison ? demanda-t-elle posément.

Antoinette ne répondit pas.

Kayla se souvenait très bien de ce premier été à Nantucket. À peine avait-elle quitté son bateau, à peine avait-elle mis le pied à terre, qu'elle s'était sentie chez elle. L'atmosphère paisible et simple de l'île, terre des Quakers et des Indiens, lui convenait à merveille. Elle aimait les couleurs de Nantucket : le gris des bardeaux de cèdre, le bleu du ciel reflété par la mer, le vert des dunes herbues, le rouge des tomates mûres à l'arrière des camions de livraison. Mais, avant tout, c'était sa population qui faisait le charme de Nantucket. À la mi-juillet, Kayla rencontra Raoul au *Chicken Box* mais leur relation ne prit vraiment un tour sérieux qu'à l'automne. Ce premier été, la jeune fille le vécut essentiellement en compagnie de ses deux voisines, celle qui l'aimait et celle qui ne l'aimait pas. Kayla fit tout ce qu'elle put pour attirer Antoinette, à commencer par un superbe dîner aux chandelles, arrosé de chablis. Elle se donna même la peine de glisser une invitation officielle sous la porte de sa voisine au tempérament sauvage. *Ce soir, grand dîner ! À 19 heures précises ! Venez telles que vous êtes !*

À 18 h 45, l'invitation reparut par le même chemin, accompagnée de cette réponse : *Non, merci !* Kayla et Valerie mangèrent seules et vidèrent les deux bouteilles de vin blanc.

– Je me demande pourquoi tu te donnes tout ce mal, remarqua Val. Elle est complètement malade, cette fille !

Ce premier été, le Labor Day fut précédé d'une vague de chaleur inhabituelle. Le célèbre journaliste, Walter Cronkite, annonça aux informations nationales que Nantucket restait le seul endroit à peu près confortable de la côte est. Aussitôt les habitants de Boston, de New York et de Washington se précipitèrent dans l'île. Mais il y faisait aussi chaud et moite qu'ailleurs et, lorsque Kayla se retrouvait dans sa boutique étouffante à plier et replier des pulls qu'elle ne vendait pas, elle avait envie de pleurer. Impossible ou presque de faire de la bicyclette, impossible de lever les bras au-dessus de la tête, impossible de dormir.

Une nuit de canicule, elle se leva et se rendit dans la cuisine, engloutit un demi-litre d'eau minérale et s'alluma un joint. Percevant un bruit de pas, elle s'attendit à voir surgir Valerie mais ce fut Antoinette qui fit son entrée, complètement nue. Kayla s'efforça de cacher sa surprise. Avec Valerie, elles s'étaient mises d'accord pour ne jamais s'offusquer de rien devant leur voisine, quoi qu'il arrive...

Elle lui tendit son joint tout en évitant de trop regarder ce corps voluptueux.

– Il fait chaud, souffla-t-elle.

Antoinette huma la fumée et la rejeta au bout d'un moment.

– Comme tu dis.

– Je ne pouvais pas dormir.

Tout d'un coup, Kayla eut l'impression qu'Antoinette prenait pour la première fois conscience de son existence.

– On va se baigner, déclara cette dernière.

Elles allèrent réveiller Val et toutes trois grimpèrent dans la vieille Jeep d'Antoinette. Jamais elles n'y étaient montées. Kayla croyait qu'elles se rendraient à Steps Beach où l'eau était si calme, mais Antoinette – toujours nue – les emmenait par des chemins qu'elle ne connaissait pas. Elle ne dit rien. Aux panneaux, elle vit que la voiture prenait la direction de Polpis Road avant de bifurquer sur le Wauwinet. Elles suivirent une route bordée d'arbres – Kayla ne se souvenait pas d'en avoir jamais vu autant sur Nantucket – puis Antoinette s'arrêta sur le bas-côté, coupa le moteur et sortit de la Jeep, laissant les deux amies seules à l'arrière. Les phares éteints, on n'y voyait goutte dans la nuit noire. En revanche, les grillons stridulaient avec tant d'ardeur qu'on ne s'entendait plus. Valerie posa la main sur l'épaule de Kayla qui saisit instantanément le fond de sa pensée : *Cette fois, on est cuites. Antoinette va nous abandonner ici. Ou pire, elle va nous entraîner dans les bois et nous tuer.* Soudain, Kayla perçut un sifflement et se pencha vers la vitre pour regarder au-dehors. Elle finit par distinguer la silhouette d'Antoinette, accroupie, qui dégonflait les pneus afin de mieux accrocher les accidents de terrain.

C'était la première fois que Kayla venait jusqu'à Great Point, à l'extrémité de Nantucket, là où tout commençait et finissait. C'était d'ailleurs la première fois qu'elle roulait sur du sable – dans les dunes, la Jeep bondissait dans tous les sens, faisant également tressauter les seins d'Antoinette. Agrippée à son volant, celle-ci conduisait sans desserrer les dents.

Enfin, elle s'arrêta à proximité du phare. Il n'y avait pas de lune, cette année-là, mais des milliards d'étoiles, ainsi que la Voie Lactée telle qu'on ne la distinguait qu'à des kilomètres de toute ville. En ouvrant la Jeep, elles se rendirent compte qu'elle avait les roues dans l'eau. Il fallait revenir en arrière pour aborder la plage et apercevoir le phare dressé là comme une sentinelle. Les vagues semblaient se diviser entre deux courants, l'un qui les ramenaient vers le large, l'autre qui les attirait vers la côte où elles s'écrasaient dans une écume iridescente. Sur le coup, Kayla en oublia combien il faisait chaud.

Imitée de Valerie, elle se déshabilla et toutes trois plongèrent dans l'eau. Glacée. Ce fut exactement l'impression que ressentit Kayla : douce et glaciale. À ce moment-là, toute sa vie ne se résuma plus qu'à la température de la mer, à cette impression d'évasion, de sublime liberté. Elle aurait voulu ne plus jamais en sortir.

Peut-être Antoinette éprouvait-elle la même sensation car, tout en faisant la planche, elle se mit à leur parler :

– Je me suis mariée, il y a trois ans. L'année dernière, je suis tombée enceinte et c'est alors que j'ai découvert que mon mari me trompait. J'ai eu une fille mais je l'ai abandonnée.

Kayla nageait sur place et Valerie se rapprocha. Au moins l'obscurité cachait-elle l'expression horrifiée de leurs visages, cet intérêt pervers qui les poussait quand même à tendre l'oreille.

– Tu t'es mariée ? s'exclama Kayla.

Voilà qui expliquait la coupe en cristal de Waterford.

– Tu as un bébé ?

– J'ai été mariée. J'ai eu un bébé. Tout ça c'est fini.

– Et c'est de ça que tu essaies de guérir ?

– Ouais. C'est le genre de connerie que je me disais en venant ici. Mais si j'ai appris une chose c'est, justement, que je ne guérirai jamais. Je n'arrête pas de faire des cauchemars, où j'entends mon bébé pleurer dans une grande maison mais, derrière chaque porte que j'ouvre, je ne trouve que mon mari en train de baiser, chaque fois avec une femme différente.

– Pourquoi as-tu fait adopter ton enfant ?

– Après sa naissance, j'ai tenté de me suicider. Des médicaments. Ce sont des voisins qui m'ont découverte et on m'a fait hospitaliser. Le bébé a été confié aux services sociaux. Finalement, j'ai décidé de l'y laisser.

– Parce que ?

– Parce que. J'arrive à peine à vivre avec mon chagrin, alors s'il fallait en plus que je m'occupe de quelqu'un d'autre, que je prenne des responsabilités... Je n'en aurais pas la santé. Je veux pouvoir me supprimer si ça me prend un jour.

– Pourvu que ça ne te prenne jamais, murmura Val. Ne te supprime pas pour un homme. Ils n'en valent pas la peine.

Antoinette agita les pieds.

– Ce n'était pas un homme. C'était mon mari. Enfin, je me doute que vous ne pouvez pas comprendre.

– Je comprends, dit Kayla.

Ce qui était faux, bien sûr, mais elle se sentait le pouvoir de comprendre un jour, et elle se rendait compte de l'immense confiance que leur témoignait soudain Antoinette.

– Merci de nous avoir dit ça. On croyait que tu ne nous aimais pas.

– Je ne veux pas d'amis, rétorqua Antoinette. Je n'ai rien contre vous en particulier, c'est juste que je ne me sens pas de taille. Et puis, dans deux ou trois semaines, vous serez parties. Vous allez reprendre vos vies, vous m'oublierez.

– Je ne pars pas, annonça Kayla. Je reste à Nantucket.

Elle n'y avait jamais pensé mais, maintenant qu'elle le disait…

– Moi, je vais faire mes études de droit, dit Val. Mais je reviendrai. L'été prochain, je serai là. On pourrait se revoir, se raconter tous nos secrets.

– L'été prochain, murmura Antoinette, je serai peut-être morte.

– Non ! intervint Kayla. Ne dis pas ça.

– Vous ne vous rendez pas compte… Vous n'avez aucune idée des efforts qu'il en coûte de survivre, jour après jour.

– Tu as fait un grand pas en disant la vérité, intervint Valerie. C'est pour ça que tu nous as conduites ici, j'en suis sûre. Tu voulais qu'on sache ce qui t'est arrivé. Tu avais besoin d'en parler.

Antoinette plongea la tête en arrière et la ressortit en crachant de l'eau.

– Vous, les Blanches, vous croyez qu'on a besoin de tout partager avec les autres. Vous n'êtes même pas capables d'aller seules aux toilettes.

– C'est important d'avoir des amis, ça aide à s'épanouir.

– J'ai perdu les deux seules personnes qui comptaient pour moi, je ne vois pas comment je pourrais les remplacer.

Kayla s'approcha d'elle et lui prit la main. Val se joignit à elles et toutes trois formèrent une ronde dans l'eau.

– Nous ne pourrons pas les remplacer, c'est sûr, acquiesça Kayla. Mais je suis d'accord avec Val, on pourrait revenir ici tous les étés.

– Je ne sais même pas si je serai encore vivante l'été prochain.

– Mais si ! dit Val.

– On va y veiller, dit Kayla.

– Je n'ai pas besoin de sœurs de charité pour s'occuper de moi. Vous entendez ? Ne venez pas frapper à ma porte en pleine nuit pour vérifier si je ne suis pas morte !

– Bien sûr que non ! riposta Kayla.

– Je vous ai dit que je ne voulais pas d'amis.

– On sera plus que des amies.

Kayla s'y voyait déjà : Great Point à minuit, les étoiles, l'eau glacée, trois femmes qui se confiaient leurs secrets les plus fous.

– On sera les Sirènes de la Nuit.

*
* *

Kayla passa d'abord prendre Valerie parce qu'elle n'habitait pas loin. Sa maison était plus petite mais plus jolie que celle de Kayla – toit en croupe, comme une grange, volets verts, géraniums roses au bord des fenêtres et deux magnifiques buissons d'hortensias mauves de chaque côté de la porte. Deux voitures devant le garage : la rutilante BMW décapotable de Val et la Jaguar noire plus cossue de son mari. Des véhicules de luxe, de professionnels qui pouvaient se permettre un paysagiste et une gouvernante, de gens qui n'avaient pas d'enfants. Après ce premier été à Nantucket, Val avait réalisé à peu près tout ce qu'elle avait prévu : ses études de droit, son stage chez le juge Sechrist, son emploi d'avocate puis d'associée dans un célèbre cabinet de New York, où elle rencontra puis épousa John Gluckstern, un petit génie de Wall Street. Au bout de cinq ans, ils avaient amassé assez d'argent pour quitter Manhattan et s'installer définitivement à Nantucket. Val monta son propre cabinet qui dominait le bassin nautique d'Easy Street. Elle réussit au-delà de toute espérance, traitant toutes les plus grosses affaires immobilières de l'île.

John était devenu conseiller financier de la Banque de Nantucket, ce qui lui permettait de rencontrer les habitants désireux d'investir leurs économies. Kayla et Raoul étaient allés le voir deux fois – la première pour monter l'affaire de Raoul, la seconde, en juin, lorsqu'il avait obtenu la commande Ting. John ne quittait jamais son costume trois-pièces et donnait l'impression qu'il ne se comportait pas différemment au travail et en société : en imbécile imbu de son importance. C'était un personnage antipathique, qui se croyait supérieur au reste de l'humanité et n'écoutait pas ce qu'on lui disait. Pourtant, au cours de cette seconde visite, Kayla découvrit autre chose en lui. Il semblait soudain empressé, enthousiaste et amical et, bien qu'il sache tout ce qui pouvait se savoir sur l'argent et sur les meilleurs investissements, il ne chercha pas à leur imposer ses idées. Il leur expliqua longuement les possibilités qui s'offraient à eux, leur posa des questions pertinentes sur les études des enfants et les laissa choisir – si bien qu'ils sortirent de chez lui tranquillisés, fiers d'eux et de leur réussite.

Par la suite, Kayla tâcha de persuader Valerie que si John traitait ses amis et voisins avec la déférence qu'il réservait à ses clients, il gagnerait certainement en popularité. Mais, à l'époque, Val avait perdu tout désir de parfaire son mari. En avril, il s'était présenté pour la quatrième fois aux municipales et n'avait obtenu que soixante-sept voix. Val en larmes avait appelé Kayla de la cafétéria du lycée et son amie était venue la chercher. Il pleuvait, ce soir-là, et toutes deux s'arrêtèrent sur le parking désert de Surfside Beach. Les gouttes tombaient si fort et si dru qu'on ne voyait même pas l'océan à travers le pare-brise. Val sécha ses pleurs et avala le café arrosé d'alcool que Kayla avait apporté dans une Thermos, avant de se lancer dans une diatribe sur l'humiliation qu'il y avait à ne se voir gratifier que de soixante-sept voix contre les trois mille obtenues par le vainqueur.

– John ne comprend même pas ce que ça veut dire. Personne ne nous aime.

– Pas toi, rectifia Kayla. Tout le monde t'aime !

Même si ce n'était pas vrai. Certaines personnes n'aimaient pas Val – on la trouvait trop coincée pour Nantucket, trop dure pour une femme. Elle était riche, puissante, elle intimidait les gens. Mais Kayla la défendait contre ceux qui murmuraient « garce » ou « gouine » sur son passage.

D'abord parce que c'était la première amie qu'elle se soit faite sur cette île ; elle l'avait connue avant Raoul. Cependant, elle se rendait compte que sa forte personnalité ne devait pas contribuer à la popularité de John.

– J'éprouve un mélange de dégoût et de pitié pour lui, expliqua-t-elle. Il ne rêve que d'être élu un jour, on n'a pas idée… Comment veux-tu que je lui dise de penser à autre chose ? Tu me vois lui asséner : « Chéri, laisse tomber, tu me fais honte… » ? Un de ces quatre, ça va lui arriver, parce que je n'en peux plus.

Six semaines plus tard, les deux amies se retrouvaient à l'*Expresso Café* et Val annonçait à Kayla qu'elle avait une liaison. Désormais, elle allait voir ailleurs.

*
* *

Valerie sortit de sa maison armée de la plus grande bouteille de champagne que Kayla ait jamais vue. Presque aussi haute que Luke ; elle la tenait contre son ventre et le bouchon lui arrivait au front. Kayla ouvrit la portière du 4x4.

– Qu'est-ce que c'est que ça ? demanda-t-elle.

– Un mathusalem de Laurent-Perrier.

La bouteille fut coincée entre deux sièges.

– Je l'ai rapportée de France, expliqua Val, spécialement pour l'occasion. Ils ont piqué leur crise à la douane mais m'ont laissée passer dès que j'ai expliqué que c'était pour la Nuit des Sirènes.

– Tu ne veux pas qu'on boive tout ça, quand même ?

– Pourquoi pas ? On a tellement de choses à célébrer depuis vingt ans. Je suis enfin heureuse, tu es enfin riche…

– Je ne suis pas riche !

– Ça va vite venir.

Val claqua sa portière et Kayla démarra.

– Tu sais, reprit Val, ce n'est pas défendu d'avoir de l'argent. Crois-moi.

– Je te crois et je trouve même ça très bien.

Val secoua ses cheveux courts. Elle portait une chemise de lin blanc amidonné comme du carton, un large pantalon ocre et d'élégantes sandales de daim beige. Ses week-ends à la plage nudiste de Miacomet lui laissaient un magnifique bronzage intégral rehaussé par les trois fines chaînes d'or qui scintillaient à son cou comme des fils de la vierge. Elle affirmait que ces bijoux lui correspondaient à la perfection, aussi sûrement qu'une signature. Kayla grinçait des dents quand son amie disait ça en public ; elle ne se rendait pas compte à quel point cela pouvait la rendre déplaisante. Pour qui se prenait-elle ? Lady Di ? Madonna ?

Comme si elle captait ses pensées, Val porta la main à ses chaînes.

– Tu as parlé à Antoinette ? demanda-t-elle.

– Oui.

– Elle t'a paru en forme ?

– Tout à fait. Pourquoi ?

Kayla effectua une petite marche arrière pour sortir sur la rue tandis que Val répondait :

– Je ne sais pas. On a déjeuné ensemble, la semaine dernière, et je l'ai trouvée un peu préoccupée.

– Vous avez déjeuné ? Tu ne me l'avais pas dit.

– Bof, un déjeuner…

– Quand même…

Tu aurais pu m'inviter, faillit ajouter Kayla, mais elle se reprit :

– Tu aurais pu m'en parler.

– Je te signale que j'ai aussi déjeuné avec Merrill et Kelly. Ainsi qu'avec Nina Monroe.

– Oui, mais ce sont tes amies.

– Antoinette aussi. Je t'en prie, Kayla, n'en fais pas un plat ! Ce n'était qu'un déjeuner.

– C'est vrai.

Cependant, elle ne pouvait réprimer une certaine jalousie, sans raison, comme une gamine. Antoinette et Valerie avaient bien le droit de déjeuner sans elle. Elle se rendait compte qu'elle s'était toujours considérée comme le ciment qui liait leur amitié, qu'elle était plus proche de l'une et de l'autre que celles-ci ne l'étaient entre elles.

– Ainsi, elle t'a parue préoccupée ?

– Oui. Elle t'a dit quelque chose ?

Kayla faillit lui parler de la fille d'Antoinette, ne serait-ce que pour lui prouver qu'elle détenait des informations plus précises, mais préféra secouer la tête. La nouvelle pourrait attendre le début de la Nuit des Sirènes.

En vingt années, le rite avait quelque peu évolué. D'abord, il s'agissait d'y festoyer, de se gaver de mets de fête – langoustes, fromages, fruits rouges – et d'y boire du champagne. Comme elles roulaient en direction de sa villa, Kayla songeait aux secrets que toutes trois avaient partagés depuis. En ce qui la concernait, elle avait tout raconté de son passé – comment elle sortait en douce de chez elle pour retrouver un lycéen dans une discothèque, comment elle avait triché à un examen de chimie, comment elle avait fauché des chaussures chez Murray's, son premier emploi à Nantucket. Une année, elle leur annonça qu'elle était enceinte de Cassidy, avant même de l'avoir dit à Raoul. Cependant, elle trouvait les secrets de Valerie et d'Antoinette beaucoup plus intéressants que les siens. Val leur confia avoir couché avec un professeur de droit pour obtenir une mention ; dernièrement, elle avait aussi ouvert un compte en banque aux Bahamas sans en informer John ; elle surfacturait régulièrement l'un de ses meilleurs clients. Antoinette avoua qu'elle avait été virée de l'école de ballet Joffrey, à New York, avant son mariage ; sa mère les avait abandonnés quand elle était encore adolescente.

Cette année, elle allait leur apprendre que sa fille venait lui rendre visite et Val révèlerait le nom de son amant. Quant à Kayla... Eh bien, elle parlerait de Theo. Les trois femmes recevraient les secrets de leurs amies comme de précieux cadeaux qu'il leur faudrait protéger du reste du monde.

Antoinette habitait à l'écart de Polpis Road, au bout d'un chemin accidenté au cœur d'un sous-bois peuplé de pins de Virginie. Elle avait acheté ce terrain avec une partie de l'énorme somme reçue en règlement de son divorce et c'était Raoul qui avait construit sa villa. Elle avait confié le reste de son argent à John Gluckstern au début des années quatre-vingt, et celui-ci l'avait investi en grande partie dans des actions Microsoft à deux dollars. Désormais, elle se retrouvait à la tête d'un patrimoine plus considérable que tout ce que possédaient Kayla et Raoul, Valerie et John réunis. Pourtant, son train de vie ne reflétait en rien sa fortune. Elle dansait, se promenait dans les bois, buvait du chardonnay, lisait des romans. À première vue, n'importe qui aurait pu l'envier : elle pouvait faire tout ce qui lui plaisait mais rien ne lui plaisait tant que de passer des journées entières sans adresser la parole à quiconque. Vingt ans plus tôt, elle avait prétendu ne pas vouloir d'amis mais, à la longue, elle s'était quelque peu laissé faire par Kayla et Val. Elle déjeunait avec elles de temps en temps, se souvenait parfois de leurs anniversaires ; il lui arrivait même de leur téléphoner pour prendre des nouvelles. Elle prétendait encore qu'elle finirait par se suicider mais, jusque-là, elle avait surmonté les périodes de cafard, même s'il lui arrivait de ne plus se nourrir des jours durant, de ne plus danser, de ne plus sortir de chez elle. Cela durait parfois quelques jours, parfois une semaine, et puis elle revenait à ce qu'elle savait faire de mieux : cultiver son superbe isolement.

– Je suis constamment seule, disait-elle à Kayla. Mais il y a bien pire que la solitude : la trahison.

Une fois par an, elle s'ouvrait à Kayla et Val, jouant le jeu en toute sincérité, en toute amitié. Chaque année, Kayla craignait qu'elle ne décide de désavouer la Nuit des Sirènes, de dire que c'était un rituel stupide et inutile mais il n'en fut jamais rien. Du plus profond d'elle-même, Antoinette respectait le lien qui les unissait depuis vingt ans.

Elle émergea de sa villa, entièrement vêtue de noir : justaucorps, guêtres, baskets. En deuil, comme toujours.

– J'apporte les crustacés, dit-elle en déposant un sac sur le siège arrière.

Elle toucha les épaules de ses amies :

– Salut, les Blanches !

– Salut belle Noire ! répondit Valerie. Quand est-ce que tu te décideras à porter quelque chose de plus gai ? Je peux te prêter un bouquin pour apprendre à positiver ton image. Tu verras, on y explique comment les gens réagissent aux couleurs que tu arbores. Ils les associent directement à ta personnalité.

– Moi, je te trouve jolie en noir, observa Kayla.

– Merci, dit Antoinette. Voilà longtemps qu'on ne m'a pas dit que j'étais jolie. Belle, attirante, solitaire, oui. Jolie, non. Jolie, ça semble plus approprié pour une mariée ou pour une soirée d'été. Tu es sûre de ne pas vouloir te rétracter, Kayla ?

– Absolument. Je te trouve jolie.

– Bon, et qui s'est pomponnée avec *Coco* de Chanel ?

– Incroyable ! soupira Kayla. Il n'y a que les femmes pour apprécier le parfum. Je ne sais pas pourquoi je m'obstine à vouloir séduire Raoul avec ça.

– C'est quoi, ce truc ? demanda Antoinette en examinant le champagne.

– Je voulais quelque chose de spécial pour nos vingt ans, expliqua Valerie.

– Ça vient directement de France, ajouta Kayla. Val pensait à nous en visitant la Champagne.

– Merci, madame ! conclut Antoinette. Je vois qu'on n'est pas près d'oublier cette nuit. En attendant, il est minuit moins treize. On ferait mieux de se dépêcher.

Kayla descendit la route du Wauwinet, passa le poste de garde et continua jusqu'au bout de la langue de terre qui constituait l'extrémité de l'île de Nantucket. Great Point.

Tellement isolé, tellement loin de tout qu'il en devenait le dernier refuge des insulaires lorsque ceux-ci désiraient s'évader, se donner l'impression qu'ils étaient allés voir ailleurs.

Kayla pénétra dans l'eau et roula encore sur trois mètres. C'était marée basse et la lune faisait scintiller les petites vagues ; un merveilleux silence enveloppait les lieux, à peine troublé par le léger clapotis de l'eau.

Elle s'arrêta au même endroit que chaque année, au-delà du phare.

– On est arrivées.

Aussitôt, toutes trois passèrent à l'action. Val saisit la bouteille de champagne par le col, comme s'il s'agissait d'un enfant indiscipliné, et courut la déposer sur le sable mouillé. Kayla vida la glacière de la voiture et, avant de sauter dans l'eau, se retourna pour voir où en était Antoinette. Les cheveux retenus en arrière par un bandeau, celle-ci lui parut plus belle que jamais dans la lumière blanche de la lune. Une petite tache verte lui maculait la bouche. Kayla tendit le doigt pour l'enlever, exactement comme l'avait fait Jacob avec la chips, cet après-midi, mais Antoinette recula d'un bond, dressée comme un cobra furieux.

– Tu as quelque chose sur la lèvre, balbutia Kayla surprise.

Antoinette s'essuya vivement la bouche.

– Excuse-moi, reprit Kayla, je ne voulais pas te faire peur.

– Tu ne m'as pas fait peur, banane ! Mais tu sais bien que je ne suis pas du genre caressante.

Sans doute l'arrivée de sa fille l'avait-elle mise sur les nerfs. Cette fille dont l'existence expliquait tant de choses.

– Il est minuit moins dix ! lança Valerie. On n'a plus une minute à perdre.

Kayla sortit une couverture qu'elle étala sur le sable et couvrit du fromage, des framboises et des flûtes. Val se mit en devoir de déboucher le champagne tandis qu'Antoinette ouvrait la boîte où elle avait rangé les langoustes. Le bouchon sauta comme une fusée et fila vers la mer.

Val remplit les flûtes et toutes trois trinquèrent à la lune.

– Ça y est, dit Val en regardant sa montre. Il est… minuit ! Kayla, à toi de parler !

Celle-ci se tourna vers l'océan :

– À la nuit, à la mer qui nous entoure, à l'île de Nantucket et à notre amitié, tout aussi éternelle.

– Éternelle, dit Val.

– Éternelle, dit Antoinette.

– Vos secrets seront bien gardés.

– Et les tiens aussi.

Elles vidèrent leur première flûte et une onde dorée monta aux tempes de Kayla, l'emplissant de vaillance et d'énergie. Cette partie du rituel lui donnait toutes les audaces – elle, la mère de famille d'un âge respectable, un peu ronde et un peu conformiste, qui se laissait tourner la tête par quelques gorgées de champagne à minuit, devant Great Point. Dans ces moments-là, elle avait l'impression que tout devenait possible.

Les trois amies posèrent leurs verres et se prirent les mains. La paume de Val était humide et chaude, celle d'Antoinette sèche et osseuse. Elles se mirent à tourner.

– Notre éternelle amitié ne connaît ni début ni fin, souffla Kayla.

Elles se laissèrent tomber sur la couverture et Val remplit leurs flûtes. La Nuit des Sirènes avait commencé.

À sa troisième rasade, Valerie commençait à vibrer d'impatience. Incapable de garder plus longtemps son secret, elle s'éclaircit la gorge, prit une longue inspiration et commença :

– Je n'en peux plus. Il faut que je vous raconte. Vous savez que je vois quelqu'un, un homme, pas mon mari… Et je vais vous dire qui c'est. Mais promettez-moi de ne pas piquer une crise. Surtout toi, Kayla. Tu me jures de ne pas péter les plombs ?

Celle-ci se figea. Que voulait dire Val ? Allait-elle prononcer le nom de Raoul ? Kayla enfonça ses pieds dans le sable froid en se rappelant l'année où elle leur avait confié : *Je crois que Raoul me trompe*. Luke était encore bébé à l'époque et Kayla au régime pour perdre les kilos consécutifs à sa grossesse. Elle s'imaginait alors que sa rivale était Missy Tsoulakis. Elle la revoyait clairement à dix-neuf ans, toute blonde, en jupe de tennis, avec sa petite culotte qui dépassait chaque fois qu'elle se penchait pour ramasser la balle. Missy avait enseigné le tennis à Jennifer et, comme par hasard, Raoul avait toujours trouvé le temps d'accompagner sa fille au club. Il y tenait mordicus. Un jour que Kayla y avait pointé son nez, elle l'avait trouvé tellement passionné par les leçons qu'il agrippait la clôture de toutes ses forces. Missy enveloppait Jennifer de ses bras bronzés afin de mieux lui montrer comment exécuter un revers parfait. Sur le coup, Kayla en était restée sans voix. *Il l'adore,* avait-elle songé. *Il fait une fixation sur cette pétasse*. Du coup, elle s'était sentie trop grosse, mal fagotée – la matrone dans son break avec le bébé sur la banquette arrière. Elle redémarra sans demander son reste et fila vers la maison en se promettant d'annuler immédiatement les leçons de tennis de sa fille, puis de passer à un régime plus sérieux et de faire le maximum de marche à pied, comme la plupart des femmes de son quartier. Raoul et Missy Tsoulakis. Cette nuit-là, elle posa la question à son mari et il répondit : « C'est une gamine, Kayla. Tu es folle ? »

Antoinette lui envoya un petit coup de pied pour la tirer de sa rêverie

– Vas-y, Val, ajouta-t-elle. On t'écoute.

Valerie but encore un peu de champagne, avec une lenteur calculée, comme pour prolonger le suspense. Puis elle essuya le rouge à lèvres laissé au bord du verre.

– C'est Jacob Anderson, lâcha-t-elle.

– Jacob Anderson, répéta Kayla. Le Jacob qui travaille pour Raoul ?

– Oui.

Antoinette vida sa flûte.

– Jacob Anderson. Ça me dit quelque chose. Je le connais ?

– Il fait partie de l'équipe de Raoul, dit Kayla. Tu sais, le joli cœur aux cheveux bouclés et aux yeux verts…

– Pardon ? intervint Val.

Kayla ne pouvait s'empêcher de penser à la scène de l'après-midi. Elle aurait juré qu'il allait l'embrasser. En fait, elle en avait eu envie. Quelque part, ça la révoltait. Valerie couchait avec Jacob. C'était donc lui, l'amant secret.

– Il est très sensuel, reprit Kayla. Il a dans les trente ans et il conduit une Bronco bleue et blanche.

– Trente-deux ans, corrigea Val. Antoinette ne le connaît pas.

– Si, intervint celle-ci. Il a aidé Raoul à construire ma villa. Félicitations, ma biche !

– Merci, répondit Val en se versant un autre verre de champagne. Nous nous aimons.

– Vous ? s'étonna Kayla.

– Et alors ? Je n'ai pas le droit d'aimer Jacob Anderson ?

– Si, mais… Oh, et puis je n'en sais rien !

– Vas-y, dis-le que ça te semble bête ! Tu le trouves trop jeune pour moi.

– Passé quarante ans, l'âge ne compte plus pour une femme, décréta Antoinette.

Là-dessus, elle envoya promener chaussures et vêtements, jusqu'à se retrouver complètement nue.

– Bon, les filles, je ne sais pas ce que vous êtes venues faire ici, mais moi je vais me baigner. Je suis là pour ça.

– Moi aussi, dit Kayla.

Elle se débarrassa de son pantalon de survêtement et de son tee-shirt. Elle savait à quel point son corps était différent de celui d'Antoinette à la silhouette de danseuse, longue, mince et souple, sculpturale ; ou de Val, plus musclée – elle ne manquait jamais une séance de gymnastique ; Val avec ses adorables fesses bien moulées qui devaient honnêtement remplir la main d'un Jacob Anderson. En comparaison, Kayla se trouvait épaisse – lourde poitrine, ventre rond, cuisses replètes. Elle s'efforça de ne plus y penser.

Valerie détacha ses sandales.

– Vous n'avez pas l'air très contentes pour moi, marmonna-t-elle.

– Si, dit Kayla. Et je suis encore plus contente que ce soit Jacob. Je l'aime bien.

Val déboutonnait sa chemise amidonnée.

– Tu ne m'en veux pas ?

– Non, pourquoi ?

– Je ne sais pas. Je suis tellement heureuse, je voudrais que tu le sois, toi aussi.

– Mais je le suis !

Comment ne pas se sentir mère de famille alors que tous autour d'elle se conduisaient comme des enfants ?

– Tu as ma bénédiction. Je t'assure.

Elles entendirent un plouf et se retournèrent pour apercevoir Antoinette qui plongeait dans l'eau. Ses deux amies se précipitèrent à sa suite.

Au fond, ce bain tombait à pic pour digérer la nouvelle que venait de leur annoncer Val. Les vagues tièdes caressaient les épaules de Kayla. Elle ne s'étonna même pas du tour qu'avaient pris ses pensées depuis quelques minutes, ne se demanda pas pourquoi elle avait eu tellement peur d'entendre son amie prononcer le nom de Raoul, pourquoi elle avait ressenti ce pincement de jalousie en apprenant qu'il s'agissait de Jacob. Elle ne chercha pas la réponse, la laissant lui échapper comme Luke avait laissé échapper son ballon mauve cet après-midi. Elle n'avait envie de penser qu'à la sensation parfaite de cette eau paisible sur sa peau, de ce clair de lune, du mathusalem de champagne, du plaisir de barboter avec ses deux meilleures amies.

Antoinette plongeait et refaisait surface comme un dauphin, ses cheveux noirs collés sur son front comme un casque.

– Ma fille arrive demain, annonça-t-elle.

Évidemment, la nouvelle était plus destinée à Val qu'à Kayla qui la connaissait déjà. Pourtant, Val ne réagit pas. Antoinette replongea sous l'eau.

– Tu as entendu ? demanda Kayla. La fille d'Antoinette arrive demain.

Val sautait entre les vagues ; elle ne paraissait pas surprise du tout. Antoinette reparut.

– Commence par le commencement, proposa Kayla. Quant est-ce qu'elle t'a téléphoné ?

– Mercredi soir.

– Et qu'est-ce qu'elle a dit ? Elle… elle s'est présentée ?

– Évidemment.

– Non, je veux dire, elle a annoncé : « Salut, c'est moi, Lindsey, ta fille » ?

– Quelque chose comme ça.

– Attends, tu ne l'avais pas appelée Lindsey, je crois ?

– Je ne lui avais pas donné de nom.

Antoinette plongea de nouveau et resta un long moment sous l'eau. Kayla saisit le message : son amie n'avait pas envie d'en parler davantage. Impossible de se mettre dans sa peau. Une fille qu'elle aurait abandonnée… Et si la gamine ressemblait à son père ? Ce serait trop douloureux, trop fort. À sa place, elle mourrait d'envie de voir cette enfant, son enfant, en même temps qu'elle mourrait de peur. Tant d'émotions qu'Antoinette fuyait depuis vingt ans, qui allaient la submerger dès le lendemain matin…

– Qu'est-ce que tu vas faire ? demanda Kayla. Tu a prévu quelque chose ?

– Non, rien.

– Qu'est-ce que tu vas lui dire ?

– Je répondrai à ses questions. Je lui ai déjà raconté le principal au téléphone.

– Tu comptes nous la présenter ?

– Je ne suis pas libre ce week-end, indiqua Val. Jacob…

– Moi, je voudrais bien la rencontrer, coupa Kayla.

– Tu n'as qu'à aller la prendre à l'aéroport et l'emmener chez toi, proposa Antoinette. Dis-lui que tu es sa mère. Je suis sûre qu'elle sera plus heureuse avec toi.

– Arrête !

– Non, je suis sérieuse. Si tu la prenais ?

– C'est toi la mère de famille, renchérit Val. Tu as quatre enfants magnifiques. C'est ce qu'on s'est dit, l'autre jour, au déjeuner.

Kayla se représenta Val et Antoinette dans un élégant restaurant. Elle était plus que jalouse, maintenant, plus que vexée de n'avoir pas été invitée. Elle était furieuse d'avoir fait l'objet de leur conversation.

– Ça va, fermez-la !

Elle regagna la plage non sans difficulté, à cause du reflux, des vagues qui la poussaient vers le large. Elle arriva un peu essoufflée à sa serviette et y enfouit le visage – l'éponge lui parut râpeuse comme un paillasson. Elle s'essuya le corps et les cheveux puis enfila ses vêtements. Pourquoi cette colère ? N'était-ce pas ce qui rongeait Theo en ce moment ? Cette rage incompréhensible surgie de nulle part ? À moins que ce ne soit Theo lui-même qui la mette dans cet état. Et ses amies qui la traitaient de mère comblée… Antoinette n'avait-elle pas abandonné sa fille ? Quant à Val, elle n'avait pas d'enfant. Toutes deux comptaient sur Kayla pour remplir le rôle de la mère et celle-ci venait de passer sa vie d'adulte à occuper les fonctions qu'elle exerçait le mieux. Pourtant, lorsqu'elle songeait à Theo, elle avait l'impression d'avoir tout raté. Son fils aîné constituait l'exemple patent, manifeste de son échec.

Elle alla extirper son sac enfoui sous le siège avant du 4x4 pour y chercher la bouteille d'Ambien prescrit par le Dr Donahue et glissa une pastille sous sa langue. Puis elle se versa une flûte de champagne et avala le tout en se disant qu'elle se rendrait à l'aéroport afin d'y espionner les retrouvailles d'Antoinette et de sa fille. Elle serait témoin de leur gêne mutuelle, de l'inévitable déception qu'elle lirait dans leurs yeux – peut-être cela lui procurerait-il une vague satisfaction.

Val et Antoinette sortirent de l'eau, s'essuyèrent et s'enveloppèrent dans leurs serviettes. Kayla leur versa du champagne et toutes trois entamèrent leur festin sans mot dire : Kayla décortiqua une langouste qu'elle trempa généreusement dans le beurre fondu puis étala du Saint-André sur une tartine de baguette, tout en se gavant de framboises comme de bonbons. C'était si bon qu'elle se mit à pleurer. Sans doute le sédatif qui commençait à agir. Tout d'un coup, elle éclata en sanglots et ses deux amies la regardèrent, interloquées. Elle se servit un autre verre de champagne, puis leur en versa.

– C'est ce que j'ai dit qui te met dans cet état ? demanda Val.

– Ça n'a rien à voir avec toi, soupira Kayla la bouche pleine.

La tête commençait à sérieusement lui tourner.

– Bon, poursuivit-elle, je pense qu'il est temps de vous dire mon secret. C'est au sujet de Theo.

Un silence pesant s'abattit sur le petit groupe. Kayla avait encore les idées assez claires pour s'en apercevoir. En relevant la tête, elle surprit le regard échangé par ses deux amies.

– Quoi, Theo ? demanda Val.

– Il lui est arrivé quelque chose. Il a changé. Il me vomit, moi et ses frère et sœurs, et même Raoul. Il est méchant et grossier. Il me fait peur.

Soudain, elle se rappela un détail qu'elle tentait d'effacer de sa mémoire depuis une semaine.

– Il a roulé dans mes massifs avec sa Jeep.

Raconté ainsi, cela semblait banal à côté de ce qu'elle avait ressenti, ce matin-là, en découvrant son potager massacré. Toutes ces herbes aromatiques, toutes ces fleurs qu'elle cultivait avec amour, il les avait écrasées, déchiquetées. Il avait fallu pour ça que Theo s'y prenne à plusieurs reprises, qu'il avance et recule délibérément. Le pire étant qu'il ne s'en cachait pas : il s'était impudemment garé devant la maison, ses roues maculées de boue. Ce fut alors qu'elle dut bien se rendre à l'évidence, son propre fils l'exécrait, elle plus particulièrement, puisqu'il s'en était pris à ses plantations, à ce qu'elle construisait depuis des années. Quant à Raoul, il semblait n'avoir rien remarqué d'anormal.

– Il m'a fallu trois jours pour tout nettoyer. Il ne reste plus rien. Mon fils a tout cassé.

Une seconde passa et puis Val se tourna vers Antoinette :

– Alors, qu'est-ce que tu en penses ?

– C'est un ado, Kayla. Ça lui passera.

Elles burent encore du champagne, finirent les langoustes, le fromage et les framboises. Kayla s'allongea sur le sable, ferma les yeux. Le sédatif opérait des merveilles. Val et Antoinette bavardaient de leur côté dans une sorte de langue étrangère, car elle ne saisissait plus un mot de ce qu'elles disaient. À moins que leurs paroles n'atteignent plus son cerveau parce qu'elle dormait, parce que rien ne pouvait plus se mêler à son rêve où la ficelle du ballon de Luke s'enroulait autour des pattes d'un bébé mouette qui ne pouvait plus s'envoler. L'oiseau se débattait et Kayla lui courait après pour tenter de le libérer mais elle ne parvenait pas à s'en rapprocher.

Elle s'entendit ronfler et s'éveilla en sursaut. Instinctivement, elle chercha sa flûte et la vida puis la remplit. Elle n'avait plus de mal à soulever le lourd mathusalem à moitié vide.

– De quoi est-ce que vous parliez pendant que je dormais ? demanda-t-elle. Vous disiez que j'étais une mauvaise mère ?

– Tu n'es pas une mauvaise mère du tout, répliqua Val. Je suis sûre que le problème de Theo n'a rien à voir avec toi. Tu t'affoles pour rien.

– Comment ça, rien ?

– Ce doit être à l'école, ou quelque chose comme ça. Ses copains. Ou une petite copine.

– Mais non ! Dans ce cas, il en aurait parlé à Raoul. Il lui raconte tout.

– C'est mon tour ! coupa Antoinette. Je vais vous dire mon secret.

– C'est fait, observa Kayla. Tu nous as déjà parlé de ta fille. Un seul secret par personne.

– Tu devrais cesser de boire, conseilla Valerie. Tu ne contrôles plus tes émotions.

– Et alors ? Je croyais qu'on était là pour se laisser aller, non ?

– J'ai un aveu à vous faire, insista Antoinette.

Kayla se tourna vers elle, croisa le regard lourd de son amie et en éprouva une violente émotion.

– Oh mon Dieu ! souffla-t-elle d'une voix qu'elle ne se reconnaissait pas. Ne me dis pas que… que tu as une aventure avec Raoul ? Tu baises mon mari ?

Un court instant, Antoinette resta parfaitement immobile, la fixant sans fléchir. Kayla commença par soutenir rageusement son regard puis se sentit défaillir de honte. Elle gâchait tout. Cependant, elle n'avait pas trouvé les mots pour s'excuser que son amie se levait, laissait tomber sa serviette, offrant à leurs yeux la sombre beauté de son corps. Kayla crut qu'elle allait filer dans sa voiture et les planter là. Franchement, elle n'aurait pu lui en vouloir. Mais Antoinette n'en fit rien ; encerclant de ses bras un ballon imaginaire, elle exécuta une pirouette et bondit gracieusement vers la mer. Kayla ne réagit pas. Elle se sentait complètement ivre. Et Antoinette qui cabriolait droit vers le large…

– Je n'aurais pas dû dire ça, murmura Kayla.

Val cligna des yeux :

– Qu'est-ce qui t'arrive ?

– Je ne sais pas.

*
* *

Kayla attendit de voir la tête d'Antoinette remonter à la surface afin de pouvoir lui lancer quelques paroles d'excuse. Elle ignorait pourquoi ces paroles lui avaient échappé –

Tu baises mon mari ? Ce devait être l'influence du sédatif, mêlé au champagne et à l'affreux souvenir de Missy Tsoulakis. Même au bout de dix-neuf ans de mariage, elle continuait à douter – surtout quand elle voyait des femmes de quarante-quatre ans dotées de corps aussi magnifiques que ceux de Val et d'Antoinette. Néanmoins, il fallait être complètement idiote pour s'en prendre à elles de la sorte. Surtout pour leur Nuit des Sirènes. Elle venait de gâcher leur vingtième anniversaire.

Elle ne voyait pas Antoinette remonter. Elle avait dû regarder du mauvais côté. Son horloge mentale tournait : quand faudrait-il commencer à s'inquiéter ? L'océan scintillait au clair de lune, lumineux à la surface, noir dans les profondeurs. Au bout d'une longue minute, Kayla se leva.

– Tu la vois ?

Val restait allongée les yeux clos, sans doute en rêve dans les bras de Jacob Anderson.

– Je vois quoi ?

– Antoinette.

Kayla sentait ses veines s'emplir d'une sorte de mélasse opaque. Un pressentiment. La peur.

– Je ne vois pas Antoinette, reprit-elle d'une voix engourdie par le sédatif.

– Elle se baigne, répondit Val.

– Je ne la vois pas.

Kayla s'approcha de la mer qui reflétait la lune comme un miroir. Était-ce Antoinette qu'elle apercevait là-bas, en train de faire la planche ?

– Antoinette, je m'excuse ! Hé, je m'excuse ! Je suis bourrée. Reviens ! Antoinette !

Elle regardait tout autour d'elle, du port, à l'océan, au phare. À ses pieds, le courant de retour traçait comme une cicatrice.

– Je ne la vois pas ! cria-t-elle.

Val s'assit sur sa couverture.

– Qu'est-ce que tu dis ?

L'affolement gagnait Kayla, le danger était là, elle le sentait, tangible.

Val la rejoignit.

– Merde ! s'écria-t-elle. Antoinette !

– Antoinette ! hurla Kayla. Antoinette, je t'en prie !

Pas de réponse.

Suivie de Val, Kayla arracha ses vêtements et plongea. Sans être une grande nageuse, elle savait se déplacer sous l'eau et ne s'en priva pas, ouvrant les paupières. Mais il y faisait trop sombre pour distinguer quoi que ce soit et elle fut aussitôt terrifiée par ce monde obscur et silencieux. Les yeux lui piquaient. Elle tendait les bras devant elle dans l'espoir de toucher un obstacle tiède, le corps d'Antoinette.

Elle refit surface mais ne vit plus personne.

– Val !

– Par ici ! cria son amie en levant la tête.

– Antoinette ! cria encore Kayla.

Elle replongea, battant des pieds et des mains dans toutes les directions. Elle ne voyait rien que l'eau – tant d'eau noire autour d'elle. Ses enfants étaient au chaud à la maison, en sécurité dans leurs lits, son mari aussi, et elle était immergée dans l'océan Atlantique, à la recherche d'Antoinette. Elle se redressa, tendant les jambes pour vérifier si elle avait pied, mais elle s'était aventurée trop loin. Une vague lui passa sur la tête et elle émergea en toussant. Le courant la repoussait ; elle avait de l'eau dans le nez. Une voix lui murmura à l'oreille – un murmure étouffé qui la submergeait avec chaque vague. Le sédatif et le champagne tentaient de la ralentir, de lui faire perdre conscience. Elle n'avait qu'à fermer les yeux et à se laisser emporter. Pourtant, elle se remit à nager vers le rivage et finit par apercevoir une silhouette recroquevillée sur la plage. Enfin ! Elle en sourit de soulagement mais déchanta lorsqu'elle s'aperçut que c'était Valerie, en train de pleurer, la tête dans les genoux.

Kayla vint s'asseoir à côté d'elle.

– Oh mon Dieu ! gémissait Val. Il faut qu'on aille chercher de l'aide.

Oui, sans doute, c'était la seule chose à faire. Cependant, Kayla ne parvenait à s'y résoudre. À qui s'adresser, d'abord ?

– Je vais rester ici, dit Valerie. Vas-y, toi. Arrête-toi au poste de garde du Wauwinet et avertis la police. Dépêche-toi.

– Je suis trop saoule pour conduire.

D'habitude, la Nuit des Sirènes ne s'achevait jamais avant l'aube, le temps que se dissipent les vapeurs du champagne.

– Et j'ai pris un sédatif. Je ne peux pas y aller.

– Il le faut ! Je suis aussi partie que toi et c'est ta voiture. Il faut que tu y ailles, vite !

Kayla se leva lourdement, comme si elle était encore sous l'eau, s'habilla comme elle put et tituba vers le 4x4. Ça sentait la langouste. Elle démarra, manœuvra pour regagner le chemin et prit la direction du Wauwinet. L'eau glacée de ses cheveux coulait en rigoles dans son dos. Elle avait tellement froid qu'elle en tremblait de tous ses membres. Mon Dieu, songeait-elle, mon Dieu, mon Dieu ! Pourquoi avait-elle dit ça ? Elle se sentait la tête enflée comme une pastèque. À sa droite, les dunes semblaient de plus en plus grandes. Jamais, elle n'arriverait à ce poste de garde. Elle s'agrippait à son volant pour tâcher de garder la piste. Et si elle s'ensablait ? Un voile lui passa devant les yeux. La voiture sautait dans tous les sens. *Antoinette va s'en tirer. Elle nous fait une farce. Elle m'en veut de lui avoir dit cette ânerie.*

Enfin, elle aperçut la loge et pila devant, saisit une poignée de monnaie et courut vers la cabine téléphonique. Avant tout, appeler la maison. Il fallait qu'elle avertisse Raoul.

Ce fut Theo qui décrocha.

– Allô ?

– Passe-moi ton père.

Elle avait réussi à dire cela d'un ton calme où ne pointait qu'un minimum d'inquiétude, du genre : *j'ai un pneu à plat*, ou *je suis enlisée dans le sable*.

– Maman ?

– S'il te plaît, passe-moi ton père ! C'est important.

Theo raccrocha.

Appelle la police ! Pourtant, elle recomposa le numéro de la maison. Le téléphone sonna dans le vide jusqu'à ce que le répondeur prenne le relais. Kayla recommença encore la manœuvre. Au bout de trois sonneries, enfin, Raoul répondit d'une voix éraillée et elle éclata en sanglots. Il fallait faire vite, pourtant elle prit le temps de récupérer son souffle afin de lui raconter qu'Antoinette était allée se baigner et n'avait plus donné signe de vie.

– Où es-tu ? demanda-t-il.

– Au Wauwinet.

– Et Val ?

– Elle est restée à Great Point.

– Tu as averti la police ?

– Pas encore ?

– Mais qu'est-ce que tu attends ? Bon sang, c'est par là qu'il fallait commencer ! Fais-le, moi je m'occupe des pompiers.

– Je voudrais que tu viennes. Laisse les enfants. Ils dorment.

– Appelle la police. Ensuite, file rejoindre Val. Et ne mets pas les pieds dans l'eau, tu m'entends, Kayla ?

Il raccrocha et elle fit ce qu'il lui avait dit. La standardiste de garde avait un timbre haut perché et s'appelait Charlotte. Kayla reconnut la mère d'une des petites camarades de Luke. Elle lui expliqua qu'une femme avait disparu au large de Great Point.

– Je suis Kayla Montero, ajouta-t-elle. J'appelle d'une cabine au Wauwinet. Il s'agit d'une de mes amies. Pourriez-vous envoyer immédiatement quelqu'un ?

– Je vais avertir la Brigade des secours en haute mer.

– Vous croyez qu'ils vont la retrouver ? En pleine nuit ?

– Ils feront leur possible.

En retournant à Great Point, Kayla se rappela l'existence de la fille d'Antoinette, Lindsey. Que faire si elle débarquait le lendemain matin et ne trouvait pas sa mère ? *Je suis désolée, mais Antoinette a disparu. Elle a dansé dans l'eau cette nuit et maintenant elle n'est plus là.* Lindsey se sentirait responsable. Sans doute Antoinette avait-elle voulu fuir leur rencontre. Si Kayla était mère dans l'âme, elle imaginait quelle terreur avait pu saisir son amie à l'idée de revoir une enfant qu'elle avait abandonnée depuis si longtemps. De plus, ne s'apprêtait-elle pas à leur avouer quelque chose ? Ne s'agissait-il pas précisément de sa décision de disparaître ? Pour échapper à sa fille ? Cela pouvait sembler cruel, si ce n'était improbable, mais Kayla préférait cela à l'idée que ses accusations aient pu inciter Antoinette à se détourner vers un océan qui aurait fini par l'engloutir. Car ce serait alors sa faute.

En arrivant au phare, elle aperçut les lumières d'un bateau qui approchait. Val avait remis sa chemise blanche et faisait les cent pas sur la plage, une serviette nouée à la taille. Elle tenait à la main les baskets d'Antoinette et les claquait l'une contre l'autre.

– Elle est partie, geignit-elle l'air hagard. Elle a dansé dans l'eau et elle est partie.

Les reliefs de leur pique-nique maculaient le sable. Kayla ramassa le mathusalem et courut le lancer vers le large.

– Qu'est-ce que tu fais ? demanda Val.

Kayla prit les flûtes et les envoya rejoindre la bouteille mais les entendit s'écraser sur un rocher.

– Ça se voit, non ? Je détruis des preuves. Tu es avocate, tu devrais le savoir.

– On n'a rien à cacher. Il n'y a pas crime…

– On est ivres ! cria Kayla. Antoinette était ivre !

Elle emballa les restes de nourriture dans la couverture qu'elle alla fourrer à l'arrière du 4x4, dans la glacière vide. Les lumières du bateau se rapprochaient, elle percevait le ronronnement du moteur. Derrière elle, sur la route, apparurent deux phares blancs. *Mon Dieu, faites que ce soit Raoul !*

– Tu es folle ! lança Val. S'ils trouvent cette bouteille, ils croiront qu'on est coupables.

Coupables. Kayla regarda son amie courir le long de la plage à la recherche de la bouteille et des verres ; elle ne les avait pas lancés très loin et, contrairement à Antoinette, le courant venait de ramener le mathusalem sur le rivage, intact.

Peu après, Great Point grouillait de monde. Quelle ironie ! songea Kayla. Leur rituel exclusivement féminin envahi par ces intrus. Fallait-il que la magie ait été rompue ! Et que dire du fait qu'elle se sentait soulagée de voir tous ces hommes ? Les garde-côtes, les policiers avec leurs gyrophares, les pompiers avec leurs rutilants véhicules, et enfin Raoul qui déboucha au volant de sa Chevrolet rouge. Il courut vers elle comme un héros de cinéma. Avec lui, les choses ne pouvaient qu'aller mieux.

Paul Henry, un policier qu'elle connaissait depuis des années, descendit d'une voiture blanche. C'était un petit homme sec, à la détermination calme, habillé comme un prof de maths, toujours en cardigans de laine et en baskets de toile, les cheveux en brosse. Kayla lui avait demandé un jour s'il avait été militaire et il avait répondu que oui, dans la marine – mais cette coupe, il la portait depuis l'âge de six ans et n'avait jamais estimé utile d'en changer.

– Kayla, Valerie, commença-t-il. Dites-moi ce qui s'est passé.

– On se baignait, expliqua Kayla. Ou plutôt, Val et moi, on était assises là, sur la plage, et Antoinette dansait dans l'eau.

– Elle quoi ?

– Elle dansait dans l'eau. Elle avait joint les bras comme si elle portait un ballon, et elle a plongé. Tenez, voilà les empreintes de ses pieds.

Paul Henry serra les lèvres, comme s'il venait de manger une moule avariée.

– Il ne faut jamais se baigner par ici sans surveillance. Surtout pas la nuit. C'est complètement irresponsable ! Les

côtes sont très dangereuses par ici. Vous voyez ce courant de retour, Kayla ? Vous le saviez, pourtant ! Depuis vingt ans que vous habitez dans le coin. Jamais vous n'auriez laissé vos enfants venir ici, ça aurait dû être la même chose pour vous.

– Ça va ! gémit Val. Ce n'est pas en nous sermonnant que vous ferez revenir Antoinette.

– Où est-elle entrée dans l'eau ? Montrez-moi au moins ça.

Les deux jeunes femmes l'emmenèrent au bord de l'eau, où les vaguelettes vinrent lécher les baskets du policier. Val tendit le doigt vers le large.

– Je l'ai vue là-bas.

– C'est là qu'elle est entrée dans l'eau ? Et puis elle a nagé tout droit ? Vous en êtes sûres ?

– Oui.

– Pas moi, répliqua Kayla. Maintenant, je ne me rappelle plus exactement où je l'ai vue.

– C'était là, insista Val.

– Comment était-elle habillée ? Vous souvenez-vous d'un vêtement qui nous permettrait de l'identifier ?

– Elle était nue.

– Mais qu'est-ce que vous fabriquiez donc à vous baigner nues au milieu de la nuit ?

– Nous venons tous les ans, dit Kayla. Pour la Nuit des Sirènes.

– La Nuit des Sirènes ?

– C'est une tradition. D'habitude, nous sommes très prudentes.

– Pas assez, on dirait, marmonna Paul Henry. Pas cette nuit.

Il appela à la radio le bateau des garde-côtes qui promenait un phare surpuissant sur l'eau. Ils discutèrent un certain temps puis chacun se tut. C'est alors qu'une voix retentit dans un grésillement :

– Avec un courant pareil, n'importe qui peut se noyer en quelques minutes.

Jack Montalbano, le capitaine des pompiers, vint les rejoindre. C'était un grand gaillard d'origine portugaise, à la vigoureuse poignée de main. Sa femme était morte d'un cancer de l'ovaire l'année précédente et Kayla ne lui avait pas parlé depuis l'enterrement.

– Bonsoir, Jack ! lança-t-elle.

– On va la retrouver, assura-t-il en lui passant un bras sur l'épaule. Mes marsouins vont nous la ramener dans leur canot, comme toujours. Ne vous inquiétez donc pas.

– Merci. Nous savons que vous faites tout ce que vous pouvez.

Il serra la main de Raoul.

– Il paraît que vous travaillez sur le chantier Ting et que c'est si énorme que vous y avez fait installer une ligne téléphonique particulière.

– Ça devient de plus en plus fréquent, vous savez.

Jack se passa la main dans ses cheveux noirs. Il était en tenue de ville : chemise jean, pantalon kaki. Sa femme avait été secrétaire à l'école élémentaire. Elle connaissait le nom de chaque enfant et appelait toujours lorsque ceux de Kayla étaient malades.

– Ces Ting, reprit-il, ce sont des Chinois, non ?

Sa femme et lui étaient nés sur l'île. C'étaient des gens chaleureux bien que Jack passât pour quelque peu chatouilleux à l'endroit de ceux qui n'étaient pas insulaires d'origine. Il ne pouvait s'empêcher de manifester son mépris à l'endroit de ceux qu'il qualifiait de vacanciers ou d'émigrants même lorsque, comme Raoul et Kayla, ils vivaient à Nantucket depuis vingt ans.

– Pourquoi, vous attachez de l'importance à leurs origines ?

– Jack, intervint Kayla, je voudrais que vous retrouviez mon amie !

– Tout le monde a l'air de savoir que vous étiez venues vous amuser ici.

Les rumeurs allaient vite, sur Nantucket. Et la fréquence radio de la police ne devait pas aider.

– « Nous amuser » ? C'est-à-dire ?

– C'est-à-dire boire, et vous baigner dans des eaux où ne se risquent même pas les meilleurs nageurs. Il est 2 heures du matin, Kayla.

– Ça fait vingt ans que nous venons ici, répéta-t-elle irritée. Vous n'avez pas à nous gronder comme des gamines en goguette.

Pourtant, son intonation furieuse et geignarde semblait dire le contraire.

– La barbe ! souffla le pompier en fourrant les mains dans ses poches. Vous feriez mieux de débarrasser le chemin, tous autant que vous êtes. Vous ne pourriez pas attendre dans vos voitures ?

Kayla et Val allèrent s'asseoir sur le pare-choc avant du 4x4 et Raoul se jucha entre elles. D'en haut, elles virent Paul Henry récupérer le mathusalem vide, en lire l'étiquette et monter dans leur direction.

– Vous avez bu tout ça ?

– On est majeures, maugréa Kayla. On a le droit.

– Je vous ai posé une question. Je suis votre ami, mais je suis également policier et je suis là pour enquêter. Alors, votre amie a bu du champagne ?

– Hé oui ! Voyez-vous, la rumeur se confirme, semble-t-il ! Nous buvions ! Nous avons ouvertement enfreint la loi !

Paul Henry lui jeta un regard dégoûté.

– Ainsi, vous considérez que la femme que nous recherchons a englouti à peu près le tiers de cette bouteille ?

Kayla regarda Val qui semblait dormir debout.

– Pas un tiers, juste quelques verres.

– Quelques verres ?

– Deux ou trois.

– Et vous, combien en avez-vous bu ? C'est une bouteille énorme.

– Qu'est-ce que ça peut faire ? intervint Raoul. Elles viennent ici tous les ans pour boire du champagne et se baigner. Pour célébrer la fin de l'été. C'est tout.

– D'accord, d'accord ! Je n'insinue rien d'autre ! Mais j'aime savoir à quoi j'ai affaire. Il y a une grosse différence entre une femme qui se baigne et une ivrogne qui se baigne.

Un jeune policier que Kayla ne connaissait pas s'approcha, les mains pleines de débris de verres.

– On se calme, dit-elle. Ce sont les restes des flûtes que j'ai jetées dans l'eau.

Paul Henry en prit un morceau qu'il examina devant la lune.

– C'était avant ou après la disparition de Mme Riley ?

– Après.

– Donc, je ne peux pas en conclure que vous vous êtes disputées avant qu'elle aille se baigner ?

Kayla n'aimait pas du tout le ton sur lequel il avait dit ça, comme si « se baigner » n'était qu'un doux euphémisme.

– Non, répondit-elle.

Il rendit le morceau de verre au jeune policier qui portait des gants de caoutchouc. Au loin, le bateau se déplaçait toujours, lentement, balayant la surface de son phare. Tandis que le canot des marsouins se rapprochait peu à peu. Jack Montalbano observait la scène en fumant une cigarette.

– Pourquoi est-ce qu'ils ne plongent pas ? demanda Kayla.

– Parce qu'ils recherchent une baigneuse pour le moment. S'il le faut, ils plongeront, dans un deuxième temps.

Le talkie-walkie de Paul Henry grésilla et Kayla entendit s'approcher un bourdonnement caractéristique.

– Les garde-côtes ont envoyé un hélico, indiqua Paul Henry impressionné.

L'engin avait aussi braqué un phare qui explorait l'océan comme l'œil de Dieu dans son triangle. Paul Henry le contemplait, les veines de son cou tendues à l'extrême.

– Ils ont à bord un détecteur qui repère la chaleur corporelle à la surface de l'eau. Ils vont vite la retrouver, Kayla, vous pouvez me croire.

Ils attendirent, regardant l'appareil tourner par cercles de plus en plus larges. Il finit par s'éloigner tellement que Kayla le perdit de vue et son cœur se serra à l'idée qu'Antoinette était *par là-bas*. D'un seul coup, tout en elle s'effondra, comme la quille d'un bateau qui faisait naufrage. Elle eut juste le temps de se retourner et vomit dans le sable – le champagne, les langoustes, d'un seul trait, jaunasse et dégoûtant. Comment cela avait-il pu leur *arriver* ? Elle avait envie de revenir en arrière, comme dans un film, de réécrire le déroulement de la soirée. Deux heures auparavant, elles étaient là, toutes les trois, insouciantes, et puis tout avait basculé. Raoul lui tapota le dos et lui tendit une serviette pour qu'elle s'essuie la bouche. Paul Henry leur donna une bouteille d'eau fraîche qu'elle but avec tant de bonheur qu'elle en eut les larmes aux yeux. Elle la vida presque, s'inondant le menton et la poitrine tandis que Raoul lui caressait les cheveux.

– Là, murmura-t-il. Là, ça va aller.

Mais rien n'allait du tout. L'hélicoptère avait disparu, le bateau de secours n'était plus qu'un point à l'horizon et le canot des marsouins abordait la plage, ses occupants sautant sur le sable avec des mouvements impuissants de la tête.

– Elle est introuvable, annonça l'un d'eux à Jack Montalbano. Vous voulez qu'on plonge ?

Le capitaine lui tournait le dos, si bien que Kayla n'entendit pas sa réponse. Il tendit le doigt et les marsouins regagnèrent leur canot en prenant des masques et des tubas avec eux. Kayla se sentait incapable d'avouer le pire à Raoul – que quelques secondes avant sa disparition, elle avait accusé Antoinette de coucher avec lui. Encore une rubrique qu'elle devrait ajouter à sa liste des choses qu'on ne pouvait acheter : le silence. Une fois qu'on avait lâché une parole, tout l'or du monde ne pouvait la rattraper, pas plus qu'il ne pouvait arracher son amie aux eaux noires de l'océan.

Le grondement de l'hélicoptère qui revenait réveilla Kayla en sursaut. Elle était toujours assise sur le pare-choc du 4x4, blottie contre Raoul. Les voitures de police étaient garées tout près mais, les hommes qui s'étaient tellement activés sur la plage, revenaient les bras ballants et s'asseyaient. Ils attendaient. D'un seul coup, Paul Henry porta son talkie-walkie à l'oreille, regarda dans leur direction. Kayla sentit son cœur bondir d'optimisme. Mais elle le vit baisser la tête et les épaules ; il articula deux trois phrases dans son appareil et avança vers eux.

– Le détecteur de chaleur n'a rien indiqué du tout, annonça-t-il. Ils veulent passer le relais à une mission de récupération.

– Qu'est-ce que ça veut dire ? demanda Kayla.

Paul Henry croisa les bras.

– Il s'est écoulé près de quatre heures, déjà. On est tous d'accord pour estimer que si elle est entrée dans l'eau au moment et à l'endroit où vous l'avez dit, ils auraient dû la retrouver. Si les garde-côtes ne l'ont pas repérée, c'est qu'il s'est produit quelque chose d'anormal.

Val émergea de la voiture, le visage exsangue.

– Elle est morte, lâcha-t-elle. C'est tout ce qu'il y a à dire et ces messieurs ne vont pas perdre davantage de temps et d'argent à la rechercher. C'est une femme, une Noire qui plus est. Tandis que s'il s'agissait d'un Blanc, tiens, d'un flic ou d'un pompier, alors là, ce serait autre chose.

Titubante, elle tendit un doigt tremblant vers Paul Henry.

– Toi, mon pote, tu vas te prendre un procès.

– Et si c'était votre femme ? intervint Kayla. Est-ce que vous arrêteriez les recherches ? Et si c'était votre fille ?

– Du calme, mesdames ! Le pilote m'a juste demandé s'il était possible que cette femme ne soit pas du tout là où on la cherchait. Il est hautement improbable qu'elle soit entrée dans l'eau au moment où vous l'avez dit, parce que nos hommes l'auraient vue sur leur radar. Les garde-côtes font des mathématiques. Ils savent où regarder. Ils savent aussi combien de temps une personne peut survivre dans des eaux à cette température. Je vous assure que s'ils croyaient Mme Riley encore dans les parages et vivante, ils lanceraient tout de même une mission de récupération.

– Elle est morte, dit Valerie.

– Serait-il possible que votre amie soit revenue sur cette plage ? Vous avez dit qu'elle habitait Polpis Road. Et si elle était tout simplement retournée chez elle ?

– Pourquoi aurait-elle fait une chose pareille ? s'insurgea Val. Je n'ai jamais rien entendu d'aussi bête !

– Vous avez beaucoup bu, mesdames. Et cette histoire de danse dans l'eau, je trouve ça bizarre. Comme si elle s'amusait. Elle a très bien pu revenir en douce et remonter à votre insu.

– Ridicule ! siffla Val.

– Où habite-t-elle ? Nous allons vérifier chez elle.

Kayla lui donna l'adresse puis demanda :

– Est-ce que nous pouvons venir avec vous ?

– C'est le travail de la police, répondit Paul Henry.

– Je vous en prie ! C'est notre meilleure amie. Nous la connaissons depuis vingt ans.

– Bon, si vous voulez.

Kayla grimpa dans le 4x4 mais Val demeura debout sur le sable, l'air bizarre.

– Je vais rentrer avec Raoul, annonça-t-elle. Je veux lui parler de quelque chose. D'accord, Raoul ?

Celui-ci lança ses clefs en l'air et les rattrapa.

– Bien sûr. Viens. Chérie, on se retrouve chez Antoinette ! Et ne t'en fais pas trop.

– Je vais essayer, répondit Kayla.

Une aigre jalousie lui rongeait le cœur. Pourquoi Val voulait-elle rentrer avec Raoul ? Elle se représenta la cabine tiède de sa camionnette, son mari qui était sorti du lit pour venir ici, et Val assise près de lui, une simple serviette nouée à la ceinture en guise de jupe. Son pantalon de lin était toujours à l'arrière du 4x4, avec ses sandales italiennes qu'elle avait dû payer une fortune. Elle s'était installée à côté de son mari à moitié nue. Elle n'avait pas peur de tromper le sien ;

elle couchait avec Jacob Anderson. Prise d'une fureur décuplée par le dépit, Kayla démarra et faillit se heurter au parechoc de Raoul.

Pourquoi Val voulait-elle lui parler ? Allait-elle lui raconter ce que Kayla avait dit avant qu'Antoinette entre dans l'eau ? Toutes choses encore que l'argent ne pouvait acheter : la loyauté de votre meilleure amie ou celle de votre conjoint.

*
* *

La caravane s'arrêta dans le chemin qui menait à la villa d'Antoinette. Raoul et Val dans la Chevrolet, Kayla dans le 4x4, Paul Henry et son coéquipier dans une voiture de police. Kayla se sentit flancher en apercevant la petite villa. Toutes les lampes étaient allumées, la porte d'entrée grande ouverte. Antoinette était là ! Kayla sauta à terre et se précipita vers Raoul.

– Oh, merci mon Dieu ! s'écria-t-elle.

Elle secouait le bras de son mari : aime-moi, de toutes tes forces. Oublie ce que Val a pu te dire et aime-moi. Tu vois que je ne suis pas une meurtrière.

– Laissons Paul Henry aller voir d'abord, dit-il calmement.

Val attira son amie vers sa portière ouverte.

– Ce n'est pas vrai ! souffla-t-elle. Elle nous a plantées là, à Great Point, et on a cru qu'elle était morte. Je vais la tuer ! Antoinette !

Les deux policiers passèrent devant elles, le coéquipier de Paul Henry la main sur son revolver.

– Restez ici, dit-il.

Il jeta un coup d'œil à l'intérieur.

– Oh là là !

Paul Henry se pencha à son tour et émit un sifflement.

Il frappa à la porte.

– Madame Riley ? C'est la police de Nantucket. Vous êtes là ?

– Qu'est-ce qui se passe ? demanda Val.

Sa serviette cachait à peine le strict minimum et Kayla avait une folle envie de lui dire d'aller mettre son pantalon. Raoul s'était approché de la villa et inspectait la façade. Au début, elle crut qu'il admirait son ouvrage au clair de lune. Il avait toujours dit que c'était une de ses maisons préférées, bien qu'elle ne contienne que quatre pièces. Mais d'immenses pièces, un salon gigantesque, une vaste cuisine, une salle de bains des plus spacieuses, une superbe chambre à coucher, de hauts plafonds, de larges baies et des quantités de touches personnelles et pratiques. Il avait dit un jour qu'il pourrait rester des heures à contempler cette villa, tout comme elle restait fascinée par le spectacle de ses enfants quand ils dormaient.

– Elle n'est pas là, dit-il.

– Raoul ?

Il secoua la tête.

– Elle n'est pas là, Kayla. Que dit Paul Henry ?

Les deux policiers venaient de pénétrer à l'intérieur, directement dans le salon. Suivis de loin par les deux femmes. Lorsque Val passa la tête à l'intérieur, elle poussa un cri.

Et si Antoinette s'était pendue à une poutre ?

Et si Antoinette gisait dans une mare de sang ?

– Qu'est-ce qu'il y a ? demanda Kayla paralysée sur le seuil.

– Madame Riley ? appela Paul Henry.

Enfin, Kayla jeta un coup d'œil dans le salon.

La pièce était sens dessus dessous. Il y avait des affaires partout, retournées, déchirées, écrasées, les livres jetés à terre, les fauteuils crevés, les plantes vertes renversées. Et, partout, des bouteilles de vin renversées comme des quilles.

– Oh, mon Dieu ! s'exclama Kayla.

Mais Paul Henry leva la main.

– Ne bougez pas ! ordonna-t-il. Cette fois, vous empiétez vraiment sur le domaine de la police. Je suis certain que cette pièce n'était pas dans cet état quand vous avez emmené Mme Riley, tout à l'heure ?

– Nous ne sommes pas entrées, dit Kayla.

Elle se tourna vers Val qui regardait autour d'elle, les yeux écarquillés, l'expression hébétée.

– N'est-ce pas, Val ?

Celle-ci secoua la tête.

– Donc, conclut Paul Henry, rien ne dit que c'était mieux rangé avant votre baignade.

Il enfila ses gants de caoutchouc et ramassa quelques objets.

– Pour autant que je sache, Mme Riley peut fort bien avoir tout cassé elle-même. Ce qui en dirait long sur son état d'esprit quand elle est partie pour la plage.

Toutes les lampes brillaient, y compris la rampe du plafond, les appliques de la cuisine et de la salle de bains. Antoinette détestait les ampoules. Elle préférait le soleil, ou les bougies.

– Ce n'était pas allumé quand on est venues la chercher, observa Kayla. Quelqu'un d'autre est passé par là.

– Il manque quelque chose ? demanda Val. Elle a été cambriolée ? Vous pourriez au moins nous laisser regarder, parce qu'il n'y a que nous qui pourrions vous le dire.

– Il manque la télévision, déclara Paul Henry.

Du menton, il désignait un emplacement vide au milieu des étagères qui tapissaient le mur du fond.

– Mais non, elle n'avait pas la télé. Val a raison, vous devriez nous laisser regarder.

Le coéquipier leur jeta un regard noir.

– Ne touchez à rien !

Il se tourna vers Valerie :

– Et vous, mettez des chaussures.

– Elles sont dans ma voiture, indiqua Kayla. Avec ton pantalon.

Val disparut pour s'habiller. Raoul était toujours dans l'allée, occupé à dessiner des formes avec ses pieds sur le sol. Il envoya un nuage de poussière devant lui.

– Antoinette n'est pas là, annonça Kayla.

– Oui, dit-il.

Kayla et Val traversèrent la villa à la suite des deux policiers ; entre-temps, elles avaient appris que le coéquipier était l'inspecteur Dean Simpson – un véritable inspecteur, à Nantucket !

Ils découvrirent le portefeuille d'Antoinette, ainsi que son chéquier, sous une pile de vêtements jetés sur le lit. Il ne manquait pas un chèque et le portefeuille contenait deux cent vingt-sept dollars. L'inspecteur Simpson releva les empreintes qui pouvaient rester sur la commode. Tout d'un coup, ils se trouvaient en plein lieu du crime. Kayla tâcha de se rappeler comment Antoinette s'était comportée à la plage. Elle lui avait paru de bonne humeur, quoique un peu inquiète à cause de sa fille. Cependant, elle avait dit vouloir leur avouer quelque chose. De quoi pouvait-il s'agir ?

Dans la salle de bains, tout avait été violemment jeté à terre ou dans les toilettes, à commencer par le contenu de l'armoire à pharmacie.

– Ce devait être quelqu'un qui cherchait de la drogue, commenta l'inspecteur.

Il ramassa les médicaments qu'il se mit à examiner un à un.

Kayla entraîna Val dans la cuisine.

– Allez, dis-moi ce que tu en penses. Tu crois qu'Antoinette est revenue ici mettre cette pagaille ?

– Je ne vois pas pourquoi elle aurait fait ça.

– Peut-être parce qu'elle voulait disparaître. Parce qu'elle n'avait pas envie de voir sa fille.

– À propos de sa fille… dit Val.

Elle désignait une serviette en papier accrochée par un aimant au réfrigérateur, sur laquelle on avait griffonné à l'encre bleue : *L., Cape Air, midi, sam.*

– Sa fille sera là dans quelques heures. On va devoir s'en occuper.

– Elle allait nous avouer quelque chose, murmura Kayla. Tu crois qu'elle nous aurait dit qu'elle allait disparaître ?

Val eut une moue dubitative.

– Je ne pense pas.

– Pourquoi ? Tu sais ce qu'elle allait dire ?

– Non.

– De quoi est-ce que vous parliez, toutes les deux, pendant que je dormais ?

Val tripotait l'aimant – un logo du caviste *Islander*. Elle fronça les sourcils.

– Je ne me rappelle plus. C'était sûrement moi qui bavardais, comme toujours.

– Alors, elle ne t'a pas confié son secret ?

Val posa les mains sur les épaules de son amie :

– Non, je t'assure.

– Et tu ne crois pas qu'elle… Je veux dire, on sait qu'elle a déjà tenté de se suicider…

– C'est vrai.

– Tu crois qu'elle est morte ?

Elles entendirent Paul Henry les appeler :

– Mesdames, pourriez-vous revenir par ici, je vous prie ?

Val haussa un sourcil et articula à voix basse « *mesdames* ». Kayla jeta un coup d'œil par la fenêtre. Dehors, Raoul était toujours en train d'effacer ce qu'il venait de dessiner sur le sol.

Elles retournèrent dans la grande salle de bains brillamment éclairée. À lui seul, le carrelage vert jade devait valoir une fortune, d'après Raoul. Paul Henry et l'inspecteur avaient posé leurs pattes sur toutes les bouteilles et toutes les boîtes maintenant ouvertes, répandant leurs pilules sur le comptoir entre les deux lavabos et notant chaque nom sur un carnet.

Kayla regarda encore par la fenêtre les premières lueurs du jour qui se levait. Si tout s'était passé comme prévu, en ce moment, elles seraient en train de se réveiller sur la plage et s'apprêteraient à rentrer chez elles, non sans s'arrêter en route pour acheter des beignets au chocolat. Raoul serait en train d'enfiler ses bottes, puis il prendrait son casse-croûte dans le réfrigérateur et se rendrait chez les Ting, dont Jack Montalbano avait si obligeamment rappelé qu'ils étaient chinois. Mais non. Non.

– Est-ce que l'une de vous sait pourquoi Mme Riley avait besoin de tant de médicaments ? demanda l'inspecteur.

Il parlait avec un fort accent new-yorkais qui agaça Kayla.

– Elle avait des règles douloureuses, répondit Val.

Kayla se détourna. *Migraines,* songea-t-elle, *dépression.* Était-il si incongru de penser qu'elle ait pu se suicider ? Comment oublier la phrase qu'elle avait prononcée lors de leur première Nuit des Sirènes : *Je veux pouvoir me supprimer si ça me prend un jour ?*

Kayla reconnut la coquille de buccin posée sur la cuvette des toilettes qu'elles avaient découverte, avec Antoinette, sur la plage de Tuckernuck, lorsque Theo était tout petit. Elle se rappelait parfaitement cet après-midi-là. L'un des ouvriers de Raoul leur avait prêté un canot à moteur et Antoinette les avait promenés à travers le port de Madaket, puis au-delà de Smith's Point, jusqu'à l'île voisine, Tuckernuck, encore à peu près sauvage. Kayla avait emmitouflé son fils dans un gros gilet de sauvetage orange et l'avait fait asseoir sur le fond du bateau en lui disant de venir s'agripper à ses jambes. Peu après, Antoinette le déposait sur la plage déserte où tous trois pique-niquèrent, se baignèrent et ramassèrent des coquillages.

Kayla le prit dans ses mains, malgré l'ordre de l'inspecteur de ne rien toucher ; mais il était trop occupé à relever les noms de tous les médicaments d'Antoinette. Dessous, elle aperçut un bâton de plastique qui la laissa sans voix et qu'elle recouvrit si vivement qu'elle faillit faire claquer la nacre contre la céramique.

Derrière les policiers, Val commentait chacune de leurs découvertes :

– Ça, c'est pour les crampes, ces bleues, là, j'en suis sûre.

Elle se tenait de telle façon qu'elle leur cachait Kayla et

celle-ci en profita pour glisser prestement le bâton de plastique dans la poche de son pantalon.

Bravo l'inspecteur !

Ils n'auraient sans doute même pas su dire de quoi il s'agissait, mais on n'était pas pour rien la mère de quatre enfants.

Un test de grossesse, avec deux barres violettes. Positif.

Lorsqu'elles sortirent de la villa, Raoul était toujours en train de balayer la terre de sa chaussure. L'inspecteur explosa :

– Qu'est-ce que vous fabriquez là ?

Sa voix sonna étonnamment creux dans ce sous-bois.

– Vous avez réfléchi aux traces de pas ? De pneus ? Vous avez carrément détruit des preuves !

Dans sa colère, il avait lancé les bras en l'air et, au passage, son carnet qui retomba à ses pieds comme un oiseau blessé.

Raoul semblait stupéfait. Et exténué.

– Oh, pardon ! C'était nerveux. Histoire de m'occuper…

– C'est malin !

L'inspecteur ne devait pas avoir plus de trente ans, pourtant il avait déjà les tempes grisonnantes, les cheveux noirs coiffés en arrière, et de petites lunettes cerclées d'acier, comme dans les vieux films. C'était la première fois depuis une heure que Kayla faisait attention à lui.

Paul Henry sortit un ruban jaune de police pour encercler la villa, tandis que son acolyte scellait les portes. Ils allaient passer au commissariat pour rédiger leur rapport, envoyer les empreintes digitales et quelques autres échantillons au laboratoire de Cape Cod. Les garde-côtes lanceraient de nouvelles rondes le long des côtes dès 7 heures, et les plongeurs s'apprêtaient à embarquer. Mais, pour le moment, il était clair que ni Paul Henry ni l'inspecteur ne pensaient qu'Antoinette se trouvait encore dans l'eau. Ils optaient pour une autre explication.

– Nous allons envoyer une équipe à l'aéroport et à l'embarcadère pour vérifier si elle n'a pas quitté l'île, expliqua Paul Henry à Kayla. Pourriez-vous nous confier un portrait de Mme Riley ? Je n'en ai pas trouvé dans la maison.

– Antoinette n'aime pas qu'on la prenne en photo. Mais je dois en avoir une. Je vous l'apporterai.

– Merci. Nous vous téléphonerons dès que nous aurons du nouveau.

Le soleil se levait lorsque Kayla reprit la route. Le ciel se parait de larges bandes roses à l'horizon, qui viraient au jaune, en contraste avec le bleu encore profond de la nuit. Un vol d'oies sauvages en formation passa au-dessus de sa tête. Val ronflait doucement sur le siège passager. Kayla avait insisté pour la raccompagner. D'autant que Raoul voulait passer sur un chantier où son équipe allait se réunir pour le petit déjeuner, afin de leur dire qu'il ne travaillerait pas de la journée.

– Dis à Jacob que je vais lui téléphoner, le pria Val.

Il acquiesça de la tête. Ainsi, il était au courant. Kayla se demanda si c'était ce dont elle lui avait parlé dans la camionnette ; en tout cas, le secret de Val n'en était plus un.

C'était Kayla qui en avait un, désormais. Antoinette n'avait pas seulement disparu ; elle avait aussi une fille qui devait revenir dans sa vie après vingt et un ans d'absence ; et puis sa villa venait d'être mise à sac ; et enfin, elle se retrouvait enceinte à quarante-quatre ans. De qui ? Certes, elle n'avait pas observé une vie monacale depuis son divorce. Elle avait connu plus d'une aventure, dont une avec un homme à bicyclette qui s'était arrêté chez elle pour demander où se trouvait Jewel Pond. Mais elles ne duraient guère plus d'un été, quand ce n'était pas une nuit. De toute façon, aucune ne lui avait laissé de grands souvenirs et, certainement pas de bébés. Kayla ne savait plus que penser. Qui était le père ? Antoinette avait emporté son secret avec elle, où qu'elle fût allée.

Kayla réveilla Val en arrivant devant sa maison. Elle n'avait pas très envie de s'attarder :

– Tu vas te coucher ? On discutera plus tard ?

Le test de grossesse pesait lourd dans sa poche mais ce n'était pas le moment d'en parler à Val. Pas encore.

Les yeux dans le vide, Val secoua la tête.

– Je veux quitter John.

– Oh, Val !

– Quoi ?

– Tu ne vas pas faire ça aujourd'hui, quand même ?

– J'en ai assez. Je ne suis pas heureuse avec lui. Il faut que je prenne une décision radicale, même si c'est risqué.

Kayla contemplait la superbe façade qui abritait tant de malheur.

– Tu crois qu'Antoinette l'a fait exprès ? demanda-t-elle. Tu crois qu'elle a pris une décision radicale ?

– Sûrement pas.

– Alors tu penses qu'elle est morte ?

– Ils ne l'ont pas ramenée vivante, Kayla.

– Ni morte, je te ferais remarquer. Ils ne l'ont pas ramenée, point. À croire qu'elle s'est évaporée.

Valerie eut un sourire triste et fatigué.

– Tu as raison. On se téléphone.

Elle claqua la portière et traversa d'un pas lourd sa pelouse impeccable. Kayla resta immobile jusqu'à ce que son amie soit entrée chez elle.

La maison n'avait pas changé, ce qui, en la circonstance, paraissait presque étonnant. Pour un peu, Kayla se serait attendue à la retrouver en flammes ou saccagée. Elle arrivait avant Raoul et, apparemment, Theo était déjà parti au travail. Les premiers vols d'Island Airlines décollaient à 6 heures du matin et comme c'était l'heure à laquelle Raoul regagnait ses chantiers, le père et le fils se levaient en même temps et buvaient leur café tranquillement dans la cuisine avant de gagner leurs lieux de travail respectifs ; encore que, ces dernières semaines, Theo ait eu tendance à partir une demi-heure plus tôt, quitte à prendre son petit déjeuner chez *Hutch,* à l'aéroport. Du moins était-ce ce qu'il raconta à sa mère le jour où celle-ci eut le courage de lui poser la question.

Kayla sortit lentement de sa voiture, jeta un coup d'œil à l'arrière, sur les reliefs du pique-nique – la glacière, les serviettes, le sac de carapaces de langoustes qui se mettraient à empester dès que le soleil se lèverait, le mathusalem vide – mais elle n'avait pas la force de s'en occuper pour le moment. Quand même, les langoustes... Elle ouvrit le hayon du 4x4 et jeta les carcasses dans l'allée. En attendant mieux. C'est alors qu'elle aperçut les baskets noires d'Antoinette et fondit en larmes. Rentrer immédiatement à la maison. Dormir.

Devant la cuisine, elle se rappela que Jennifer couchait chez une amie. Ce qui signifiait que Luke et Cassidy étaient seuls. Un gamin de huit ans et sa sœur de onze ans... Quelle mère exemplaire elle faisait ! Quoique Theo ne soit vraisemblablement parti que vingt minutes auparavant, mais ce n'était pas une raison. En fait, elle avait de la chance que la maison n'ait pas été calcinée dans un incendie. Avant de monter dans sa chambre, Kayla vérifia le répondeur. Pas de message. Elle n'avait pu s'empêcher d'imaginer la voix de Paul Henry gonflée de l'adrénaline de la victoire, *on l'a retrouvée !* Ou, mieux encore, le timbre d'Antoinette. Mais seul l'attendait le silence du déclic de son propre appel du Wauwinet.

Elle passa voir Luke et Cassidy. Ses quatre enfants avaient hérité les épais cils noirs de leur père, qui rebiquaient sur leurs joues quand ils dormaient. Dieu qu'elle les aimait ! Elle se laissa tomber sur son lit, trop fatiguée pour se déshabiller. Le soleil grimpait maintenant dans le ciel, glissant déjà ses rayons à travers les stores. Elle se cacha la tête sous l'oreiller en plumes de Raoul et laissa le sommeil l'engourdir.

Kayla tenta deux fois d'émerger – d'abord lorsque Raoul la rejoignit au lit, ensuite lorsque Luke entra dans son pyjama rayé qui lui donnait un air d'homme d'affaires en costume trois-pièces. Mais elle replongea chaque fois comme une masse.

Il fallut enfin que Raoul la secoue pour la tirer de sa torpeur :

– Kayla. Kay-la !

Elle ouvrit les yeux. Les stores étaient levés, la pièce inondée de soleil. Il faisait chaud et elle se sentait moite et mal à l'aise, avec un mal de tête épouvantable, la langue pâteuse et les cheveux poisseux de sel. Soudain, tout lui revint à la mémoire : trop de champagne, Antoinette disparue.

– Les enfants vont bien ? articula-t-elle.

Raoul lui effleura la joue. Il était habillé, la tête encore humide de sa douche récente.

– Très bien. Jennifer est passée puis repartie garder le gosse des Ogilvy. Elle a mangé une banane mais c'est tout ce que j'ai pu la convaincre d'avaler. Cass et Luke sont en bas devant la télé. Je leur ai dit qu'ils en avaient le droit jusqu'à ce que tu te lèves. Ils veulent te voir. Ils s'inquiètent.

– Qu'est-ce que tu leur as dit ? Ils savent qu'Antoinette nous a quittés ?

– C'est un grand mot. Ils savent qu'elle s'est perdue et que nous l'avons cherchée une bonne partie de la nuit.

– Bon. Tu peux me donner de l'eau ? Quelle heure est-il ?

Raoul alla dans la salle de bains chercher un verre à dent.

– 11 h 20, répondit-il.

Elle but et lui rendit le verre puis posa les deux pieds sur le sol. Elle était heureuse que son mari soit resté auprès d'elle en un tel jour. Elle aurait voulu pouvoir en profiter, l'attirer auprès d'elle dans le lit, mais elle avait une mission à remplir.

– Il faut que j'y aille, dit-elle.

– Où ça ?

– À l'aéroport, chercher Lindsey.

– Lindsey qui ?

– La fille d'Antoinette. Elle a été placée dans une famille d'adoption à sa naissance et vient à Nantucket pour la première fois. Je n'ai pas le temps de t'expliquer ça dans les détails, mais il faut que j'aille la chercher.

Raoul émit un sifflement et fourra les mains dans les poches arrière de son pantalon. Il portait un polo blanc immaculé à la place de l'éternel tee-shirt au logo de MONTERO BÂTIMENT. Il était si beau : propre, bronzé, pieds nus… Jamais Kayla ne pourrait se lasser d'un tel homme, même si tous deux vivaient encore cent ans, et surtout s'il travaillait un peu moins.

– Qu'est-ce que tu vas lui raconter ? demanda-t-il perplexe.

– Je ne sais pas, mais si elle veut passer la nuit ici, je ne pourrai pas lui dire non.

– Où veux-tu qu'elle dorme ? Sur la terrasse ?

– On la mettra dans la chambre de Luke et lui viendra ici, avec nous.

L'enfant ferait mine de ne pas apprécier – il dirait qu'il était trop grand pour dormir avec ses parents mais, au fond, il adorerait ça. Machinalement, Kayla prévoyait déjà de changer les draps, de passer l'aspirateur… Décidément, elle était une ménagère dans l'âme ! Dès que ce cauchemar serait fini, elle se raserait le crâne ou s'inscrirait à un cours de littérature comparée, ou les deux.

– Peut-être qu'elle ne viendra pas, ajouta-t-elle.

Ce qui correspondait exactement à son désir le plus secret – que cette fille couleur bouchon n'ait soudain plus le courage de rencontrer sa mère biologique et trouve une excuse pour rater son avion. D'abord, il était très compliqué de venir à Nantucket juste pour un week-end…

– C'est possible, commenta Raoul.

Cependant, elle crut déceler un doute dans son intonation. Il avait de la chance dans la vie. Elle pas.

Kayla prit une douche rapide et enfila une petite robe rose à fines bretelles, peut-être parce que cela faisait décontracté, surtout parce qu'elle se sentait bien dedans, l'étoffe ne l'engonçait pas trop, gommant artistement son ventre et ses cuisses. Elle prit trois aspirines et un autre grand verre d'eau, s'aspergea de *Coco* en espérant que le parfum parviendrait à camoufler l'odeur de gueule de bois qu'elle devait dégager. Puis elle descendit.

Elle n'aurait su dire si Luke et Cassidy s'inquiétaient pour elle tant ils semblaient intéressés par l'émission qu'ils regardaient sur la vie des varans géants de Komodo.

– Il est presque midi et vous restez enfermés par un temps pareil ! s'exclama-t-elle. Vous êtes punis ?

Cassidy se leva d'un bond – sans doute autant pour lui dire bonjour que de peur de se faire attraper parce qu'il ne fallait pas rester trop près de l'écran. Kayla ne se souvenait même plus pourquoi, mais c'était comme ça.

– Maman, s'écria-t-elle. Tu es rentrée !

Elle se précipita dans ses bras avec toute la confiance d'une petite fille.

– Papa a dit que tante Antoinette s'était perdue.

Kayla l'étreignit tendrement tout en jetant un coup d'œil vers Luke qui portait encore son tee-shirt vert du centre aéré de Nantucket.

– Bonjour, Luke ! lança-t-elle.

– Bonjour. Tante Antoinette s'est noyée ?

– Non. Qui t'a dit ça ?

– Personne.

Raoul devait en avoir lâché plus qu'il ne croyait. De toute façon, il était quasi impossible de cacher ce genre de nouvelle à un gosse ; surtout à cet âge-là, ils étaient aussi méfiants que perspicaces.

– J'ai quelque chose à vous annoncer, reprit Kayla. On va peut-être avoir une invitée qui dormira ici, ce soir.

– Qui ? demanda Cassidy. Sabrina ?

La mère de Raoul ? Il était vrai que celle-ci ne venait jamais sans son équipement : foulards et bougies magiques. Les enfants en raffolaient.

– Non, pas Sabrina. Quelqu'un que vous n'avez jamais vu. Une jeune fille qui s'appelle Lindsey…

Lindsey quoi, au fait ? Pas Riley.

– C'est la fille de tante Antoinette.

– Tante Antoinette n'a pas d'enfants, rectifia Luke.

Il leva sur sa mère un regard plein de reproche : *Est-ce que tu pourrais éviter de nous faire marcher ?*

– Si, elle a une fille. Elle ne l'a pas vue depuis très longtemps et c'est pour ça que vous ne la connaissez pas. Mais je vais la chercher maintenant. Elle dormira dans la chambre de Luke et toi, mon Luke, tu pourras passer la nuit avec papa et moi.

Sans lui laisser le temps de s'insurger, Cassidy lança :

– Tu en as de la chance !

Instantanément, il prit un air fier.

Kayla éteignit la télévision et regarda l'heure. Elle devait partir.

– Allez jouer dehors, vous deux. Demandez à votre père de vous lancer le Frisbee. Je rentrerai bientôt.

Cependant, elle prit encore le temps de filer à la cuisine où elle trouva un sachet en plastique qui avait emballé un sandwich ; elle y glissa le test de grossesse puis mit le tout dans son sac, avant d'aller consulter l'album familial, à la recherche de trois photos d'Antoinette. Elle pensait plus particulièrement à un cliché où son amie portait un de ses enfants sur les genoux. Elle feuilleta les pages usées, parcourant divers portraits de Jennifer, bébé, à son anniversaire, à cheval, de Theo en uniforme de joueur de base-ball, mais impossible de mettre la main sur une seule photo d'Antoinette. Même celle à laquelle elle pensait avait disparu.

Kayla arriva cinq minutes en avance à l'aéroport et en profita pour appeler le commissariat afin de demander s'il y avait du nouveau. Paul Henry n'était pas là, l'inspecteur

Simpson non plus. La femme qui répondit au téléphone lui dit qu'on n'avait aucune nouvelle de la personne disparue ; on ne l'avait trouvée ni à l'embarcadère ni à l'aéroport. Si Kayla désirait un rapport de la mission de récupération, elle devait s'adresser aux pompiers.

Ce que fit Kayla, tout en surveillant des yeux la porte de Cape Air. Ce fut Jack Montalbano qui prit la communication.

– Nous ne l'avons pas encore repérée, expliqua-t-il. Mais il y a des chances qu'elle ne soit pas dans l'eau. J'ai cru comprendre que vous aviez trouvé du désordre dans sa villa.

– Du désordre… c'est le moins qu'on puisse dire. J'emploierais cette expression pour un rouleau de papier toilette lancé à travers les arbres, mais là, c'était autre chose.

Elle se demanda si Jack était seulement rentré se coucher. Depuis le décès de sa femme, il devait éviter sa maison autant que possible.

– Est-ce que… vous cherchez encore ?

Il s'éclaircit la voix :

– Oui, le plongeur est au travail en ce moment.

Tout d'un coup, elle se rendit compte qu'elle avait l'estomac creux, qu'elle n'avait rien mangé depuis la nuit – les langoustes, le fromage…

– Tenez-moi au courant, demanda-t-elle avant de raccrocher.

Rien ne bougeait encore devant la porte de Cape Air, aussi Kayla passa-t-elle chez *Hutch* pour y commander un sandwich à la dinde et un Coca light. La serveuse devait avoir au maximum dix-sept ans, les cheveux rouge cerise, sans doute émigrée d'Europe de l'Est. Theo devait la connaître. Subitement, Kayla eut peur de le rencontrer, de le voir l'injurier en public, ou pire, la dévisager avec la plus parfaite indifférence, comme s'il ne l'avait jamais vue. Ce qui n'empêcha pas Kayla d'avaler d'un coup la moitié de son casse-croûte, suivi d'une bonne rasade de soda. Elle se sentit tout de suite mieux. Par la fenêtre, elle vit atterrir l'avion de Cape Air et se dit : *À moi de jouer.* Il lui restait encore de la marge.

Elle jeta la moitié de sa collation et se dirigea vers le comptoir de la compagnie Island Airlines. Au cas où Theo s'y trouverait.

– Kayla !

Le patron de Theo, Marty Robbins, la reconnut immédiatement et prit la place de l'employé qui allait lui répondre :

– Où est votre fils ?

Elle sourit aussi gentiment qu'elle put mais sa voix se cassa :

– Je ne comprends pas…

– Il n'est pas venu, aujourd'hui. Je sais que lundi est son dernier jour mais j'ai encore besoin de lui. C'est un week-end de grands départs.

– Il n'a pas téléphoné ?

Question idiote, elle le savait. Elle ferma les yeux pour réfléchir. Voyons, la Jeep n'était plus devant la maison ce matin, c'était entendu, mais avait-elle fait attention à la porte de sa chambre ? Ouverte ? Fermée ? Peu importait, au fond. Si la Jeep n'était pas là, Theo n'était pas là. Comme si Kayla n'avait pas assez d'une disparue sur les bras ! Sans trop oser se l'avouer, elle était presque soulagée que son fils ne se trouve pas à l'aéroport. Elle ne tenait pas du tout à le rencontrer pour le moment. Elle avait déjà assez de trac avec ce qui l'attendait.

– Je vais tâcher de vous le ramener, promit-elle en s'éloignant du comptoir. Dès que j'aurai récupéré la personne que je suis venue chercher.

Impossible de s'y tromper, parmi les femmes qui descendaient de l'avion, une seule pouvait être la fille d'Antoinette ; la ressemblance était telle que sa mère elle-même s'en fût étonnée. Mêmes cheveux noirs indisciplinés, mêmes yeux en amande. Elle avait la peau un peu plus claire, le nez un peu plus pointu, les mouvements plus rapides, à part ça, Kayla avait l'impression de se retrouver vingt ans en arrière, à l'époque où

Antoinette se versait du chablis dans sa coupe de Waterford. Elle en eut les larmes aux yeux. Quelle injustice ! Voilà que cette jeune fille, portrait craché d'une mère à qui elle rendait enfin visite, par une cruelle ironie du sort ne la verrait encore pas aujourd'hui. *Oh, Antoinette, comment as-tu pu te dérober à ce moment ? Ta propre enfant.* Le cœur gros, Kayla s'approcha.

– Lindsey ?

Bien qu'elle ait eu l'air de s'attendre à tout, la jeune fille ouvrit grand les yeux. Elle devait effectivement s'attendre à tout sauf à Kayla – blonde et bien charpentée. Elle portait un sac à dos griffé et ses mains se crispèrent sur la bandoulière.

– Antoinette ?

– Non.

Pauvre fille ! Cependant, Kayla perçut aussitôt son soulagement.

– Je suis une amie de ta maman.

Ta maman... Cela faisait un peu puéril. Elle se reprit :

– D'Antoinette. Moi, je suis Kayla Montero.

Lindsey sourit – dents magnifiques, rouge à lèvres mauve impeccable – et lui tendit la main.

– Lindsey Allerton. Ravie de faire votre connaissance.

Quel flegme ! Vingt ans tout juste, et elle se présentait avec l'assurance d'une animatrice de télé. Elle portait un ample pantalon de coton blanc fendu sur les côtés, un tee-shirt sans manches rose bonbon qui laissait voir sa taille et son nombril, et des spartiates nouées haut sur la jambe. Jennifer adorerait ces vêtements. Theo également, sans doute.

– Ravie, moi aussi, répondit Kayla. Vous avez des bagages ?

Elle avait envie de quitter l'aéroport avant d'annoncer quoi que ce soit à la jeune fille. Cela lui donnerait le temps de réfléchir à la manière de présenter les choses.

– ... marron comme celui-ci...

Là-dessus, Lindsey se dirigea vers le tapis roulant et saisit un grand sac Vuitton.

– Où habitez-vous ? demanda Kayla.

– En ce moment, à Boston. Je suis en deuxième année à l'université d'Emerson.

– Quelle matière ?

– Histoire de l'art. Je sais… Mes parents disent que ça ne sert à rien.

– Vos parents…

– Adoptifs. Claude et Denise Allerton. Ils vivent à New York. C'est là que j'ai grandi. J'ai déjà raconté tout ça à Antoinette au téléphone.

– Bien sûr. Bon, la voiture est là-bas. Vous avez déjeuné ?

– Non. J'attendais de retrouver Antoinette.

– C'est gentil.

Plus Kayla atermoyait, plus elle avait l'impression de tromper son interlocutrice. Elle accéléra le pas comme pour la guider à travers le parking, ouvrit le hayon du 4x4 afin d'y déposer ses bagages et vlan ! – la puanteur des langoustes. Pire encore, les baskets noires d'Antoinette lui firent l'effet d'un fantôme qu'elle seule pouvait voir. Elle fila à l'avant, ouvrir toutes les vitres et mettre à fond la climatisation. Lindsey s'assit à côté d'elle. Et maintenant ? Démarrer ? S'expliquer dans cette voiture malodorante, dans ce parking étouffant ? Kayla ne savait quel parti prendre et tapotait son volant en réfléchissant, laissant l'air froid lui rafraîchir les idées.

Lindsey s'éclaircit la gorge.

– Qu'est-ce qui se passe ? demanda-t-elle. Où est Antoinette ?

Si seulement je le savais… Kayla n'allait tout de même pas lui dire ça, de but en blanc. Elle commença par remonter les vitres.

– Votre maman…

Arrêter de dire ça !

– Antoinette et moi sommes amies depuis vingt ans. Nous nous sommes connues peu après votre naissance, à l'époque où elle s'est installée ici.

– Oui, elle m'a raconté ça.

– Je ne sais pas comment vous le dire, mais j'ai une mauvaise nouvelle à vous annoncer.

– Elle ne veut pas me voir.

– Non, ce n'est pas ça. Elle veut vous voir. Mais il est arrivé un imprévu. Cette nuit, avec votre maman et une autre amie, nous sommes allées nous baigner. Antoinette s'est un peu éloignée et elle n'est pas revenue.

Kayla marqua une pause. Telle quelle, l'explication semblait absurde, même à ses oreilles.

– Nous avons appelé la police et les garde-côtes ; ils ont lancé un hélicoptère et des plongeurs mais sans succès. Du moins pour le moment. peut-être qu'un message m'attend à la maison, pour m'annoncer le contraire mais je suis partie il y a une demi-heure et on était encore sans nouvelles. Votre maman…

Arrête !

– Antoinette a disparu.

Lindsey laissa échapper une sorte de hoquet. Puis elle explosa :

– Qu'est-ce que c'est que ces conneries ? Disparue en se baignant ? Vous n'avez rien trouvé de mieux ?

Elle sortit de son sac un petit paquet de mouchoirs en papier. Tout d'un coup, elle pleurait. La façade bien lisse s'effondrait.

– Je sais que c'est difficile, articula-t-elle. Mais vous n'avez aucune idée du mal que j'ai eu ce matin à monter dans cet avion ! C'est *moi* qui ai été abandonnée. Vous vous rendez compte ? D'après vous, il m'a fallu combien de temps, rien que pour trouver le courage de prendre contact avec l'agence ? Et Antoinette qui me dit au téléphone qu'elle m'a laissée tomber parce que mon père la trompait et qu'elle a failli se suicider ! Si vous croyez que j'avais envie d'entendre ça !

Elle regardait par la fenêtre la voiture voisine – une vieille Wrangler décapotée.

– Enfin… soupira-t-elle. Je ne peux pas la forcer, si elle ne veut pas me voir. Dans ce cas, je ne vais pas m'éterniser ici.

Elle ouvrit sa portière.

– Merci, madame… Excusez-moi, j'ai oublié votre nom.

– Kayla. Kayla Montero.

Celle-ci ne savait plus quel parti prendre. Quelle solution ferait le moins de mal à cette jeune fille ? La laisser croire qu'elle n'avait été que la victime d'une laborieuse fumisterie, ou lui entrer de force la vérité dans le crâne ? À savoir que le jour où elle venait faire la connaissance de sa mère biologique, celle-ci trouvait le moyen de disparaître ? De se noyer ?

Kayla lui prit le bras, marqué par la chair de poule, sans doute à cause de la climatisation qui soufflait comme un ouragan. Elle éteignit et, dans le silence qui s'ensuivit, expliqua doucement :

– Je comprends ce que vous ressentez et je serais la première à souhaiter qu'il s'agisse d'un coup monté. Malheureusement, ce n'est pas le cas. Je vous ai dit la vérité. Antoinette a bel et bien disparu au large de Great Point, mais personne n'en est sûr. Les garde-côtes semblent persuadés que si elle s'était baignée par là, ils l'auraient retrouvée. Cela dit, nous avons vérifié chez elle pour le cas où elle serait rentrée sans nous avertir. Et là, nous avons découvert que la villa avait été mise à sac. Nous ne savons pas pourquoi, ni ce qui se passe.

Lindsey eut une grimace de dépit.

– Mise à sac, répéta-t-elle d'une voix morne.

– Vous ne me croyez pas, soupira Kayla. Dans un sens, je vous comprends. Vous ne me connaissez pas et je vous raconte des histoires à dormir debout. Et si nous déjeunions ensemble ? Ensuite, je vous emmènerais chez Antoinette, afin que vous puissiez vérifier par vous-même. Qui sait ? Avec un peu de chance, peut-être qu'elle sera rentrée. Ou que nous aurons du nouveau.

Lindsey s'essuya les yeux, emportant ce qui lui restait de mascara.

– Si vous voulez. Je mangerais bien quelque chose.

*
* *

Elles s'arrêtèrent au *Brotherhood* parce qu'il y faisait sombre et que c'était un repaire à touristes. Kayla ne risquait pas de tomber sur une connaissance. Malgré son demi-sandwich à la dinde de tout à l'heure, elle avait encore faim. Le restaurant sentait la friture. Leur serveuse s'approcha, une jeune femme blonde à la jupe multicolore qui lui rappela instantanément Missy Tsoulakis ; au moins Kayla savait-elle que cette dernière était retournée en Grèce, ses études terminées. Sans doute s'agissait-il de sa jeune sœur, Heather. Sans consulter le menu, Kayla commanda une soupe de fruits de mer, une salade verte et du thé glacé. Lindsey prit un hamburger.

Jouant avec la cuillère du pot de ketchup, Kayla se disait avec amertume qu'elle n'aurait jamais cru se retrouver dans un restaurant douze heures à peine après avoir perdu sa meilleure amie. Et s'il y avait du nouveau ? Raoul devait l'attendre.

Elle allait se lever pour lui téléphoner lorsque Lindsey posa sur la table éraflée des mains aux ongles magnifiques, nacrés comme des coquillages.

– Comment est-elle, ma mère ?

– Oh !

Kayla se redressa sur sa chaise.

– Antoinette est… assez spéciale. Vous lui ressemblez beaucoup.

– C'est vrai ?

Une lueur de plaisir passa dans les yeux de la jeune fille.

– C'en est frappant. Elle est aussi mince que vous, le teint doré, les cheveux frisés. Elle adore danser et méditer, et elle lit beaucoup.

– Qu'est-ce qu'elle lit ?

– Des romans, je crois. Dickens, Salinger, Toni Morrison.

Kayla ferma les yeux au souvenir de cette année où le secret d'Antoinette à la Nuit des Sirènes avait consisté à expliquer qu'il lui avait fallu trois mois pour apprendre par cœur *L'Œil le plus bleu*. Et elle s'était mise à le réciter.

– Elle travaille ?

– Non. Je ne l'ai jamais vue travailler.

Kayla se mit à mélanger le ketchup. Elle n'avait pas l'intention de parler du divorce ni de la fortune qu'Antoinette en avait tirée.

– Elle a déjà beaucoup à faire comme ça. La danse, la lecture, et puis elle se promène, fait du vélo…

La serveuse apporta leur plateau et elles mangèrent sans rien dire. Kayla avala sa soupe en s'efforçant de ne pas penser aux milliers de calories inutiles ingurgitées. Qu'allait-elle pouvoir dire encore sur Antoinette ? Elle dansait et lisait – et elle était enceinte d'un mystérieux amant. Enceinte ! Il y avait là de quoi désarçonner la jeune fille qui se tenait en face de Kayla.

Celle-ci mordit dans la rondelle de concombre qui couronnait sa salade.

– Votre mère est quelqu'un de très secret, ajouta-t-elle. Traumatisée par la trahison de votre père, elle a préféré vous faire adopter. Ces épreuves l'ont endurcie. Elle préfère s'entourer d'objets inanimés, passer sa vie parmi ses livres, avec son vin et sa bicyclette. Autant de choses qu'on peut toujours remplacer.

– Elle aimait mon père.

– Oui.

Kayla préleva deux rondelles d'oignon sur sa salade et les plongea dans sa soupe.

– Il s'appelait Darren Riley, murmura Lindsey. C'est ce qu'on m'a dit à l'agence.

– Elle a eu le cœur brisé quand elle a dû se séparer de vous. Maintenant elle vit seule à l'orée d'un bois.

– Elle m'a l'air bien solitaire.

Kayla but une gorgée de thé glacé, y ajouta deux sachets d'édulcorant et mélangea avec sa paille. La poudre tomba au fond du verre et cela lui rappela la terre que Raoul balayait du pied devant la villa d'Antoinette. L'inspecteur l'avait accusé de détruire des preuves et elle-même avait cru voir son mari effacer quelque chose – des empreintes de pas ou de pneus. Tandis que les autres constataient les dégâts à l'intérieur, il avait passé tout son temps à nettoyer le chemin. Pourquoi ? Voulait-il faire disparaître ses propres traces ? Ou celles de sa voiture ? Avant d'arriver à Great Point, n'était-il pas passé chez Antoinette pour tout mettre sens dessus dessous, pour éliminer les traces prouvant qu'il avait été son amant, vêtements, objets qu'il aurait pu laisser derrière lui ? Et s'il cherchait le test de grossesse ? Kayla en cracha un morceau d'oignon dans sa serviette. Elle allait se rendre folle avec de telles idées.

– Elle était solitaire, répéta-t-elle. Elle est solitaire.

Hormis sa liaison, encore plus secrète que celle de Val... N'était-ce pas la raison pour laquelle elle était partie en dansant, alors que Kayla l'accusait de coucher avec Raoul ? Parce qu'elle était démasquée ? Et enceinte de lui, ni plus ni moins. Voilà qui eût effectivement constitué l'aveu de l'année ! Kayla repoussa son repas inachevé.

– Excusez-moi, mais je dois téléphoner.

Heather Tsoulakis s'approcha de la table.

– C'est terminé ?

Sans répondre, Kayla passa devant elle et se précipita vers la cabine, chercha une pièce dans son porte-monnaie. Tant qu'elle y était, elle avait bien envie de prendre un autre sédatif, cependant elle ne trouva pas la bouteille dans son sac. Elle avait l'impression que les murs et le plafond du restaurant se resserraient sur elle. L'estomac retourné, l'esprit en révolte, elle se traitait de tous les noms : *Espèce d'idiote ! Crétine ! Tu n'as pas les yeux en face des trous !*

À la maison, personne ne décrocha. Alors elle se prit à imaginer le pire. Raoul qui filait retrouver Antoinette, emmenant Luke et Cassidy. Et peut-être même Jennifer et Theo. Pour leur offrir ailleurs une nouvelle mère et un nouveau petit frère ou une nouvelle petite sœur.

Elle ne laissa pas de message. Quand elle regagna sa table, elle trouva Lindsey debout, en train de déposer quelques billets. La jeune fille vint la rejoindre, l'air préoccupée.

– Ça va ?

– Venez, on va voir ce qui se passe chez Antoinette. Vous me direz ce que vous en pensez.

Sur le chemin qui menait à Polpis Road, Kayla était tellement inquiète qu'elle n'eut pas le courage d'ouvrir la bouche. Pour se distraire, elle alluma la radio – sa station préférée spécialisée en tubes anciens consacrait le week-end au top trois cents des meilleures chansons « de tous les temps ». On passa de *Got to Get You into My Life,* des Beatles, à *Show Me the Way,* de Peter Frampton. Lindsey baissa sa vitre et une bouffée d'air chaud emplit la voiture. Il faisait un temps magnifique, pourtant Kayla ne s'était jamais sentie aussi mal. Maintenant qu'elle avait tout compris, une foule de détails lui revenaient à l'esprit, qu'elle n'avait osé, jusque-là, assembler pour former le plus affreux des puzzles.

Elle avait accusé Antoinette de coucher avec Raoul. Alors celle-ci s'était volatilisée. Là-dessus, Kayla avait appelé son mari pour lui dire qu'Antoinette avait disparu. Il était venu à Great Point. Voyons, avait-il eu, oui ou non, le temps de passer chez sa maîtresse pour tout casser ? En tout cas, quelqu'un était venu entre le moment où Val et Kayla avaient pris Antoinette chez elle et celui où elles y étaient retournées, et ce n'était pas une demeure facile à trouver quand on n'en connaissait pas l'existence. Donc le mal pouvait aussi bien venir d'Antoinette elle-même que de Raoul.

Au retour, il avait stationné devant la villa et entrepris d'effacer toutes les traces. En racontant que c'était un geste machinal, pour calmer sa nervosité. Mais Kayla connaissait son mari et l'expression de son visage quand il s'appliquait à une quelconque entreprise. Il avait même dit : *laissons Paul Henry aller voir d'abord.* Afin que, trop absorbés par le spectacle qui les attendait, les deux policiers ne s'occupent plus de lui ? Dans ces conditions, que faisait-il des empreintes digitales et autres « preuves scientifiques » que l'inspecteur prétendait avoir trouvées ? Raoul aurait-il songé à porter des gants ? En gardait-il dans sa camionnette, même en plein été ? Et puis il y avait cet épisode troublant au cours duquel Valerie avait absolument voulu rentrer avec Raoul. Qu'avait-elle donc à lui dire ? Était-elle au courant, elle aussi ? C'était possible ; désormais, tout était possible.

Kayla s'engagea dans le chemin qui menait à la villa d'Antoinette.

– C'est ici, dit-elle. La propriété de votre mère.

– Vous croyez qu'elle est là ?

Lindsey avait sorti un poudrier et se remettait du rouge à lèvres, comme si elle allait à un rendez-vous.

– Non, dit Kayla.

Du coin de l'œil, elle observa la réaction de sa passagère, ce qui l'empêcha de voir tout de suite la voiture qui arrivait dans leur direction. La jeune fille l'aperçut une demi-seconde avant elle et tendit les mains vers le pare-brise.

Kayla écrasa le frein et le 4x4 pila net. Le rouge et le poudrier de Lindsey allèrent s'écraser sur le tableau de bord. Elles venaient d'éviter de justesse la Jaguar noire de John Gluckstern. *John Gluckstern.* Il était seul dans sa voiture. Val avait dû lui raconter ce qui s'était passé. Il opéra une courte marche arrière et Kayla vint se garer à côté de lui.

– Salut John ! lança-t-elle aussi aimablement qu'elle put. Tu es au courant, je suppose. Antoinette ne s'est pas manifestée ?

Il répondit d'un ton aigre :

– Non, elle ne s'est pas manifestée. En tout cas, je peux te dire une chose, Kayla. Avec ma femme, vous vous êtes fourrées dans une sacrée mélasse. C'est sans doute moi qui ai commencé, mais vous êtes toutes les deux responsable de ce qui arrive aujourd'hui.

– Responsables de quoi ?

– De la disparition d'Antoinette. Peut-être que ça ne saute pas aux yeux de la police mais on ne disparaît pas comme ça, en se baignant, surtout une femme comme Antoinette. Elle est trop solide, physiquement et mentalement.

Pour appuyer sa théorie, il se tapota la tempe de l'index. Kayla se demanda en quel honneur il se croyait autorisé à évoquer le mental d'Antoinette. Qu'en savait-il ? Mais après tout, il avait veillé à ses placements, ce qui lui donnait peut-être le droit de s'inquiéter.

Bien qu'on fût samedi, il portait encore une chemise et une cravate. Il était vrai que, pour John, le samedi était une journée de travail comme les autres.

– Qu'est-ce que tu fais là ? demanda-t-elle.

– Je viens jeter un œil, comme toi. Tu n'iras pas bien loin, ils ont posté un flic pour garder la maison.

Kayla parcourut la villa du regard puis le dévia sur Lindsey fort occupée à nettoyer son rouge à lèvres écrasé.

– John, voici... voici Lindsey Allerton. La fille d'Antoinette. Elle vient d'arriver à Nantucket.

À ces mots, Gluckstern tendit un doigt menaçant vers la jeune fille.

– Méfiez-vous de cette femme... Et aussi de mon épouse, si vous la rencontrez ! Elles sont coupables.

– *Coupables ?* s'étrangla Kayla.

Mais son interlocuteur n'avait sans doute pas envie d'en dire plus car il donna un coup d'accélérateur et repartit dans un nuage de poussière.

– Crétin ! grommela Kayla. Je voudrais bien savoir ce qu'il fichait ici.

– Qui est-ce ?

– John Gluckstern. Le mari de mon amie Valerie, l'autre femme qui était avec nous à Great Point.

– Il connaît ma mère ?

– C'est son banquier. Croyez-moi, il ne s'intéresse qu'à son argent.

Elles vinrent se garer devant la villa, à côté d'une voiture de police. Un jeune agent d'environ dix-huit ans était assis au volant, plongé dans la lecture de *Rolling Stone*. Il se redressa quand il aperçut le 4x4, posa son magazine et sortit.

– Vous cherchez quelque chose ? demanda-t-il.

Il était très brun, avec des boutons d'acné sur le menton. Son badge indiquait le nom de JONATHAN LOVE. *L'agent Johnny Love*. Charmant ! Derrière lui, une bande de plastique jaune encerclait la villa.

– Mme Riley n'est pas revenue ? demanda Kayla.

Question superflue à l'évidence.

– Non, madame. Les pompiers poursuivent leurs recherches à Great Point.

– Bon. Voici la fille de Mme Riley, Lindsey. Je l'ai amenée pour qu'elle voie la maison.

Johnny Love dévisagea longuement la jeune fille.

– Personne ne peut entrer, madame.

– Si je comprends bien, M. Gluckstern, le monsieur qui vient de partir, n'a pas pu entrer non plus ?

– Non, je l'ai juste autorisé à regarder par une fenêtre. Si vous restez sur la terrasse, vous pouvez observer l'intérieur de la chambre. Mais ne passez pas le ruban jaune, sinon je vais avoir des problèmes.

– Promis, dit Kayla. On va juste jeter un coup d'œil. M. Gluckstern a dit ce qu'il cherchait, par hasard ?

Johnny Love se prit le menton dans la main.

– Il a parlé de sa femme qui était une amie de Mme Riley et qui lui conseillait de venir voir de ses yeux s'il ne la croyait pas. Il n'y a pas de mal à regarder, non ?

Avec Lindsey, Kayla grimpa sur la terrasse et se dirigea vers la fenêtre de la chambre.

– Allez-y, dit-elle.

La jeune fille mit ses belles mains en paravent autour de ses yeux pour mieux voir à l'intérieur.

– Quel désastre, murmura-t-elle.

Elle se redressa, interrogea Kayla du regard.

– Et maintenant, qu'est-ce qu'on fait ?

– Qu'est-ce que vous voulez faire ?

Poussant un soupir las, Lindsey se tourna vers le sous-bois ; ses omoplates marquèrent nettement son fin tee-shirt.

– J'aimerais bien savoir ce qui a pu se passer. Je m'attendais à en baver, mais pas comme ça.

– Je m'en doute.

– Ce n'est pas ce que vous croyez. J'avais gardé une place dans le cœur pour ma mère. Je voulais vraiment la voir. Et là, j'ai comme l'impression que ce rêve ne va jamais se réaliser.

Étonnant. Kayla ne s'attendait pas à cet accès de sincérité. Lindsey faisait tout ce qu'elle pouvait pour sauver la face – maquillage, coiffure, vêtements impeccables. Jusque-là, elle avait semblé ne rien vouloir d'autre que satisfaire une sorte de curiosité, certainement pas remplir un vide affectif. Tout d'un coup, ce n'était plus une enfant gâtée qui venait passer le week-end mais une jeune fille en quête d'un but dans la vie. Kayla comprenait ce désir, ce besoin de voir Antoinette. Ne serait-ce qu'un instant, toucher – Seigneur, *toucher* – celle qui l'avait mise au monde.

– Vous avez raison, souffla Kayla. Je ne comprends pas. Je suis désolée.

– On pourrait aller à Great Point ?

– Ça vous tente ?

– Oui. Je veux voir l'endroit où elle a disparu.

Ainsi, quatorze heures plus tard, Kayla refaisait la route parcourue dans la nuit avec ses deux amies. Ce n'était pas une mauvaise idée – la police pouvait avoir laissé échapper un détail dans l'obscurité, qui apparaîtrait clairement au grand jour.

À cause du week-end, surtout en cette fête du Labor Day, le parking du Wauwinet grouillait de vacanciers insouciants, accompagnés de leurs enfants, dans leurs Jeeps de location. Comme en écho à la sienne, une autre radio passait à plein tube le *Wonderful Tonight* d'Eric Clapton. Kayla n'avait pas le cœur à se mêler à cette foule frivole mais il lui fallait mettre les roues en position basse. Elle descendit du 4x4 et s'aperçut que ses pneus étaient dégonflés – personne n'avait songé à augmenter la pression depuis la nuit dernière. Tant mieux. Cependant, l'employée du poste de garde lui fit signe de s'arrêter.

– J'ai un autocollant, dit-elle, et mes pneus sont presque à plat.

Encore une adolescente qui prenait son uniforme trop au sérieux.

– Je dois vous prévenir que les pompiers effectuent une mission de sauvetage à Great Point, indiqua-t-elle. Nous avons perdu quelqu'un, cette nuit.

Perdu quelqu'un.

– Je sais, dit Kayla. Merci.

Malgré tout, il lui fut impossible de ne pas s'extasier sur la beauté du paysage. La plage de sable blanc, la *rosa rugosa* encore en fleur, le port piqueté de voiliers, l'océan étincelant sous le soleil, les mouettes et la silhouette lointaine du phare. Kayla ne fut pas étonnée d'entendre sa voisine émettre une exclamation.

– Il y a une carte dans la boîte à gants.

À cette heure-là, Great Point était carrément entouré d'eau.

– Pourquoi êtes-vous allées vous baigner là-bas ? demanda Lindsey. Ce n'était pas imprudent ?

– Votre mère y tenait. C'était elle qui en avait eu l'idée, il y a vingt ans. Depuis, tous les étés, on revenait ici. On en avait fait une tradition. Et ça n'avait rien d'imprudent parce qu'on faisait attention. Nous nageons bien, surtout Antoinette, et nous connaissons les lieux, depuis le temps. Je ne comprends pas comment elle a pu se laisser emporter, si c'est bien ce qui s'est passé.

– Comment allait-elle avant d'entrer dans l'eau ? Je veux dire, elle n'avait pas de problème ? Elle n'était pas trop tracassée de me voir ? Était-elle impatiente ?

Kayla posa une main sur le bras de la jeune fille.

– Ce n'était pas à cause de vous, Lindsey, mais de moi. J'ai dit quelque chose qui l'a mise dans tous ses états. Sur le coup, j'ai cru qu'elle allait prendre la voiture et s'enfuir avec. Mais elle a juste joint les bras devant elle, comme si elle tenait un ballon, et elle est entrée dans l'eau en dansant.

En fait, c'était précisément cette danse qui chiffonnait Kayla. Cela semblait tellement… théâtral. Comme si elle avait prévu le coup, mis en scène sa sortie.

– Vous avez dit quelque chose qui l'a bouleversée ?

– Oui, j'ai…

Quelle sinistre coïncidence ! Voilà qu'elle se confiait à une quasi-inconnue, qu'elle se mettait à nu devant elle. Cependant, la pauvre fille avait droit à un minimum de vérité.

– Je l'ai accusée de coucher avec mon mari.

Lindsey porta une main à sa gorge.

– Oh, mon Dieu ! Vous croyez que c'est pour ça qu'elle est partie dans l'eau ?

Elle abaissa complètement sa vitre et toutes deux regardèrent les vagues s'écraser sur la plage. La mer n'avait pas l'air bien dangereuse – bleu-vert, quasi transparente.

– Il faut vous dire, Lindsey, qu'elle nous cachait quelque chose.

– Vraiment ?

Elles passèrent devant d'autres voitures autour desquelles les gens pique-niquaient – bière, sandwichs, transistors braillant, parasols, gamins piaillards. Avant l'époque Ting, Kayla et Raoul venaient tous les jours à la plage.

– Oui.

Plus que jamais, Kayla pensa au test dans son sac.

– Vous savez ce qu'elle vous cachait ? Vous êtes sûre qu'elle avait une liaison avec votre mari ? Elle en serait capable ?

– Elle avait une liaison avec quelqu'un. C'est tout ce que je sais.

– C'est elle qui vous l'a dit ?

– Non. Elle allait me le dire. Avant de se baigner. Mais elle n'a pas pu.

– Alors, c'est vous qui croyez ça, sans plus. Puisqu'elle ne vous a rien dit.

– J'ai une preuve.

– Oh ça va ! Vous ne trouvez pas que vous en faites trop, quelquefois ? Je suis contente que vous soyez son amie et tout, mais franchement ! Vous avez tendance à dramatiser, non ?

Kayla freina et prit son sac, y plongea fébrilement la main comme un fumeur à la recherche de sa dernière cigarette. Elle tomba dessus – le sachet à sandwich ramassé à la cuisine – et le brandit devant Lindsey.

– Tenez ! Regardez ce test de grossesse. Positif. Je l'ai trouvé cette nuit dans la salle de bains de votre mère. Croyez-moi, il ne peut en aucune façon appartenir à personne d'autre. Il vient d'Antoinette. C'est la seule explication à la présence d'un tel objet dans la maison de votre mère.

Lindsey considéra le sachet comme s'il contenait une tête coupée. Mélodrame pour mélodrame, Kayla repartit vers l'extrémité de Great Point. Soudain, elle fut prise de vertige. Elles allaient arriver à l'endroit où toutes trois s'étaient baignées. Deux pylônes orange délimitaient cette partie de la plage et un pompier en uniforme noir tirait une ficelle qui plongeait dans la mer. À une vingtaine de mètres, un plongeur émergea, souleva son masque, secoua la tête. Ils sondaient les fonds. Kayla en éprouva une telle horreur qu'il lui fallut un certain temps avant de remarquer la Jeep garée à côté des voitures de police. Elle cligna des yeux sans comprendre. La Jeep.

Alors elle le vit, assis sur le pare-choc avant, le visage dans les mains, les épaules secouées de pleurs.

Son enfant qui pleurait.

Theo.

THEO

– Mon petit, mon tout petit !

Comme dans ses pires cauchemars ou, peut-être, en réponse à ses prières, il sentit des bras l'entourer ; mais il reçut un choc encore plus grand lorsqu'il aperçut le visage d'Antoinette, ou crut l'apercevoir, vite occulté par les bras et la voix de sa mère. Il faillit la repousser, hurler : *Qu'est-ce que tu fous ? Lâche-moi !* Cependant, il se laissa faire. Les bras de sa mère. Elle l'aimait. Elle devait tout savoir, maintenant, et pourtant, elle l'aimait encore. Sa vie durant, elle lui avait répété qu'il pouvait tout lui dire, tout lui faire, qu'elle pardonnerait toujours ; il ne devait pas avoir peur. Pourtant, depuis huit ou neuf heures, il mourait de peur en suivant le manège des plongeurs lancés à la recherche du corps d'Antoinette. Il pleurait, guettait, suppliait un Dieu qui n'existait même pas. Si jamais on remontait son cadavre, sûr qu'il se jetterait à l'eau, lui aussi. Comment pourrait-il vivre sans elle ?

Et voilà qu'il se retrouvait dans les bras de sa mère, contemplant à travers ses larmes un visage qui était presque celui d'Antoinette mais pas tout à fait. Il fondit en larmes.

– Je l'aime, balbutia-t-il. On va avoir un bébé.

– Chut ! Là, chut !

La main de sa mère lui caressait la tête. Elle savait et elle ne le maudissait pas. Il aurait juré qu'elle piquerait sa crise si elle apprenait quoi que ce soit ; il était persuadé que la nouvelle aurait affolé et scandalisé tout un chacun – sa mère, le reste de la famille, l'île de Nantucket. Antoinette aussi le croyait et c'était la raison pour laquelle elle avait voulu se faire avorter – à cause de ce que Kayla pourrait dire. Alors il en voulait à sa mère, autant qu'il l'aimait. Dans ce désordre d'émotions, il ne savait plus où donner de la tête. C'était trop lourd pour un garçon de dix-huit ans. Insupportable.

*
* *

Theo connaissait Antoinette depuis toujours. Dans l'album de photos familial, il y avait un cliché d'elle le tenant sur ses genoux. Elle avait alors vingt-sept ans et elle était irrésistible dans son justaucorps noir et sa minijupe, avec ce sourire énigmatique qui lui rappelait la Joconde. Theo avait récupéré le portrait – le seul qui existât au monde, prétendait-elle – et l'avait posé chez elle, sur sa table de nuit. Quelquefois, il le regardait, quand ils faisaient l'amour.

– Je me fais l'effet d'une vieille toupie quand je vois cette photo, maugréait-elle.

Mais lui, ça lui plaisait. C'était la preuve que tous deux avaient un passé commun.

Un jour, elle était venue faire la baby-sitter, alors qu'il avait treize ans, largement l'âge de garder lui-même ses frère et sœurs. Ses parents étaient partis pour Boston au cours d'un week-end prolongé. Antoinette avait passé la nuit sur le canapé, sous une couverture que la grand-mère de Theo avait fabriquée au crochet ; elle dormait nue. L'adolescent s'était levé au milieu de la nuit pour l'épier, il s'était glissé dans le salon et l'avait surprise dans son sommeil, enroulée dans son patchwork, ses vêtements entassés sur le sol. Il faisait noir mais ses parents laissaient une veilleuse allumée en permanence au-dessus de l'évier ; ainsi Theo avait-il aperçu son épaule dénudée et la naissance d'une fesse ; il crut même deviner un bout de sein à travers les mailles lâches du crochet. Il en éprouva sa première véritable excitation amoureuse et fila s'enfermer dans sa chambre. Que de nuits il passa ensuite à rêver d'elle !

Cela n'avait pas non plus tourné à l'obsession. Jusqu'au mois d'avril, Theo avait mené une vie des plus normales. Il excellait dans ses études, faisait partie de l'équipe de baseball du lycée, il avait des amis, des petites copines. Au cours de l'été précédent, il avait fait l'amour avec deux filles – Gillian Bergey, une lycéenne, et Ashlan, rencontrée pendant ses vacances. Il en avait parlé à son père qui lui avait demandé s'il utilisait chaque fois un préservatif. Il avait assuré que oui, évidemment. (Bien qu'il ait oublié deux fois avec Ashlan, mais elle lui avait écrit à plusieurs reprises par la suite sans mentionner aucun problème.) Son père avait dit :

– L'amour est une chose saine et agréable, mais sois prudent. Et attentionné. Tu m'entends ?

Theo connaissait Antoinette depuis toujours, mais elle ne fit vraiment partie de sa vie qu'au printemps de ses dix-huit ans, lorsqu'il tomba sur elle chez le caviste *l'Islander*.

Tous les soirs ou presque, après l'entraînement de baseball, il emmenait ses compagnons, Brett et Aaron acheter du Coca, des chips, de la bière, du tabac à chiquer et des tickets de loterie à gratter. Ils s'asseyaient sur le trottoir à la sortie du magasin, mangeaient et buvaient. La plupart du temps, ils jetaient leurs billets perdants dans la poubelle voisine. Theo profitait de ces moments au maximum : la douche brûlante dans les vestiaires, la radio qui hurlait dans la Jeep, le Coca, les chips, le trottoir où il s'asseyait pour bavarder avec ses potes.

Le soir où il croisa Antoinette, il venait de vider une bière et Brett s'amusait à cracher dans le parking, tandis qu'Aaron racontait qu'il allait passer l'été à travailler comme garçon de plage au Beach Club de Cliffside et sortirait avec les mémés les plus sexy.

– Mémé, observa Theo, ça sonne mal avec sexy. Comme si tu parlais de ta grand-mère.

– Ma grand-mère, je l'appelle Grand-mère.

– Et moi, Mamie, ajouta Brett.

– N'empêche que « mémé » ça fait vieux.

– C'est pour les filles au pair… expliqua-t-il.

– Elles te plaisent parce qu'elles viennent par deux ? s'esclaffa Aaron.

Antoinette arriva en bicyclette dans le parking, non loin des trois garçons qui riaient tout fort. La nuit tombait mais Theo la reconnut aussitôt, avec son éternel justaucorps, ses guêtres et ses baskets noires. Brett émit un sifflement admiratif. Theo baissa la tête, pas vraiment transporté de rencontrer une amie de sa mère alors qu'il buvait de l'alcool dans la rue. Antoinette ne le remarqua pas. Elle déposa sa bicyclette près de la poubelle et entra dans la boutique, faisant sonner la clochette de la porte.

– Quel paquet ! lança Brett.

– J'aime les Noires, décréta Aaron. Comme Naomi Campbell. Je me la ferais bien, Naomi.

– Vos gueules ! protesta Theo. Je la connais, cette meuf !

– Arrête ! cracha Brett.

– C'est une copine de ma mère.

– Tu rigoles ? s'exclama Aaron. C'est pas ma mère qui aurait des copines comme ça !

Une minute plus tard, la clochette retentissait de nouveau et Antoinette fit son apparition. Elle sortit trois bouteilles de vin blanc d'un sac de papier bistre qu'elle jeta dans la poubelle et les glissa dans son sac à dos. Theo ne la quittait pas des yeux tout en se demandant s'il devait se manifester. Antoinette ignorait jusqu'à leur présence. Elle n'était pas du genre à faire attention à des ados. Elle enfourcha gracieusement son vélo. Brett cracha de nouveau et elle se retourna, croisa le regard de Theo qui comprit immédiatement que, s'il ne disait rien, elle ne dirait rien non plus. Aaron lui donna un coup de genou.

– Salut, Antoinette ! lança Theo.

– Salut !

Ce fut tout ce qu'elle dit mais il en fut tout chose. Elle avait une voix grave et rauque.

– Je te raccompagne ? proposa-t-il. J'ai ma voiture.

Elle éclata de rire, ce qui le refroidit instantanément.

– Non, merci ! Amusez-vous bien.

Brett cracha encore – il prétendait ne pas pouvoir s'en empêcher quand il chiquait – et c'en devenait dégoûtant. Theo rougit.

– Antoinette, reprit-il, voici deux potes du base-ball. Ça te tenterait d'assister à un match, un de ces jours ?

Elle rit de nouveau et s'éloigna en pédalant.

– Merde ! lâcha Aaron.

Ce soir-là, le téléphone sonna. La plupart du temps, c'était pour Theo ou pour Jennifer mais, cette fois, sa mère répondit et elle garda la communication. Theo était en haut, dans sa chambre, la porte entrouverte, lisant *La Lettre écarlate* tout en écoutant ce que disait sa mère ; celle-ci finit par raccrocher puis annonça à son père :

– C'était Antoinette. Elle veut venir avec moi au prochain match de Theo.

Pour tout dire, ce ne fut donc pas Theo qui prit l'initiative. Si Antoinette n'avait pas appelé, il aurait sans doute oublié l'incident sur-le-champ.

– Tu avais vraiment envie de moi ? lui demanda-t-il quelques mois plus tard.

Elle haussa les épaules mais ne répondit pas.

Par une fraîche soirée d'avril, Antoinette assista au match contre le lycée de Nauset. Elle était là, dans son tee-shirt noir, son jean noir et ses baskets : la dégaine d'une trafiquante qui traînait au coin des rues de New York. À côté d'elle, la mère de Theo ressemblait à toutes les autre mères : jean bleu, col roulé blanc, veste en laine polaire lilas. Antoinette remplissait le rôle de l'amie excentrique de service. Tout le monde la regardait, y compris Brett et Aaron, qui murmurèrent quelque chose comme : « Trop canon la copine de ta mère ! » Il avait envie de lui en mettre plein la vue, comme avec n'importe quelle fille. Son tour venu de frapper la balle, il s'apprêta en tapant sa batte contre ses semelles à crampons pour les débarrasser de la terre qui s'y collait. Sa mère cria :

– Vas-y, Theo !

Apparemment, Antoinette ne dit rien. Mais il était trop absorbé par le jeu pour pouvoir détourner les yeux. A priori, il n'aimait pas les garçons qui se donnaient de faux airs de durs et ne regardaient jamais leurs parents quand ils jouaient. Cependant, à cause d'Antoinette, il feignit de ne pas remarquer sa présence. Il se sentait nerveux, mal dans sa peau, elle lui donnait le trac. Il parvint à faire quelques coups d'éclat mais ne réagit ni aux applaudissements de l'assistance ni aux ovations maternelles. Quand il se sentait en verve, il lui arrivait de saluer, cette fois, il ne se fendit même pas d'un sourire.

Son équipe remporta la rencontre, 1 à 0.

Après le match, il écouta les conseils de l'entraîneur, puis enfila une veste sur son uniforme, glissa son gant sous le bras et se dirigea vers les gradins où l'attendaient les deux femmes. Antoinette avait la chair de poule et, de toute évidence, ne portait pas de soutien-gorge.

– Salut ! lança-t-il.

– Bravo ! dit Kayla. J'ai hâte de tout raconter à ton père.

– Merci.

Il prit une longue inspiration et demanda à Antoinette :

– Qu'est-ce que t'en dis ?

– Que t'es un sacré sportif.

– On n'a pas bien joué, marmonna-t-il en contemplant le terrain maintenant vide.

– Ça m'a plu, reprit Antoinette.

La mère de Theo remonta la bandoulière de son sac et consulta sa montre.

– Écoute, il faut que je passe chercher Cassidy en ville dans cinq minutes, et je dois encore préparer le dîner. Tu pourrais me rendre un grand service ? Tu veux bien déposer Antoinette chez elle ?

– Ce n'est pas la peine, dit l'intéressée. Je peux rentrer à pied.

– À pied ? Jusqu'à Polpis Road ? Tu plaisantes ! Theo va te raccompagner. Et puis, il adore conduire.

– Je t'emmène ! insista Theo.

Il n'osait la regarder en face tant il était ravi de cette aubaine.

– Donne-moi juste un quart d'heure, le temps que je me douche.

– Tu es sûr ? demanda Antoinette.

– Sûr.

Il eut droit aux coups de coude de Brett et d'Aaron lorsqu'il leur apprit qu'il ne pouvait les accompagner chez *l'Islander* parce qu'il devait déposer Antoinette chez elle.

– Putain, le bol ! s'exclama Brett.

Aaron se mit du déodorant sous les aisselles puis enfila un tee-shirt gris.

– Profites-en pour la sauter ! conseilla-t-il. Sinon, on te met la dérouillée de ta vie.

Les vestiaires sentaient le pied, l'eau chaude des douches répandait une vapeur humide qui stagnait à hauteur des têtes et on s'entendait à peine au milieu des claquements des casiers.

Theo lâcha son sac et se laissa tomber sur un banc.

– T'aurais pas dû dire ça.

– Pourquoi ?

– Parce que tu n'y es pas du tout. C'est une amie de ma mère et je lui rends service, voilà !

– Je veux bien lui rendre service, rétorqua Aaron.

– Moi aussi, dit Brett. Tiens, si tu nous emmenais ? Elle habite Polpis Road, c'est ça ? On passera chez *l'Islander* après.

– Non, répondit Theo.

– Pourquoi ?

Les cheveux d'Aaron se dressaient sur sa tête comme des piquants de hérisson.

– Tu veux juste lui rendre service, non ?

– Je ne sais pas ce que je veux.

En fait, il avait autant l'impression de rendre service à sa mère que d'aller à un rendez-vous amoureux. Ou, tout au moins, de raccompagner une fille chez elle, avec tout ce que ça pouvait supposer de promesses.

Antoinette l'attendait sur le parking, adossée à sa Jeep, les bras croisés.

– Tu aurais pu entrer, observa-t-il. T'as l'air frigorifiée.

– Je me sens très bien.

Il jeta son sac à l'arrière, sortit les clefs de la poche de son jean et démarra. Antoinette regardait droit devant elle quand elle claqua sa portière. Il se demanda ce qu'il pouvait sentir… et s'il trimballait sans le savoir la puanteur des vestiaires ? La radio braillait, aussi se dépêcha-t-il de baisser le volume. Pourquoi était-il si angoissé ? Il manœuvra pour sortir du parking.

– T'avais une Jeep comme celle-ci, je crois ? demanda-t-il.

– Oui, une CJ7. Je l'ai gardée jusqu'à ce qu'elle tombe en morceaux.

– Et maintenant, qu'est-ce que tu as ?

– Rien du tout. Je préfère le vélo.

– Mais, ça ne te manque pas ? Je veux dire, quand on habite Polpis Road et qu'on a des courses à faire ? Ou pour aller en ville ?

– Les taxis, ça existe. Sinon, je fais de l'auto-stop.

– Hein ?

– Ça m'arrive.

– Alors, si un jour tu as besoin d'un coup de main, je te déposerai où tu voudras. Mon père m'a payé la moitié de cette voiture en échange de la promesse que j'emmènerai les membres de la famille en cas de besoin. Si tu veux…

– D'accord. Merci.

Il ne dit plus rien et elle non plus. Elle n'était pas comme les autres amies de sa mère qui avaient toujours une question à lui poser : tout se passe bien, au lycée ? Qui emmenait-il au bal de fin d'année ? Avait-il choisi sa future université ? Manifestement, Antoinette s'en fichait comme de sa première chemise. Il ne savait même pas comment elle et sa mère avaient pu devenir amies. Elles étaient si différentes ! Sa mère était tellement ordinaire ! Cependant, toutes deux se connaissaient depuis très longtemps, bien avant qu'il soit né, et Theo comprenait que, dans certaines circonstances, le temps pouvait atténuer bien des controverses.

Alors qu'il s'engageait dans le chemin menant à la villa d'Antoinette, il s'autorisa un coup d'œil sur sa poitrine. Il n'avait pas oublié cette pointe de sein qui dépassait de la couverture au crochet quand elle avait dormi chez lui, et ce souvenir l'excitait toujours autant. Aussi voulut-il vérifier si le froid lui dessinait encore ce buste de rêve. Mais, cette fois, elle le regardait, aussi eut-il tôt fait de détourner les yeux, comme s'il vérifiait quelque chose à la fenêtre de droite. Malheureusement, elle avait compris aussi sûrement que s'il avait porté la main sur l'objet du délit.

Et elle souriait.

Theo accéléra, faisant bondir sa Jeep en avant. Il dut alors freiner, car ils étaient arrivés. Il coupa le contact, alluma ses phares dans la nuit tombante. Antoinette restait tranquillement à sa place. Qu'attendait-elle ? Elle n'était pas contente, ou quoi ? Elle n'espérait tout de même pas qu'il allait s'excuser !

Il toussota.

– C'est mon père qui a construit ta maison, je crois ?

– Oui.

– C'est ce que…

– Theo !

Ils avaient parlé en même temps et cela le fit rire.

– Pardon, dit-il.

– Tu veux entrer ?

– Non, il faut que j'y aille.

– Quel âge as-tu ?

– Dix-huit ans.

– Tu es en terminale, alors ?

– Non, en première. J'ai redoublé en CE2 à cause d'une mononucléose.

– La maladie du baiser.

Elle sourit à nouveau et Theo chercha son levier de vitesse. Comme elle n'esquissait pas un mouvement pour descendre de la voiture, il passa en marche arrière.

– Ça ne fait rien, dit-il. Je suis plus âgé que les élèves de ma classe. Avant, je n'aimais pas ça, maintenant c'est plutôt cool. J'ai mon permis et tout ça.

Elle se caressait la bouche de l'index en regardant sa villa.

– Tu sais, je crois que je me rappelle l'année où tu étais malade. En tout cas, je n'ai pas oublié ta naissance. Quand je pense que ça remonte à dix-huit ans ! Tu te rends compte comme je suis vieille ?

– Pas du tout.

Elle ouvrit sa portière et sauta dehors, haussa un sourcil en le regardant.

– Oh, si !

Il la revit quelques jours plus tard. La vie était bizarre. Il n'avait pas songé à elle en cinq ans et maintenant, d'un seul coup, elle occupait toutes ses pensées. C'était une fois de plus à l'entraînement de base-ball. Il la reconnut tout de suite, cette femme en imperméable noir, juchée sur son vélo. Un de ses camarades la vit également et s'écria :

– Regarde, la fée Carabosse.

À côté de lui, Brett tendit le cou :

– Theo ! Ta copine !

Toute l'équipe se retourna vers lui et il se sentit virer à l'écarlate. Derrière lui, un crissement de freins indiquait qu'Antoinette venait de s'arrêter en bordure du terrain.

Je t'en prie, va t'en ! implora-t-il intérieurement. En même temps, une autre pensée s'épanouissait en lui : *Antoinette qui venait le voir !* Toute sa journée en fut métamorphosée, malgré les aboiements de l'entraîneur, et le cliquetis de la chaîne du vélo, indiquant qu'elle reprenait son chemin. Il se surpassa, ce jour-là.

– Theo est dans le love ! railla Brett.

Il prit l'habitude de faire un long détour en rentrant de *l'Islander,* de façon à pouvoir passer devant chez elle. Ce qui n'était pas très gratifiant, car il n'apercevait même pas sa villa depuis la route. Peu à peu, il se mit à examiner toutes les traces de pneus qu'il distinguait dans le chemin de terre. Étaient-ils récents ? Venait-elle de rentrer ? Ou était-elle encore dehors, sur sa bicyclette ?

Un soir, il s'arrêta en plein Polpis Road, devant le chemin de terre. Il avait envie de descendre mais n'osait pas. Il sortit une bouteille d'huile prise dans la boîte à outils de son père dans le but de proposer à Antoinette de graisser les freins de son vélo. Il attendit encore trente secondes et perçut le bruit d'une autre voiture, qui le tuerait s'il ne bougeait pas de là. Son père l'avait chapitré une heure durant sur les risques qu'il courait s'il ne conduisait pas prudemment, à commencer par un retrait de permis, ou sa voiture qui lui serait supprimée, etc.

Soudain, sans prévenir, la porte côté passager s'ouvrit et Antoinette grimpa près de lui. Elle était en jean noir et chemise de soie, noire également, et portait un bâton à la main. D'où venait-elle donc ?

– Salut ! lança-t-il. Je voulais justement…

– Me voir ?

– Non. Je… euh…

– Dommage ! J'allais me promener et j'ai vu ta Jeep. Je me disais que tu t'étais arrêté là pour moi.

Theo ne pouvait détacher ses yeux de l'étoffe légère qui lui moulait la poitrine.

– Tu veux que je te dépose quelque part ? proposa-t-il.

– Oui, chez moi.

– Tu y es déjà !

– Non, il y a encore tout le chemin à parcourir.

Il sentit son cœur battre à tout rompre. Il passa la première et descendit doucement vers la villa.

– Tu veux entrer ?

Il était dans tous ses états. *Profites-en pour la sauter ! Sinon, on te met la dérouillée de ta vie.*

– Non, on m'attend à la maison.

Maintenant, c'était elle qui le dévisageait, de la tête aux pieds, en passant par le jean soudain beaucoup trop moulant. Avait-elle compris ? Elle tendit une longue main de bronze vers sa jambe, qu'elle se mit à caresser, d'arrière en avant, comme si sa main était un pinceau. Il ne put réprimer un soupir. Ce contact léger comme une plume, à peine perceptible, et pourtant parfaitement intolérable. Que lui arrivait-il ?

– Tu ferais mieux d'entrer, déclara-t-elle.

Il la suivit donc, examinant au passage ce que sa mère appelait les « jolies affaires d'Antoinette » : ses meubles bizarres, peints à la main, ses tambours africains, ses bougies de toutes les formes et de toutes les couleurs. Il examinerait tout ça plus tard. Cette première fois, il se laissa entraîner directement dans sa chambre où elle se déshabillait déjà, tranquillement, comme si elle s'apprêtait à prendre une douche. Jamais il n'avait vu de femme faite comme elle. Une flûte taillée dans une seule pièce de bois.

Sans trop réfléchir, il se déshabilla à son tour et s'assit sur le lit ; Antoinette s'approcha de lui et se mit à le caresser sans mot dire. Concentré sur ce qu'elle faisait avec tant de savoir-faire et de délicatesse, il ne voyait plus que l'arc souple de son dos qui remuait doucement devant lui tandis qu'il s'appliquait à se retenir, à ne pas exploser trop vite. Il avait envie de la toucher mais se l'interdisait.

Dans un même mouvement félin, elle se rapprocha de lui, le poussa en arrière pour qu'il se couche et se hissa sur lui, retenant ses mains au-dessus de sa tête pour qu'il se laisse totalement faire. Elle allait et venait ainsi en geignant tout bas, si bas qu'il l'entendait à peine ; cette fois, il ne jugea plus utile de se retenir. Un monde nouveau s'ouvrait à lui, si beau qu'il n'en soupçonnait pas l'existence.

Il demeurait étendu sur le dos, l'esprit occupé de mille pensées contradictoires. Il ne parvenait à chasser son père de son esprit et dérivait dangereusement vers sa mère. Sa mère. *Merde !*

Antoinette se leva et partit dans la salle de bains, refermant la porte derrière elle. L'eau qui coulait. Pétrifié, Theo ne bougea pas, tout en se disant qu'il ferait mieux de détaler au plus vite. Il devait rentrer chez lui. Mais comment se présenter devant la famille et dîner comme si de rien n'était ? Face à ses parents, à ses sœurs, à Luke ? Il préférait encore s'enfuir. Tiens, s'il gagnait le continent, il pourrait toujours téléphoner, baratiner un truc à sa mère disant qu'il restait chez un copain et se barrer dans une autre ville, pour y mener une vie plus calme et plus adulte, boire du café, fumer… Comprendre ce qui lui arrivait. Parce que, pour le moment, il se sentait plutôt en miettes, à ramasser à la petite cuillère.

Cependant, il habitait sur cette île dépourvue de la moindre cachette, il devait se rhabiller, monter dans sa Jeep et tâcher de profiter des sept kilomètres qui le séparaient de la maison pour respirer l'air frais et se remettre les idées en place.

Il s'habilla donc. La porte de la salle de bains se rouvrit et Antoinette lui apparut sur le seuil, toujours nue, en ombre chinoise sur l'éclairage du fond.

– Tu veux un verre de vin ?

Il crut qu'elle se moquait de lui. Depuis le début en fait. Il se voyait déjà comme Dustin Hoffman devant Mrs Robinson. L'adolescent séduit par l'amie de sa mère. Quoi de plus classique ? Il était tellement plus jeune qu'elle... Vingt-six ans de différence. Ça devait se produire tout le temps.

– Non, merci, il faut que j'y aille.

– Ta mère te prépare tous les soirs à dîner ?

– Ben... oui.

– Alors, vas-y.

– Ouais.

– Mais demain, tu resteras pour boire du vin avec moi ?

– Demain ?

– Tu as autre chose à faire, peut-être ? Tant pis, alors, viens quand tu voudras. J'ai quelque chose à te montrer.

– Montre-le-moi tout de suite.

– Non, la prochaine fois.

Elle rentra dans la salle de bains et il la revit en pleine lumière, devant la glace, avec sa peau de miel sauvage, qui se passait les doigts devant les yeux.

– D'accord, dit-il.

Il prit tout son temps pour lacer ses chaussures puis se leva, chercha ses clefs de voiture et s'avisa soudain qu'il les avait laissées sur le contact. Il ne savait plus quoi dire, maintenant. *C'était génial ? Merci ?*

– Bon, j'y vais.

Elle ne se retourna pas.

– C'est ça. Au revoir.

Il rentra chez lui toutes vitres ouvertes, la radio à plein tube. La lune se levait, pâle et ronde et il hurla, plusieurs fois. Il se sentait tellement bien, non ? Super bien. Pour le moment, il ne voulait pas penser à autre chose.

Il arriva chez lui avec trois quarts d'heure de retard. Tant pis, il dirait à sa mère qu'il était à *l'Islander,* avec ses potes. Elle l'attraperait et lui interdirait peut-être d'y retourner de toute la semaine ; sa mère n'aimait pas qu'il traîne le soir.

Pourtant, l'atmosphère lui sembla tout de suite bizarre, différente de ce à quoi il s'attendait. D'habitude, la table était bruyante, pleine de lumière et de bonne humeur. Ce soir, on n'avait allumé que les bougies ; il y avait là juste Jennifer et ses parents, qui mangeaient des crustacés dans des bols de porcelaine, et buvaient dans des verres en cristal. Tous trois lui sourirent lorsqu'il entra. Sa place l'attendait.

– Tu veux un verre de vin ? lui proposa son père.

– Quoi ?

– Ta mère a préparé des langoustines et tu as l'âge de boire un peu d'alcool. Crois-moi, ça va réveiller ton palais.

– Moi aussi, j'en bois ! annonça fièrement Jennifer.

Theo se débarrassa de son blouson et s'assit tandis que son père emplissait son verre. Sa mère lui passa le plat de crustacés et la salade. Il remplit son assiette. Il mourait de faim.

– Où sont Luke et Cass ? demanda-t-il.

– Ils ont préféré manger des hot dogs devant la télé, indiqua sa mère. Alors je les ai laissés. Tant pis pour eux si ce sont encore des bébés. Nous autres adultes en aurons davantage.

– Ce serait bien si on faisait ça tous les soirs, dit Jennifer.

– Oui, approuva mollement Theo.

Il prit une gorgée de vin et le goût lui incendia la bouche. Il n'avait pas embrassé Antoinette une seule fois. Il s'en apercevait maintenant. Il piqua sa fourchette d'argent et mangea.

– J'ai entendu dire que tu avais magnifiquement joué au match de ce soir, observa son père. La prochaine fois, je viendrai.

– Moi aussi, dit Jennifer.

Theo regarda ses parents, puis sa sœur. Leurs visages brillaient dans le halo orange des bougies.

– Vous êtes tous très beaux, souffla-t-il.

Ce qui parut n'étonner personne. Sa mère lui sourit.

– Toi aussi, mon chéri. Toi aussi.

Ce dîner lui apparut comme un cadeau du ciel. Un signe. Il ne se sentait pas étranger aux siens ; il avait fait l'amour à Antoinette et il était rentré chez lui, il avait bu du chardonnay, mangé des langoustines à la lumière des bougies, entre ses parents et sa sœur. Et tout ça semblait faire partie de deux mondes complémentaires. Il avait dix-huit ans. Il était majeur. Alors pourquoi ne pas y retourner le lendemain ? Les seuls obstacles s'appelaient Brett et Aaron et il les contourna aussi facilement que deux chiens errants :

– Je ne peux pas aller avec vous après l'entraînement. Il faut que j'emmène ma sœur Cass à la bibliothèque.

Brett et Aaron lui jetèrent un regard de commisération.

Theo arriva chez Antoinette à 17 h 45 ; il disposait d'une heure, ce qui lui semblait considérable. Une fois stationné devant la villa, il s'offrit le luxe de regarder autour de lui. Au-dessus de l'entrée, une fenêtre en demi-lune ; en retrait de la façade, une grande terrasse de planches et ses bancs scellés à même le sol, une douche d'extérieur. Une cheminée en brique couverte de bardeaux occupait tout un mur latéral. À son pied était rangée une pile de bûches surmontée d'une hachette à manche rouge. Était-ce Antoinette qui coupait son bois ? La pelouse qui entourait la villa semblait un peu trop verte et fournie pour un mois d'avril et les massifs regorgeaient de jonquilles. Antoinette entretenait-elle le jardin ? Theo faillit cueillir une fleur pour la lui apporter mais s'esclaffa intérieurement. Quel crétin !

La porte d'entrée était ouverte. Il jeta un coup d'œil à l'intérieur, dans le séjour assombri. Seules deux bougies brillaient, sur la table basse. Il embrassa la pièce d'un regard circulaire : la cheminée, les étagères pleines de livres, le tapis persan. Il entra, ferma derrière lui. La fenêtre en demi-lune traçait un arc de lumière pâle sur le sol.

Tout d'un coup, il entendit de la musique. De la flûte, et Antoinette apparut, comme si elle venait de surgir du sol, lançant les bras et les jambes en tous sens dans de grands mouvements fluides. Elle dansait. Theo retint son souffle. Elle bougeait d'une façon extraordinaire, cambrée comme une patineuse, pour ne plus remuer que les mains, puis se redressant en roulant les épaules et le dos. Elle portait un collant noir et un maillot de corps blanc, usé jusqu'à la corde. Pas de soutien-gorge. Elle aurait pu aussi bien être complètement nue. Quand elle se penchait en arrière, il la revoyait la veille au soir, en train de lui faire l'amour.

Il demeura sur place, les pieds collés au paillasson de bambou, jusqu'à ce qu'elle s'effondre à terre, à bout de souffle. Il aurait aimé croire qu'elle avait dansé pour lui mais n'en était pas sûr du tout et craignait de l'effrayer. Alors il attendit qu'elle se relève pour frapper trois coups sur le panneau intérieur de la porte. Antoinette se retourna lentement et ne parut pas surprise de le voir. Donc elle savait qu'il était là.

– Tu as dit que tu avais quelque chose à me montrer, bredouilla-t-il.

– J'ai dit ça ?

Elle tira ses cheveux ébouriffés, les noua et les fit tenir avec une sorte de baguette chinoise, laissant échapper quelques mèches çà et là. Puis elle enleva son maillot de corps et s'essuya le front du dos de la main.

– C'est vrai ? continua-t-elle. Bon, peut-être. Tu veux un verre de vin ?

– Oui.

Il n'osait toujours pas bouger et la regarda sortir deux coupes en cristal du placard puis chercher une bouteille dans le réfrigérateur.

– C'est du chardonnay ?

– Oui. Tu aimes ?

– Ouais.

– Viens t'asseoir.

Elle-même se dirigea vers le canapé où il la rejoignit. Il s'efforça de reprendre son calme.

– J'ai bien aimé comme tu as dansé.

– Ah bon ?

À son ton, elle s'en fichait éperdument. Il aurait voulu pouvoir lui dire ce que ça lui faisait. En fait, ça l'excitait, voilà, mais il ne pouvait lui avouer ça.

Elle lui tendit un verre de vin dont il avala une longue goulée tout en regardant ses livres. Se pouvait-il qu'elle ait lu tout ça ?

– Je lis *La Lettre écarlate* en ce moment, déclara-t-il.

Tout d'un coup, il s'avisa qu'Hester Prynne, l'héroïne, devait justement porter le A d'adultère cousu sur sa robe. Il ferma les yeux. Pourquoi avait-il dit ça ?

– Je veux porter un toast, dit Antoinette. À ton retour.

Ils firent claquer leurs verres. Theo but une nouvelle gorgée.

– Qu'est-ce que je voulais te montrer, déjà ? reprit-elle. Ah oui ! Un truc dans la salle de bains. Viens avec moi.

Elle le prit par la main.

C'était une magnifique pièce au carrelage vert. Il vit la brosse à dents, le dentifrice, un rasoir jetable rose mais s'efforça de ne pas tout détailler car il ne se sentait pas très à l'aise.

Elle souleva un coquillage posé sur la cuve des toilettes et le lui tendit.

– Tu sais ce que c'est ?

– Une coquille, dit-il bêtement. De buccin.

L'objet était d'un blanc ivoire, parfaitement rond, étranglé sur trois niveaux et pointu comme un chapeau chinois, légèrement rosé à l'intérieur.

– C'est toi qui me l'as donné, dit-elle.

– Moi ?

– Il y a un million d'années. Je t'avais emmené, avec ta mère, sur l'île de Tuckernuck, et vous avez ramassé ce coquillage sur la plage. Elle t'a demandé ce que tu voulais en faire et, sans hésiter, tu es venu me l'offrir. Tu n'avais que trois ans.

– Et tu l'as gardé ?

– Je n'avais pas reçu d'aussi beau cadeau depuis longtemps. Et je n'en ai plus reçu depuis.

Elle passa un doigt sur la bouche du garçon et l'embrassa. Elle avait les lèvres douces, qui sentaient légèrement le tabac et il pensa instinctivement à un kaki, même s'il n'en avait jamais mangé, ni vu, d'ailleurs.

Ils refirent l'amour et Theo s'imagina, petit garçon, sur la plage de Tuckernuck, tendant ce précieux objet à une belle dame brune. Et il se sentit plus homme que jamais.

Il revint le lendemain, puis le surlendemain. Au début, il considéra cette heure avec Antoinette comme un authentique fantasme, une visite sur une autre planète où n'existait aucune loi, où rien ne comptait que leur attirance mutuelle. Mais peu à peu, à mesure que les jours passaient, la réalité du lycée et de sa famille se mit à prendre l'aspect d'une chimère – d'une fausse vie, d'une imposture qu'il subissait jusqu'à 18 heures, quand il se retrouvait enfin sur la route de Polpis Road.

La saison de base-ball s'acheva sur un banquet au cours duquel il fut couronné meilleur joueur de l'année. Ses parents éclataient de fierté et Theo salua toute la salle sous les applaudissements. Il prit son trophée mais le cœur n'y était pas. C'était comme s'il s'observait de loin et il se demanda ce qu'aurait dit Antoinette si elle s'était trouvée dans l'assistance. Il se faisait remettre un trophée au cours d'un banquet imbécile où on leur avait servi du poulet farci et des crèmes glacées. Et alors ? Il oublia son trophée sur la table, exprès – il n'allait pas emporter ce truc de bébé à la maison – mais son père s'en aperçut et le prit.

À la fin du mois de mai, Theo emmena Gillian Bergey au bal de fin d'année. Ils dînèrent au club de golf des parents de la jeune fille, dans une salle à manger humide comme une cale de bateau en compagnie de Sara Poncheau, une amie de Gillian, et son copain, Felipe, de Marstons Mills. Les autres convives, de la génération des grands-parents de Theo, leur souriaient avec attendrissement. Le garçon transpirait dans son smoking blanc de location. Deux mois plus tôt, cette perspective lui avait pourtant parue géniale. Maintenant, il grillait d'impatience à l'idée d'en finir.

Aux hors-d'œuvre, il demanda :

– Vous croyez que ce club accepte les Noirs ?

Felipe, l'Hispanique, se récria :

– Tu rigoles ! Tu ne vois pas que tous ces papys et ces mamies me regardent comme si j'étais le plongeur de service ?

Theo asséna un petit coup de pied à Gillian du bout de ses chaussures en plastique vernies louées avec le smoking.

– À ton avis ?

Blonde au teint clair, vêtue d'une robe longue bleu ciel, la jeune fille rougit jusqu'aux oreilles.

– Je n'en ai aucune idée, Theo. Je suis sûre que tout le monde peut entrer ici.

– Pas moi, répondit-il. Regarde autour de toi, tout le monde est blanc.

– Mais tout le monde est blanc, à Nantucket ! murmura-t-elle. Ce n'est pas la peine d'en faire une histoire. Ne nous mets pas la honte !

– Je n'en ai pas l'intention.

Qu'avait-il pu trouver à cette fille pour vouloir coucher avec elle ? Elle était si translucide qu'on lui voyait les veines à travers la peau.

– Mais, ajouta-t-il, si tu veux tout savoir, tout le monde n'est pas blanc, à Nantucket.

Il dansa trois fois avec elle au bal, puis il l'emmena au club où se réunissaient ensuite les élèves. Elle se changea dans la voiture. Normalement, il aurait dû en profiter – tant qu'elle ne s'était pas rhabillée – mais il attendit poliment dehors, montant la garde, regrettant de ne pas fumer, regrettant surtout de se trouver là alors qu'il avait mille fois mieux à faire avec Antoinette. Ensuite, il la ramena chez elle sans l'embrasser ni même la toucher ; elle semblait déçue et, le lundi suivant, elle dit à la ronde que c'était un pauvre type. Ce dont il se fichait éperdument. Il ne pensait qu'à ses fins d'après-midi avec Antoinette.

En juin, lorsque l'école fut terminée, Theo débuta chez Island Airlines et prit l'habitude de s'arrêter chez Antoinette avant de rentrer. Il ne courait qu'un seul vrai danger : que sa mère débarque sans prévenir. Mais à cette heure de la journée, elle était trop occupée avec les enfants rentrés de l'école, puis à préparer le dîner. Un jour, elle lui demanda :

– Tu ne continues pas à traîner à *l'Islander,* j'espère ? Tu sais que je n'aime pas ça.

– Mais non ! assura-t-il.

Il avait une réponse toute préparée :

– Je me balade à travers l'île. J'observe l'architecture des villas. Je veux devenir architecte moi aussi ; autant commencer tout de suite à m'informer.

Sa mère le crut sur parole et le répéta à son père le soir même.

Ce dernier tiqua lorsqu'il entendit le mot architecture mais ne fit aucun commentaire. Il avait bien assez à faire avec le contrat Ting qui venait de lui échoir. Aussi Theo en eut-il vite conclu qu'il pourrait s'éclipser une heure pas jour sans se faire remarquer.

En fait, ce fut étonnamment facile.

En revanche, sa relation avec une vraie femme se complexifiait.

Au début, seul comptait l'amour physique. Dès qu'il voyait Antoinette, il ne songeait qu'à parvenir au plus intense plaisir qu'elle savait lui donner, un plaisir tellement puissant que cela en devenait presque douloureux. L'amour lui donnait l'impression de vivre à cent à l'heure et, par conséquent, il se mit à craindre la mort. Maintenant, chaque fois qu'il prenait le volant, il bouclait sa ceinture de sécurité.

Au début des vacances, il ne pouvait déjà plus se contenter d'une simple relation charnelle. Il avait envie de connaître Antoinette, de discuter avec elle. Il travaillait toute la journée à l'aéroport – à charger et décharger des bagages, à renseigner les passagers égarés – et s'inquiétait de ne rien savoir d'Antoinette. Tous les soirs, il inspectait la villa, examinait chaque objet, à la recherche du moindre indice. Il mémorisa quelques titres glanés dans sa bibliothèque et courut les acheter : *Descends, Moïse,* de Faulkner, *Dérive continentale,* de Russel Banks. Il les lut en se demandant ce qu'Antoinette pouvait leur trouver. Mais il ne lui en dit rien.

Il se mit à lui poser des questions après l'amour. D'abord des choses simples :

– Qu'est-ce que tu as fait, aujourd'hui ?

– Qu'est-ce que j'ai fait ?

Repoussant l'oreiller, il se hissa sur un coude.

– Qu'est-ce que tu fais, d'habitude, la journée ? Tu n'en parles jamais. Tu as bien un programme, ou quelque chose ?

Elle éclata de son beau rire guttural :

– Oh, Theo !

– Quoi ? Qu'est-ce que ça a de si drôle ? J'ai envie de savoir ce que tu fais. Ça n'a rien d'extraordinaire, quand même ! J'ai bien le droit de savoir ce que fait ma…

Il faillit dire « petite amie » mais trouva ces mots ridicules et déplacés vis-à-vis d'elle.

– … ma maîtresse de ses journées !

– Qu'est-ce que ça fait d'avoir une « maîtresse » à dix-huit ans ?

– C'est super ! Mais tu dévies de ma question.

– Quelle question ?

– Tu vois ?

Agacé, il frappa son oreiller du poing.

– Qu'est-ce que tu fous toute la journée ?

Elle sortit du lit et enfila une robe de coton noir à fines bretelles.

– Je fais comme tout le monde, ni plus ni moins. Je tâche de survivre.

– C'est-à-dire ?

– Écoute, je mange, je danse, je lis, j'assouvis mes pulsions sexuelles.

– Et moi, tu veux savoir ce que je fais ? Tu veux savoir comment se passe ma journée au travail ?

Antoinette battit des cils.

– Comment s'est passée ta journée de travail, chéri ?

– Laisse tomber.

– C'est ça.

Parfois, il y avait quand même de quoi se poser des questions, avec elle. Par exemple, pourquoi n'avait-elle aucune photo d'elle ? Ni de sa famille ? Quand il apporta le cliché où elle le tenait bébé sur ses genoux, elle l'examina un long moment et conclut :

– C'est moi.

Comme s'il n'en avait jamais douté.

– Ouais, c'est toi. Comment se fait-il que tu n'aies pas d'autres photos ?

– De photos de quoi ?

– De toi.

Elle parut sincèrement surprise.

– Pour quoi faire ? Je sais à quoi je ressemble.

– Et de tes parents ? insista-t-il d'une voix cassée.

Ce n'était pas juste – elle le connaissait depuis sa naissance.

– Ils sont toujours vivants ?

– Aucune idée.

– Pardon ?

– Tu me poses de ces questions !

Il en posa beaucoup d'autres, mais elle se déroba sans cesse. Peut-être ignorait-elle les réponses, se dit-il un jour. Elle avait quelque chose d'un mirage, ou d'un fantôme sans passé et dont l'image ne pouvait imprégner la pellicule. Il goûtait sa peau, reniflait son odeur, pétrissait son épaisse chevelure pour s'assurer qu'elle était bien réelle.

Il ne trouva qu'une fois le courage de parler d'elle à sa mère. Au tout début des vacances, il l'aidait dans le potager lorsqu'il s'y risqua :

– J'ai vu Antoinette en allant au travail, aujourd'hui. Elle était sur son vélo.

– Ah oui ?

Agenouillée sur le sol, sa mère bêchait son verger de tomates. Comme tous les ans, il l'aida à planter les pieds en les retenant contre les tuteurs tandis qu'elle déchirait un vieux tee-shirt de Raoul pour en faire des bandelettes qui allaient servir à les accrocher.

– Je devrais peut-être lui téléphoner, ajouta-t-elle.

Theo regardait la terre, brune et suave comme un gâteau au chocolat.

– Au fait, d'où elle vient Antoinette ?

Kayla leva la tête.

– Pourquoi ?

Il sentait le soleil lui brûler la nuque.

– Elle est tellement… bizarre. Comment a-t-elle atterri ici ? Elle n'est pas née sur l'île, je crois ?

– Non. Elle vient de New York. Elle est arrivée le même été que moi. Nous étions voisines. Tu le sais bien.

– Qu'est-ce qu'elle faisait à New York ?

– Elle étudiait la danse.

Sa mère passa au plant suivant.

– C'est tout ce que je peux te dire, ajouta-t-elle.

– Comment ça se fait ? Sa vie n'est pas un secret d'État, quand même !

Elle déchira la chemise de son père d'un geste bref et ce bruit le fit grincer des dents.

– Si, dit-elle. Un secret.

Un soir de mi-juin, Theo dit à Antoinette qu'il l'aimait. Ils venaient de faire l'amour et elle saignait un peu. Elle avait ses règles.

– Oh ! s'écria-t-elle. Excuse-moi.

– Ça ne me fait rien, répondit-il. Je t'aime.

Elle disparut dans la salle de bains et ferma la porte derrière elle. Theo l'entendit ouvrir un tiroir, aller et venir. Il appuya la tête sur l'oreiller de plumes. Jamais il n'avait avoué à une femme qu'il l'aimait. Ni à personne, d'ailleurs. Ce n'étaient pas des choses qu'on se disait, dans sa famille. *Je t'aime.* Propos galvaudés. Cette fois, pourtant il les ressentait tels quels, il était passé de l'autre côté de la barrière, du côté de ceux qui aimaient. Il se sentait vulnérable, à découvert, et il avait peur. Il s'habilla.

– Je t'aime, Antoinette ! cria-t-il derrière la porte. Tu m'entends ?

Contre toute attente, ce fut son père qui le perça à jour. Un soir, la semaine qui suivit les festivités du 4-Juillet, Theo attendait dans sa Jeep, au bout du chemin menant à la villa d'Antoinette. C'est alors qu'il vit une Chevrolet rouge, qui arrivait du nord. Il y avait beaucoup de Chevrolet rouges à Nantucket – en outre, son père travaillait à Monomoy, à l'ouest. Pourtant, le chauffeur lui fit des appels de phare. Theo passa la marche arrière pour libérer le chemin, se fit tout petit sur son siège et ferma les yeux en espérant que le conducteur de la camionnette ne l'avait pas vu. Néanmoins, quand il les rouvrit, ce fut pour constater que le véhicule s'était arrêté juste devant lui et que son père venait de baisser sa vitre et le regardait.

– Qu'est-ce que tu fais là ? lui demanda-t-il. C'est ta mère qui t'envoie ici ?

Que dire ? Il chercha désespérément une explication plausible à sa présence devant la villa d'Antoinette.

– Je regardais les façades, balbutia-t-il. Je me suis trompé de chemin.

Son père le dévisageait ; Theo se prit soudain à souhaiter qu'une autre voiture arrive pour détourner son attention. Mais rien ne bougea. Alors Raoul fit un geste de la main.

– Suis-moi, dit-il, je veux te montrer quelque chose.

Theo s'exécuta tout en élaborant un nouveau mensonge dans sa tête : il s'était trompé de chemin, il avait oublié qu'il s'agissait de la villa d'Antoinette, jusqu'au moment où il s'était arrêté. Ensuite, comme il avait eu l'impression qu'elle ne se trouvait pas chez elle, il en avait fait le tour du jardin pour regarder d'un peu plus près. Rien de mal à ça, non ?

Ils roulèrent jusqu'à Monomoy, dans la demeure des Ting qui commençait tout juste à sortir de terre. La vue sur la mer était à couper le souffle. Theo sortit de sa Jeep. Il transpirait.

– Pas étonnant que tu ne sois jamais à la maison, observa-t-il à l'adresse de son père. C'est magnifique, par ici.

– C'est encore mieux à la maison. Ici, ce n'est jamais qu'un chantier parmi d'autres.

– Quand même. C'est grand.

– La plus grande demeure de l'île.

– Ouais.

Ils pénétrèrent sous les échafaudages et se dirigèrent vers l'avant de la maison où des baies géantes surplombaient le port. Les sols étaient jonchés d'outils, de clous et de ponceuses électriques. Le soleil dominait encore le clocher de l'église, les mouettes criaient. Les mains de Theo tremblaient.

– Alors, reprit son père, redis-moi ça : qu'est-ce que tu faisais exactement, chez Antoinette ?

– Je me suis trompé de chemin.

Depuis combien de temps n'avait-il menti à son père ? Il n'osait même plus le regarder en face mais, avec une vue pareille, il y avait de quoi détourner les yeux sans peine. Il détaillait les voiliers répandus comme des confettis à la surface de la mer.

– … Et je me suis retrouvé à côté de chez Antoinette.

– C'est vrai qu'il y a de quoi se tromper, commenta son père. Je me suis moi-même perdu plusieurs fois quand j'ai construit sa villa.

Voilà au moins deux semaines que Theo avait dit à Antoinette qu'il l'aimait et qu'elle n'avait pas répondu. Bon, d'accord, elle ne l'aimait pas. Aussi, qu'allait-il imaginer ?

– Je sors avec Antoinette, lâcha Theo en envoyant promener un clou. On couche ensemble.

Son père commença par fermer les yeux puis les rouvrit presque aussitôt. Des yeux piquetés d'or, comme ceux de Theo et de ses frère et sœurs.

– Non, dit-il. Je ne te crois pas.

– Tu devrais, parce que c'est la vérité.

– Tu te rends compte de ce que tu m'annonces ?

Theo reconnut cette expression sur le visage de son père – il réprimait sa colère, s'efforçait de se dominer. Lorsqu'il était adolescent, Raoul perdait sans arrêt son sang-froid – il se battait à coups de poings, perçait des trous dans le murs, cassait les chaises de la salle à manger. Mais plus maintenant.

– Theo, souffla-t-il d'un voix à peine audible. Que se passe-t-il ?

Le garçon raconta tout, ou presque… du match de baseball à sa conviction d'être amoureux – non d'un amour clair et limpide comme il aurait pu s'y attendre mais d'un sentiment obscur et déroutant. Il avait désormais l'impression d'avancer seul, à tâtons dans une forêt terrifiante, inconnue.

– Je n'en ai parlé à personne d'autre, s'empressa-t-il de préciser.

Sa voix se brisa quand il ajouta :

– Je voudrais tant qu'elle m'aime, papa !

Son père le prit dans ses bras et l'étreignit.

– Tu as mis les pieds dans une histoire qui te dépasse, mon garçon. Et ta mère ?

– Quoi, ma mère ?

Raoul lui souleva le menton pour l'obliger à le regarder.

– D'après toi, qu'est-ce que je dois faire ? Lui cacher tout ça ?

– Oui. Tu ne dois rien lui dire.

– Dans ce cas, tu aurais mieux fait de ne pas m'en parler.

– Tu es mon père, quand même !

– Ce n'est pas comme ça que ça marche, Theo. Ne compte pas sur l'indulgence de ton père. Parce que ce que tu viens de me confier ne me dit rien qui vaille, ni pour toi ni pour ta mère. Et surtout pas pour toi. Tu vas en baver, crois-moi. Antoinette est trop âgée, trop expérimentée, trop compliquée pour toi. Avant tout, trop âgée. Tu m'entends ? Je comprends très bien que tu veuilles t'envoyer en l'air. C'est normal. Mais pas avec Antoinette.

Il posa les mains sur le rebord de la fenêtre sans carreaux, se pencha en avant.

– Mais qu'est-ce qu'elle a dans la tête ? maugréa-t-il. Tu n'es qu'un gosse.

– J'ai dix-huit ans, protesta Theo. L'âge d'aller à la guerre et tout.

– Ce n'est pas bien. Elle ne devrait pas faire ça.

– Ce n'est pas sa faute. Et promets-moi de ne surtout rien lui dire !

– En tout cas, c'est fini, maintenant. Ça, je peux te le garantir. Je t'interdis de retourner la voir !

– Tu ne peux rien m'interdire.

– Et comment ! Je suis ton père.

– C'est bien toi qui nous disais de prendre nos responsabilités ! De gagner notre indépendance ! Qu'est-ce que tu fais de tes beaux principes ?

– Tu t'es lourdement trompé, Theo.

– Ça me regarde. Je t'en ai parlé parce que j'avais besoin de me confier à quelqu'un, et que tu m'as posé la question. Si je me trompe, c'est mon problème, laisse-moi l'assumer.

Il tapa son père dans le dos.

– Si tu le dis à maman, je te tue.

– Pas de menaces, mon gars !

Theo envoya promener quelques autres clous, puis un marteau. Il désirait qu'on l'aide et qu'on le comprenne. Pas qu'on le sermonne.

– Laisse tomber, marmonna-t-il.

Il quitta le chantier, sauta dans sa Jeep et reprit la route de la maison.

Theo observa de près les moindres réactions de sa mère et n'y décela aucun changement. Soit son père avait respecté sa décision soit il avait trop peur d'avouer la vérité à Kayla. Il se montrait froid et distant avec son fils et c'était d'autant plus pénible qu'il passait peu de temps avec la famille. Si bien que Theo n'eut à peu près plus aucun échange avec lui.

Il réagit avec humeur et décida qu'il se passerait désormais de l'avis de ses parents. Qu'ils aillent se faire voir. Son père ne s'intéressait qu'à ce fichu chantier qui – à en croire l'opinion des revues spécialisées – allait altérer à jamais le charme spécifique de l'île.

Et puis les règles d'Antoinette tardèrent à venir.

Elle se montrait irritable depuis quelques jours – pour autant qu'on puisse traiter d'irritable une personne qui communiquait aussi peu. Elle ne voulait plus qu'il l'embrasse ou la prenne dans ses bras. Elle trouva même le moyen de le gifler pendant qu'ils faisaient l'amour. Elle prétendit ensuite que c'était dans le feu de la passion, mais Theo n'en fut pas moins blessé aux larmes.

– Pourquoi m'as-tu fait ça ? demanda-t-il ensuite.

Elle roula sur le côté du lit comme pour s'éloigner de lui.

– Excuse-moi, j'étais de mauvais poil.

– Pour quelle raison ?

C'était exactement ce qui le rongeait : elle n'était pas contente et ne lui disait jamais pourquoi.

– C'est à cause de moi ?

Elle se leva et le toisa sans aménité.

– Je n'ai pas eu mes règles.

– Et merde !

Ils n'avaient jamais utilisé de préservatifs parce que Theo la croyait capable de se prendre en main – pilule, stérilet, ménopause, qu'en savait-il ?

– Alors, tu crois que tu es enceinte ?

– Ça fait un bout de temps que ça ne m'est pas arrivé, mais j'ai ressenti exactement la même chose.

– Attends. Quelle même chose ? Tu as déjà été enceinte ?

– J'ai une fille. Du moins, j'en ai eu une. Il y a vingt ans.

– Tu veux rire ? Elle est plus vieille que moi ?

– Je l'ai fait adopter.

– C'est vrai ? Pourquoi ?

Elle soupira.

– C'est une longue histoire.

– Raconte. Tu ne me dis jamais rien.

Il se toucha la joue, à l'endroit où elle l'avait frappé, en se demandant s'il n'en garderait pas une marque. Elle s'assit au bord du lit, regarda par la fenêtre les troncs d'arbres du sous-bois.

– Je peux te poser une question ? demanda-t-elle. Pourquoi est-ce que tu t'intéresses tellement à la vie d'une vieille femme ?

– Je veux te connaître. Je me pointe ici tous les jours et on… on baise et je ne sais strictement rien de toi, ni de ta famille, ni de tes parents, ni de cette fille. Parle-moi de ta fille, tu veux ?

– C'est de l'histoire ancienne. Et c'est triste.

– Je t'en prie !

– Tu vas être choqué.

– Mais non ! Je te promets.

Choqué, il l'était depuis un moment : Antoinette se croyait enceinte et elle l'avait déjà été.

– J'étais encore étudiante quand je me suis mariée. On vivait à Manhattan et mon mari était consultant pour Pricewaterhouse. Il avait des clients en Californie, ce qui le faisait beaucoup voyager, mais ça ne me dérangeait pas. Je fréquentais une école de danse, j'avais à décorer mon grand appartement dans les beaux quartiers, je passais mes journées à parcourir et à visiter cette ville. Au bout d'un an, à peu près, je me suis aperçue que j'étais enceinte.

– Ah, d'accord ! dit Theo.

– J'étais une jeune danseuse de vingt-trois ans mariée à un homme qui passait le plus clair de son temps sur la côte ouest. À l'époque, je n'étais pas du tout prête pour un enfant, je n'en avais ni le temps ni le désir. J'ai aussitôt voulu m'en débarrasser.

– En avortant ?

– Oui. Mais mon mari m'a convaincue de le garder. Il voulait cet enfant. Il disait que ce serait formidable, qu'on allait fonder une famille… Il m'a incitée à quitter l'école de danse et je lui ai fait promettre de lâcher ses clients de Californie. C'est ce qu'il a fait. Il s'est trouvé une affaire à Philadelphie, donc à moins de deux heures en train de la maison. Il passait tous ses week-ends avec moi. On se baladait à Central Park, il m'a emmenée voir *Aida* au Metropolitan Opera, il ressortait en pleine nuit pour m'acheter de la pastèque chez l'épicier du coin.

Elle ferma les poings et les porta à ses oreilles comme pour se protéger d'un bruit affreux.

– Qu'est-ce qui s'est passé ? demanda Theo.

Il était suspendu à ses lèvres. Enfin, il connaissait la véritable histoire d'Antoinette, des détails dont sa mère elle-même ne devait pas être au courant.

– Un jour, alors que ma grossesse était déjà bien avancée, sept mois et quelque, je me suis retrouvée devant Penn Station, en plein centre ville, et j'ai eu envie de lui faire une surprise. J'ai pris le train pour Philadelphie puis j'ai marché jusqu'à son hôtel. L'employé de la réception savait que sa femme était enceinte. Il m'a donné la clef de sa chambre.

Theo vivait ce suspense comme s'il allait lui-même tomber de haut.

– Et ? la pressa-t-il.

– Et je suis tombée sur lui, au lit avec deux femmes : Monica, son associée, et leur cliente ! Tous les trois étaient tellement… affairés qu'ils ne se sont même pas aperçus de ma présence. Il a fallu que je crie pour me faire entendre.

Elle pleurait à chaudes larmes, allant et venant comme si elle cherchait quelque chose, peut-être un mouchoir. Elle disparut dans la salle de bains et revint avec une serviette.

– Il s'appelait Darren, dit-elle en se mouchant. Je n'avais plus prononcé ce nom depuis vingt ans. Darren Riley.

– Tu n'as pourtant pas repris ton nom de jeune fille, remarqua-t-il.

– Je l'aimais. Désespérément. C'était un de ces êtres que tout le monde ne peut qu'aimer – hommes, femmes, chiens, bébés. Il était charmant, dynamique, drôle. Et c'est ce qui l'a perdu. Les femmes tombaient comme des mouches devant lui, elles étaient prêtes à tout pour lui. Par la suite, Monica m'a raconté qu'ils se retrouvaient souvent à trois, déjà en Californie, et même avant.

Theo avait envie de vomir. Il se cala un oreiller sur l'estomac.

– Qu'est-ce que tu as fait ?

– Je suis retournée à New York, seule. Darren n'a même pas essayé de me retenir. Il a dû comprendre que c'était fichu. Il a accepté le divorce et m'a versé beaucoup d'argent. Moi, ça m'a donné l'impression qu'il s'en fichait. Il ne s'est pas excusé et, d'un seul coup, il ne voulait plus entendre parler du bébé. Quand la petite est née, j'étais folle de rage. Je n'éprouvais pas un soupçon d'amour pour elle ; je n'avais pas envie de lui chercher un nom.

– Et qu'est-ce qui s'est passé ?

– J'ai tenté de me suicider. Avec des médicaments. C'est ma voisine qui m'a trouvée inconsciente, avec la petite qui pleurait dans son berceau. Elle n'avait pas mangé depuis douze heures. Les services sociaux l'ont récupérée et, le temps que je sorte de l'hôpital, j'ai compris que j'étais incapable de l'élever. Et que je n'en avais pas envie.

Elle se pinça l'arête du nez et envoya promener sa serviette.

– Tout ce que je me souviens de cette époque, c'est la façon dont Darren m'a fait aimer cette enfant pour ensuite me voler cet amour. Quelle cruauté…

Elle se tut un instant puis se redressa et reprit :

– Après le départ du bébé, j'ai décidé de refaire ma vie.

– Tu es venue t'installer ici ?

– Je me suis construit une existence au jour le jour, qui me permette de ne plus dépendre de personne, de ne plus prendre aucune responsabilité. Ici, dans les bois, au cœur d'une île à cinquante kilomètres de la côte. Voilà, Theo. Tu connais toute ma vie.

Elle retourna dans la salle de bains. Theo s'habilla sans se presser. Il était en retard, mais n'avait aucune envie de partir. Des mois durant, il n'avait pas reçu la moindre information sur son amie et voilà qu'elle le noyait sous ce déluge d'informations.

– Alors, comme ça, tu crois que tu es de nouveau enceinte ?

Elle se tenait devant le lavabo, les mains de chaque côté de la vasque, et se regardait dans la glace. Pour toute réponse, elle hocha la tête.

Theo se trouvait exactement dans la situation qu'il avait appris à redouter depuis qu'il savait quoi redouter d'une relation sexuelle. Pourtant, il n'avait pas peur, il était enchanté. Ravi. Antoinette, enceinte !

– C'est bien, dit-il. C'est bien que tu sois enceinte.

– C'est tout sauf bien, rétorqua-t-elle. C'est Dieu qui me punit.

– De quoi ?

– De toi. D'avoir couché avec un garçon de dix-huit ans.

– Je veux avoir cet enfant avec toi.

– Mais non ! On fera ce qu'il y aura de plus pratique. Si je suis enceinte, je me ferai avorter.

– Mais je t'aime ! Ça fait des semaines que j'essaie de te le dire et tu ne m'écoutes pas.

– J'ai très bien entendu.

– Alors tu ne me crois pas.

– Si, je te crois.

– Mais toi, tu ne m'aimes pas.

– Tu ne peux pas comprendre. Tu es trop jeune. Il va falloir que tu me fasses confiance, Theo.

Elle s'approcha de lui et lui prit le visage entre les mains, caressant l'endroit qu'elle avait giflé, avec une douceur et une tendresse qu'elle aurait pu réserver à un bébé ; il vit alors une lueur briller dans ses yeux et se prit à croire que ce pourrait bien être de l'amour.

Theo connut ensuite deux jours de réflexion. Il s'émerveillait de ce que son corps avait pu créer. Un autre être humain. Il envisagea tous les scénarios imaginables, plus improbables les uns que les autres. Il se marierait avec Antoinette et tous deux élèveraient l'enfant. Il finirait le lycée l'année prochaine, ensuite il arrêterait ses études pour travailler avec son père. Et puis, si ses parents le désavouaient, ils pourraient toujours quitter l'île, avec Antoinette et le bébé. Ils iraient en Californie. Ou en France. Ou en Afrique du Sud.

Le soir, il tentait de la faire à nouveau parler de son passé mais elle ne voulut rien savoir. Parfois, elle se montrait très optimiste ; quand il arrivait, elle l'attendait sur un banc de sa terrasse, avec un verre de chardonnay et un roman. D'autres fois, il la trouvait dans la chambre, les stores baissés et, quand il frappait à la porte ou lui caressait les cheveux, elle ouvrait un œil en murmurant :

– Va-t'en, Theo. Retourne chez ta mère.

Et puis, le 1er août, alors qu'il venait de passer à l'aéroport une journée de travail particulièrement éprouvante – chassé-croisé de juillettistes et d'aoûtiens –, elle lui montra son test de grossesse. C'était l'un de ces soirs où elle lisait sur sa terrasse. Elle lui servit un verre de vin et ils restèrent tranquillement à écouter les oiseaux dans les arbres voisins ; puis elle entra dans la chambre et revint avec un morceau de plastique blanc strié de deux barres violettes. Elle l'éleva devant lui, le faisant tourner à la lumière tombante, comme s'il était capable d'en contester l'authenticité.

– Bon, dit-il. Et maintenant ?

– J'ai pris rendez-vous sur le continent pour le mardi suivant le week-end du Labor Day. Pour me faire avorter. Ça me laisse quatre semaines pour y réfléchir.

– Ne fais pas ça ! Je t'en prie.

– Je ne vois pas d'autre solution. Quant à toi, mon cher, tu n'es pas encore mûr pour devenir père. Pas à dix-huit ans.

Il ne se sentait plus du tout âgé de dix-huit ans et le lui dit.

– Si tu veux, répondit-elle. Et Kayla, alors ? Cette nouvelle va l'anéantir. Ta mère est l'une de mes rares amies et je n'ai aucune envie de lui faire du mal, ni à elle ni au reste de ta famille, d'ailleurs.

– Ça n'a pas eu beaucoup l'air de te préoccuper jusqu'ici.

– Peut-être, mais maintenant, si. J'ai franchi un seuil.

Elle le contemplait avec une authentique tristesse.

– Je suis navrée, Theo. Je n'aurais jamais dû faire ça.

– Alors pourquoi l'as-tu fait ? Je veux dire, si tu ne m'aimes pas ?

– Oh, Theo !

– Non, c'est vrai, je suis curieux de le savoir. Ce n'était pour toi qu'un coup de reins, rien de plus ? Tu es venue me voir jouer au base-ball et mon corps t'a plu ? Tu croyais que, parce que je n'avais que dix-huit ans, je me contenterais de te sauter sans arrière-pensée ?

– Sûrement pas.

– Alors, qu'est-ce que c'était ?

– Regarde comment je vis !

D'un geste, elle désigna les sous-bois happés par l'obscurité.

– Regarde cette solitude. Je n'aime pas les gens, tu le sais bien. Avec ce qui m'est arrivé…

– Alors, pourquoi m'as-tu laissé entrer dans ta vie ?

– Parce que tu es jeune. Que tu es propre, honnête, et bon. Tu es le fils de Kayla et que je me sens en sécurité avec elle.

Theo posa son verre et s'adossa à la balustrade. Des vers luisants faisaient scintiller les sous-bois.

– D'abord, tu me dis que tu veux avorter, supprimer notre enfant à cause de ma mère, ensuite tu me dis que tu m'as choisi parce que je suis le fils de ma mère et que tu ne risques rien avec moi ? J'aimerais bien que tu oublies un peu ma mère. Notre relation, notre bébé ne concernent que nous, toi et moi.

– Si seulement c'était vrai !

Elle vida son verre et disparut dans la villa. Sans doute désirait-elle qu'il la suive mais il n'en avait plus envie. Il sauta par-dessus la balustrade et courut à travers la pelouse épaisse et tendre. Quand il entra dans sa Jeep, il vit qu'il était 21 heures.

– Où étais-tu ? lui demanda sa mère lorsqu'il arriva chez lui.

Elle était seule dans la cuisine, à essuyer la vaisselle.

– Tes petites explorations m'ont l'air pour le moins suspectes.

Elle s'approcha de lui, huma son souffle :

– Tu as bu, Theo ?

Il la dévisageait. Elle était bronzée et ses cheveux avaient encore blondi sous le soleil. Quand il était petit, il lui disait toujours combien elle était belle. Maintenant, il avait envie de la frapper.

– Va te faire foutre ! lança-t-il.

Il passa devant elle et monta dans sa chambre.

Tout d'un coup, sa mère devint le centre de sa vie. Il concentra sur elle toutes ses angoisses, toutes ses rancœurs. Elle avait toujours été gentille avec lui et, jusque-là, il s'était efforcé de lui rendre la pareille. Mais maintenant, il ne pouvait la croiser sans penser aussitôt à l'avortement. Son enfant, ce petit être qu'il avait créé, allait être arraché au corps d'Antoinette et détruit. Par la faute de sa mère.

Cette haine le transforma. Sa rage tourbillonnait autour de lui comme un vent chaud, balayant sa mère – et son père et son frère et ses sœurs. Elle avait peur de lui, maintenant, il le voyait dans ses yeux, et cela ne faisait qu'attiser sa haine.

– Va te faire foutre, dit-il. Ferme-la et profites-en pour perdre quelques kilos, pendant que tu y es.

Là-dessus, il quitta la maison sans autre explication. Il n'aida plus aux travaux ménagers. Un soir qu'Antoinette lui avait refusé son lit, prétendant qu'il vaudrait mieux se calmer un peu, il laboura le potager de sa mère avec sa Jeep, renversant les clôtures qu'elle avait érigées pour éloigner les lapins. Il massacra ses herbes aromatiques, ses légumes, ses tomates, jusqu'à ce qu'il n'en reste qu'une espèce de terrain vague. *Va te faire foutre,* songea-t-il, *Va te faire foutre avec ton potager pourri.*

Il s'attendait à être puni. Il s'attendait au moins à ce que son père lui dise quelque chose. Mais ses parents ne réagirent pas et le laissèrent mariner dans sa colère.

À l'approche du Labor Day, Antoinette se montra de plus en plus distante. Quand il passait chez elle, elle ne lui offrait plus de vin et il n'était plus question de faire l'amour. Une semaine avant le rendez-vous fatal, il lui demanda :

– Tu veux toujours y aller ?

– Évidemment.

Elle était sur sa terrasse, à boire son chardonnay sans lui en offrir. Elle le regardait comme s'il venait de lui livrer une pizza.

– Tu ne crois pas que tu devrais rentrer chez toi ?

Arriva le vendredi du dernier week-end d'août. Theo savait qu'Antoinette comptait se rendre avec sa mère à leur pèlerinage annuel de Great Point. Il se rendit chez elle avant son départ, pour tenter une fois de plus de la convaincre, car il savait que cette soirée avec sa mère risquait seulement de la conforter dans sa décision d'interrompre sa grossesse. Il entra dans la villa sans frapper, pour lui montrer qu'elle ne l'intimidait guère. Il n'avait plus grand-chose à voir avec le garçon qu'elle avait amené avec elle à la fin d'avril. Cependant, il eut beau chercher dans toutes les pièces, pas d'Antoinette. Tout d'un coup, il entendit claquer une portière et se précipita à la fenêtre. Elle descendait d'un taxi. Il l'accueillit à la porte, bien qu'il ait reconnu la conductrice, Sara Poncheau, une fille de sa classe. Antoinette apportait un paquet de langoustes ; il l'en débarrassa et le déposa dans la cuisine.

– Qu'est-ce que tu fais ici ? demanda-t-elle.

– Tu ne devrais pas aller là-bas ce soir.

Elle se mit à rire.

– Ça ne te regarde pas.

– Si.

Elle se versa du vin.

– Eh bien, j'irai quand même.

– Donne-moi un verre.

Elle le dévisagea un instant puis s'exécuta. Il en éprouva une sorte de fierté, comme s'il venait de remporter une victoire, si petite fût-elle.

– Tu ne m'as pas dit ce que tu faisais ici, reprit-elle.

– Parce qu'il me faut une raison pour venir, maintenant ? J'ai le droit de passer voir mon enfant quand je veux.

– Il n'y a pas d'enfant, Theo.

À vrai dire, son corps n'avait pas beaucoup changé. Elle portait son justaucorps noir et ses guêtres, et son ventre paraissait toujours aussi plat.

– Au fait, reprit-elle, à propos d'enfant, il se trouve justement que ma fille vient me voir demain.

– Ta fille ? Celle que tu as abandonnée ?

– C'est ça.

– Elle t'a retrouvée comment ?

Elle vida son verre et Theo sentit monter un mouvement de révolte : il voulait protéger l'enfant qui grandissait en elle et ne le pouvait pas. Pour le moment, ce n'était encore qu'un amas de cellules – pourtant, il avait déjà un cœur qui battait, sans doute, et un sexe – et Antoinette qui ne cessait de boire parce qu'elle s'en fichait éperdument. Il poussa un soupir.

– Par Internet, dit-elle. Elle a consulté quelques sites consacrés à la mise en contact des parents biologiques avec leurs enfants. Un agent m'a appelée, m'a dit que Lindsey faisait des recherches et m'a demandé s'il pouvait lui communiquer mon numéro de téléphone. Étant convenu qu'elle pouvait aussi bien ne pas l'utiliser. Pourtant, elle m'a appelée et nous avons discuté. Elle m'a l'air singulièrement normale.

– Ça m'étonne que tu l'aies laissée te téléphoner.

– Je dois dire que moi aussi.

– Et pourtant, tu compte toujours tuer ton bébé ?

Il la saisit par le poignet, la faisant renverser son vin.

– Arrête, Theo !

Il serra si fort qu'elle laissa tomber son verre qui se fracassa sur le sol carrelé de la cuisine.

– Je ne te laisserai pas faire ! gronda-t-il. Je te suivrai partout s'il le faut, jusque dans cette clinique.

– Tu n'as rien à voir là-dedans. Mon pauvre garçon, tu ne comprends pas ! Laisse-moi faire. Tu es jeune, tu auras tous les enfants que tu voudras quand tu seras plus vieux.

– Tu ne vas pas tuer notre enfant, Antoinette ! Je ne te laisserai pas faire.

Cette fois, elle répliqua d'un ton glacial :

– Va-t'en, maintenant. Tu n'as rien à faire ici.

Il l'embrassa brutalement sur la bouche, lui laissant sur la lèvre un brin d'aneth provenant de la crème de concombre qu'il avait mangée plus tôt. Il voulut le lui enlever mais elle réagit comme un cobra furieux :

– Va-t'en !

Elle se pencha pour ramasser les débris de verre sans toutefois le quitter des yeux. De nouveau, il se sentit tout-puissant

– elle était bien obligée de faire attention à lui – en même temps qu'infiniment triste.

– Je veux que tu mettes notre bébé au monde, insista-t-il. Je ne veux pas que tu le tues.

Il frappa du poing le comptoir de la cuisine en oubliant que ce n'était pas du bois mais du granit. La douleur lui fit monter les larmes aux yeux. À moins que ce n'ait été l'idée de ce petit bébé, son bébé, impuissant face à la volonté destructrice d'Antoinette. Il était fou de rage. Comment avait-il pu en arriver là ? Piégé à dix-huit ans dans une liaison maudite, avec cette affreuse impression que tout lui échappait ?

Antoinette brandit le plus gros tesson de verre comme une arme et il repensa au mari qui l'avait trompée.

– Antoinette ! implora-t-il.

– Fous le camp.

Il revint peu après, sachant qu'elle était à la plage, avec sa mère. Il mit la villa à sac, renversa tous les livres de sa bibliothèque, déchira ses vêtements, vida les tiroirs de sa commode, cassa ses verres, coupa en deux ses élégantes chandelles, comme s'il brisait des os. Avant de partir, il vola sa hachette à manche rouge puis grimpa dans sa Jeep, en sueur, le souffle court, le cœur battant. Étouffant de fureur. Il se rendit au domaine des Ting, entra dans le salon où il était venu deux mois plus tôt avec son père. Les murs étaient montés, maintenant. Il balança la hachette dans le Placoplâtre frais, qu'il perça ainsi de plusieurs trous. Il se sentait capable de tuer quelqu'un, de couper une main avec cette lame, une tête ! Il s'acharna ainsi sur les murs jusqu'à les réduire en un lamentable tas de briques et de poussière, jusqu'à ce que ses bras lui fassent tellement mal qu'il ne pouvait plus les bouger.

Et, soudain, ce fut comme s'il avait épuisé sa colère, comme si elle s'était tarie. Il se sentait mieux. En arrivant chez lui, quelques minutes avant que sa mère n'appelle du

Wauwinet, avant qu'il n'entende son père répondre et dispenser ses conseils, avant qu'il n'apprenne de sa bouche ce qui s'était passé – la disparition d'Antoinette – Theo se sentait infiniment mieux.

*
* *

– Mon petit, mon tout petit !

Sa mère l'entraîna dans son 4x4 en disant qu'ils reviendraient plus tard chercher la Jeep, que pour le moment, il fallait rentrer à la maison. La femme en qui il avait vu Antoinette mais qui n'était pas Antoinette – sa fille, s'avisa-t-il soudain – le considérait d'un œil noir. Avec une sorte de haine. Comment ne pas imaginer que c'était le regard d'Antoinette qui le fixait ainsi ? Avec tant de haine qu'elle avait fini par disparaître.

Il se blottit à l'arrière du véhicule et, par une sorte de miracle, sa mère produisit une couverture et des serviettes de bain, dont elle l'enveloppa comme dans un cocon.

– Tu dois être épuisé, souffla-t-elle. Tâche de dormir.

Il vit encore un plongeur remonter à la surface en secouant la tête – non, rien.

Sa mère posa la main sur son dos.

– Allonge-toi, dit-elle.

Il s'allongea. Les serviettes et la couverture sentaient vaguement le poisson. Le moteur démarra et la voiture se mit à danser sur les dunes, comme pour le bercer.

KAYLA

Tandis qu'ils s'éloignaient de Great Point, Lindsey voulut retourner à l'aéroport.

– J'en ai assez vu, marmonna-t-elle.

Kayla en fut soulagée ; plus que tout, elle souhaitait que cette fille sorte de sa voiture. Non, pas plus que tout. Si elle le pouvait, elle reviendrait en arrière, pour retrouver Antoinette saine et sauve, pour effacer Theo du tableau. Theo, son fils, l'amant d'Antoinette ! Pas Raoul mais Theo. Son enfant, son premier bébé, qui trouvait le moyen de faire un enfant à sa meilleure amie. C'était donc ça la confession d'Antoinette. Kayla avait envie de vomir, de crier, de cracher du feu. Maintenant qu'elle y réfléchissait, elle comprenait l'attitude de son mari, occupé à effacer les traces devant la villa d'Antoinette. Ainsi, il savait ! Cela lui donnait des envies de meurtre, mais, pour le moment, elle se contenterait de se débarrasser de Lindsey Allerton. Elle roula sans mot dire vers l'aéroport, évitant de réfléchir, de s'écorcher en arrachant trop vite ces couches successives de douleur et de trahison qu'il lui faudrait bien un jour décortiquer.

À l'aéroport, les mouvements semblaient se calmer. Elle se gara devant le terminal mais ce ne fut qu'en allant chercher le sac de la jeune fille dans le coffre qu'elle vit la Jaguar noire venue se glisser derrière elle. John Gluckstern en sortit, toujours revêtu de son complet veston. Valerie avait un jour laissé entendre que son mari ne possédait pas de jean. « J'appelle ça une lacune rédhibitoire, avait-elle ajouté. Il ne sait pas se décontracter. »

John n'était évidemment pas là par hasard. Il devait les avoir suivis. Kayla n'eut alors qu'une envie : filer au plus vite.

– Lindsey, dit-elle, je suis désolée.

Un peu facile, mais elle ne trouva pas de commentaire plus profond et se demanda même si elle devait ou non proposer d'appeler la jeune fille dès qu'elle aurait des nouvelles. Celle-ci voudrait-elle seulement savoir si sa mère était vivante ? Ou morte ? Impossible de solliciter son numéro de téléphone sans amener de tels sous-entendus. Au fond, si Lindsey désirait des informations, c'était à elle de les obtenir. Mais John Gluckstern résolut le problème en venant prendre celle-ci par le bras.

– Puis-je vous dire un mot avant votre départ ?

– Qu'est-ce que tu veux lui dire ? intervint Kayla.

– Ça ne te regarde pas.

– Tu n'as pas le droit de dire ça !

– Antoinette est ma cliente. J'ai tout à fait le droit de m'entretenir avec sa fille. Il y a certaines choses qu'elle doit savoir.

– Par exemple ?

Il eut un sourire en coin.

– T'occupe…

Puis il se tourna vers Lindsey :

– Puis-je vous offrir un café ?

La jeune fille les interrogea tous deux du regard.

– Je préfère rentrer chez moi…

– Laisse-la partir, John. Elle en a assez vu comme ça.

– Je vous accompagne à votre avion, proposa-t-il alors.

– Ça va, John ! N'insiste pas !

Cependant le financier entraînait déjà Lindsey vers le terminal. Il prit tout de même le temps de se retourner :

– Si j'étais toi, Kayla, je me chercherais au plus vite un avocat.

Stupéfaite, elle resta devant sa voiture et les regarda s'éloigner. De dos, Lindsey ressemblait encore plus à Antoinette et Kayla fut contente que Theo soit endormi. Il n'avait pas besoin de voir ça.

Sur le trajet du retour, Kayla écoutait la respiration régulière de son fils. Elle passa par la forêt, se reposant le regard sur les rangées épaisses de pins qui enserraient la route. À l'entrée de la ville, elle aperçut Barbara Diedrich qui rouvrait son école de patchwork et lui adressait un signe. Kayla lui répondit machinalement. Elle était sur son île, elle suivait des routes qu'elle avait parcourues des centaines de fois. Pourtant, elle avait l'impression que tout avait changé autour d'elle. Theo et Antoinette ensemble. Aberrant. Révoltant. Et la présence de John Gluckstern n'avait rien pour la rassurer ; Dieu seul savait quels orages un tel homme pouvait susciter. Un court instant, elle se prit à regretter de ne pas habiter le Kansas ou le Nebraska, où elle pourrait rouler indéfiniment sur des routes illimitées – la voiture devenant une sorte de matrice où elle pourrait garder Theo en sécurité.

Il avait quand même dix-huit ans. Officiellement, c'était un adulte, assez grand pour aller à la guerre, pour faire l'amour et engendrer un enfant. Depuis qu'il se montrait si odieux avec elle, elle ne cessait de repenser à lui petit garçon. L'année de sa mononucléose, il avait huit ans, Jennifer quatre et Cassidy dix-huit mois ; elle confiait les petites filles à une garderie trois jours par semaine pour pouvoir mieux s'occuper de lui. Tous deux faisaient d'interminables parties de petits chevaux ou de bataille navale – l'enfant en pyjama dans son lit, les yeux vitreux, les joues rouges de fièvre. Elle lui lisait des livres, l'aidait à faire les devoirs de maths que son professeur lui envoyait. Mais, au bout de trois mois d'absence, il avait pris trop de retard sur les autres élèves. Il dut redoubler, malgré ses récriminations, disant que ses camarades allaient se moquer de lui. Il ne voulait pas être séparé de ses amis, il ne voulait pas passer pour celui qui avait « séché ». Que faire ? Finalement, Kayla et Raoul se rangèrent à l'avis de l'instituteur – de toute façon, les garçons avaient besoin de temps pour évoluer, cette année supplémentaire ne pourrait en fin de compte que lui servir – et il redoubla son CE2.

Kayla se demanda pourquoi elle avait souhaité se retrouver au cœur du Middle West. Et si le problème venait de l'île elle-même ? Nantucket lui était toujours apparue comme un refuge, mais si elle habitait dans une ville équipée de son centre commercial, de son cinéma multiplex, de ses salles de jeux, est-ce que tout cela se serait produit ? Ne devait-elle pas s'en prendre avant tout à elle-même d'avoir cloîtré son fils dans cette île grisâtre où il n'y avait rien à faire qu'arpenter les rues pavées ?

Comment les parents survivaient-ils à leurs enfants ? Tout cela était si douloureux ! Infiniment plus douloureux que grandir soi-même.

La camionnette de Raoul attendait devant la maison, à côté d'une Bronco bleue et blanche : Jacob Anderson. Cassidy et Luke jouaient au Frisbee dans le jardin. Theo restait pelotonné à l'arrière, en position fœtale, profondément endormi. Pauvre gosse ! Au moins les pièces du puzzle commençaient-elles à s'assembler : maintenant, Kayla comprenait mieux l'attitude de son fils, ces dernières semaines ; ce devait être également lui qui avait saccagé la villa. Il n'était pas à la maison lorsqu'elle était partie pour sa Nuit des Sirènes. Elle se demandait s'il s'était caché dans les sous-bois de Polpis Road, pour mieux épier les trois femmes, attendre qu'Antoinette soit partie avant de déverser sa colère. Et il y avait de quoi.

Kayla baissa les vitres et coupa le moteur. Elle allait le laisser dormir dans la voiture.

Elle s'arrêta un instant pour regarder les petits jouer au Frisbee. Ils savaient très bien qu'elle était là, aussi firent-ils de leur mieux pour lui offrir un beau spectacle. Luke fronçait les sourcils, Cassidy sautait gracieusement. Deux enfants, comme Theo l'avait été naguère. Un jour, eux aussi devraient affronter les difficultés de l'âge adulte. Cette pensée attrista encore Kayla. Il ne serait alors pas en son pouvoir de les protéger, pas plus qu'elle n'avait pu protéger Theo.

Antoinette, qu'as-tu fait ? Coucher avec Theo. Porter son enfant...

Il y avait effectivement de quoi tirer sa révérence, disparaître dans un trou de souris, pour le moins.

Dans la maison, Raoul, Jacob Anderson et Valerie s'étaient assis à table, pour y manger des chips et boire de la bière mexicaine avec du citron vert. Ils se turent lorsque Kayla entra. Elle les dévisagea un moment. Elle les détestait.

– Est-ce que quelqu'un sait où se trouve Theo ? demanda-t-elle.

Raoul ne perdit pas son calme mais le visage de Val s'allongea d'une aune. L'esprit de Kayla bourdonnait autour de questions informulées : *Antoinette, si tu nous parlais de tes dernières amours ? Où en es-tu ?* Raoul et Val discutant dans la Chevrolet... Ils savaient. Même Jacob Anderson était au courant, déjà lorsque Kayla l'avait rencontré sur le chantier Ting, alors qu'il avait failli l'embrasser... Ils savaient tous que sa meilleure amie couchait avec son fils et personne ne lui en avait rien dit.

– Il est au travail, non ? interrogea Raoul.

– Il dort dans le 4x4, rétorqua-t-elle. Je l'ai trouvé à Great Point. D'après toi, qu'est-ce qu'il fabriquait là-bas ?

Raoul se leva.

– Kayla...

– Tu m'as menti !

– Pas du tout. Mais il valait mieux que tu ne saches rien.

– Nous ne voulions pas te faire souffrir, intervint Val.

Kayla tendit un doigt accusateur vers cette dernière :

– Toi !

Val était ravissante dans sa robe bain de soleil de coton rouge, l'adultère la rendait rayonnante. Ses chaînes d'or brillaient à son cou.

– Toi aussi, tu m'as menti, poursuivit Kayla. Et moi qui croyais pouvoir te faire confiance.

– Kayla, calme-toi ! intercéda Raoul.

Elle sortit le test de grossesse de son sac.

– Vous saviez qu'Antoinette était enceinte ?

– Non, marmonna Raoul, je l'ai appris cette nuit, de la bouche de Val lorsque je l'ai emmenée à la villa.

Kayla se tourna vers Valerie :

– Et qui te l'a dit ?

Son amie baissa la tête ; sous la table, Jacob et elle se tenaient par la main.

– Antoinette.

– C'est Antoinette qui te l'a dit ? Quand ça ?

– La semaine dernière. Tu sais, quand on a déjeuné ensemble. En fait, c'était plus qu'un déjeuner. Elle était passée au bureau pour ses affaires. On a discuté de choses et d'autres et, tout d'un coup, elle m'a parlé de Theo et m'a avoué qu'elle était enceinte. Elle a refait son testament.

– Antoinette a fait un testament ?

L'information semblait importante, Val aurait pu en parler aux policiers.

– Qu'est-ce qu'il y a dedans ?

– C'est confidentiel.

– Je m'en fiche, je veux savoir ! Elle laisse tout à Theo ?

– Non. Elle a tout mis en fidéicommis.

– C'est toi qui t'en es occupée ?

Val jouait avec sa bouteille de bière.

– Je suis avocate.

– Elle comptait garder le bébé ? demanda Kayla. Le legs était pour lui ?

– Elle a dit qu'elle avait pris rendez-vous pour se faire avorter.

Raoul présenta une chaise à sa femme pour qu'elle prenne place à table. Il lui ouvrit une bière et pressa un quart de citron vert dans le goulot.

– Tu es épuisée, dit-il. Tu as besoin de repos. Nous allons nous occuper de tout ça.

– On vient de téléphoner aux pompiers, indiqua Val. Les plongeurs n'ont rien trouvé.

Tout d'un coup, ils entendirent un glapissement :

– Maman !

Tous se retournèrent. Jennifer se tenait devant la cuisine, le visage écarlate. En un éclair, Kayla passa mentalement en revue les diverses éventualités : pas de sang, pas de blessure manifeste. Alors ses pensées se reportèrent sur Cassidy et Luke dans le jardin, puis sur Theo, endormi dans la voiture.

– Qu'est-ce qu'il y a ? demanda-t-elle alarmée.

Depuis combien de temps Jennifer n'avait-elle pas appelé sa mère *maman* ? Trois, quatre ans ?

– Eh bien, Jennifer ?

– On a reçu un appel chez les Ogilvy, expliqua enfin l'adolescente, j'ai entendu le message pendant que je gardais le gamin.

Ed Ogilvy était le patron de l'*Inquirer and Mirror,* le journal de l'île. Ce n'était pas la première fois que Jennifer rentrait avec une information encore toute chaude dont elle avait eu vent chez ses employeurs.

– Quel appel ? demanda Kayla inquiète.

– Quelqu'un qui disait que tante Antoinette était morte. Que c'est toi et tante Val qui l'aviez tuée.

– Qui a dit ça ? rugit Raoul. Tu as entendu un nom ?

Jennifer secoua la tête, faisant balancer sa queue-de-cheval.

– Ed Ogilvy a entendu le message ? demanda Kayla.

– C'est vrai que tante Antoinette est morte ? C'est vrai que tu l'as tuée ?

– Jennifer ! s'écria Raoul. Qu'est-ce que c'est que cette question ?

– Le type a dit que ça s'est passé à Great Point, cette nuit. Que vous l'avez tuée toutes les deux et que vous avez maquillé le meurtre en accident. Parce que vous en vouliez à son argent.

Val arracha sa main à celle de Jacob.

– Ne t'inquiète pas, répondit-elle à l'adolescente. Ça, ce sont les élucubrations de mon mari. N'importe quoi !

– Tante Antoinette est morte ?

– On ne sait pas, ma chérie, dit Kayla. Elle s'est perdue en mer et personne n'a pu la retrouver.

– Elle est morte, lança une voix pointue.

Luke s'avança dans la cuisine, derrière Jennifer, Cassidy sur ses talons.

– Tante Antoinette est morte.

– Luke ? s'étonna sa mère. Qu'est-ce qui te fait dire ça ?

– Je le sais, c'est tout, affirma-t-il d'un ton calme. Tante Antoinette s'est noyée.

Cassidy éclata en sanglots

– Maman, demanda Jennifer, qu'est-ce qui s'est passé, exactement ?

– Je te l'ai dit… répondit Luke.

Les trois enfants se mirent à parler tous à la fois, jusqu'à ce que la porte coulissante s'ouvre sur Theo. Ou du moins sur un garçon qui lui ressemblait, pâle et sans vie, comme s'il avait perdu ses couleurs dans la nuit.

Un silence épais accompagna son entrée. Ses frère et sœurs avaient encore peur de lui.

– Maman ? balbutia-t-il. Je monte me coucher.

– D'accord, dit-elle.

Il se dirigea vers l'escalier sans paraître voir personne.

– Pauvre garçon ! murmura Val.

Les chagrins d'amour. Encore une chose, songea Kayla, contre laquelle l'argent ne pouvait rien.

Le téléphone sonna et Jennifer se précipita. Elle écouta puis, de sa voix la plus adulte, articula :

– De la part de qui, je vous prie ?

Elle écouta la réponse et tendit le combiné à sa mère en formant avec ses lèvres le mot : police.

– Kayla ?

C'était Paul Henry.

– Pourriez-vous venir au commissariat et nous amener Valerie, je vous prie ? Nous avons quelques questions à vous poser.

– Vous l'avez retrouvée ?

– Non. Nous avons vérifié à l'aéroport et à l'embarcadère. Personne n'a vu Mme Riley quitter l'île.

– Bon, alors quelles questions voulez-vous nous poser ? On ne pourrait pas faire ça par téléphone ? Ma famille…

Jennifer, Cassidy et Luke se blottissaient les uns contre les autres, la fixant tous trois de leurs yeux marron hérités de Raoul.

– Mes enfants ont besoin de moi, acheva Kayla.

– Et nous avons besoin de vous au commissariat, trancha Paul Henry. Je vous conseille à toutes les deux de coopérer. Dans votre propre intérêt.

Les yeux de Kayla se fermaient malgré elle. Elle était épuisée et ne se sentait pas le courage de reprendre le volant pour retourner en ville, mais avait-elle le choix ?

Elle raccrocha et se tourna vers la table :

– Ils ont encore des questions à nous poser. Viens, Val. Qu'on en finisse.

Dans la voiture, elle interrogea son amie :

– Maintenant, tu vas me dire ce qui se passe.

– Je n'en sais rien.

– Tu sais des tas de choses et beaucoup plus que ce que tu m'as raconté cette nuit.

– John est furieux.

– À cause de Jacob ?

– Oui.

Val remua la main de telle façon que Kayla s'aperçut soudain qu'elle avait ôté son énorme diamant et son alliance.

– Je le quitte, poursuivit Val. Je le lui ai dit ce matin. Alors il a menacé d'aller à la police et je suppose que c'est ce qu'il a fait.

Elle tripotait ses chaînes avec une telle vigueur que Kayla s'étonna de les voir tenir encore autour de son cou.

– J'ai vu John à l'aéroport, expliqua-t-elle. Il y a à peu près une demi-heure.

– Qu'est-ce qu'il fabriquait là-bas ?

– Tu ne te demandes pas plutôt ce que je faisais, moi, à l'aéroport. Figure-toi que j'y ramenais Lindsey Allerton, la fille d'Antoinette.

– C'est vrai. Raoul nous a dit que tu devais passer la journée avec la fille. Comment est-elle ?

– Comme Antoinette.

– C'est-à-dire ?

– C'est-à-dire…

Kayla regarda par la fenêtre une jeune femme blonde qui courait avec une poussette d'enfant. Elle la voyait faire ainsi son jogging à peu près tous les jours et, chaque fois, Kayla se rappelait qu'elle-même avait des kilos à perdre.

– C'est-à-dire qu'elle est mince, jolie et intelligente. Et aussi dérangée que nous.

– Tu m'étonnes, dit Val.

Kayla poussa un soupir et jeta un coup d'œil sur son amie.

– Ainsi, tu étais au courant pour Theo et Antoinette depuis la semaine dernière. Tu savais pour le bébé. Et tu ne m'as rien dit.

– Elle me l'avait confié comme un secret professionnel. Il ne faut pas m'en vouloir.

– Tu ne crois tout de même pas que je vais trouver ça normal !

– Antoinette tremblait à l'idée que tu l'apprennes. Elle voulait tout arrêter avant la rentrée, se faire avorter et tâcher de ne plus y penser.

– Quel tact ! Rompre avec Theo avant la rentrée pour qu'il ait une année scolaire normale, je suppose ? Qu'avait-elle donc à l'esprit ?

– Ce n'était jamais qu'une aventure…

– Si tu crois que ça me console !

Kayla pouvait-elle imaginer l'un de ses enfants en train de faire l'amour ? Pourtant, elle était rattrapée par la réalité.

– D'abord, comment a-t-elle fait pour tomber enceinte ?

– On se le demande, maugréa Val. Une grande fille comme elle !

– Et si elle avait fait exprès de disparaître ?

– Franchement, je n'en sais rien.

– Pourquoi a-t-elle refait son testament ? Tu crois qu'elle comptait se supprimer ? Réfléchis, souviens-toi de notre première Nuit des Sirènes. Elle était complètement suicidaire, alors.

– Elle m'a dit qu'elle désirait protéger ses biens. Quand on pense que sa fille allait arriver, ce n'était peut-être pas une si mauvaise idée que ça. Vrai, Kayla, si j'en savais davantage, je te le dirais.

– Avec tout ce que tu m'as caché jusqu'ici… Et maintenant, on a ton mec sur le dos.

– La goutte d'eau, ç'a été quand j'ai conseillé à Antoinette de lui retirer ses billes.

– Comment ça ?

– Je lui ai dit de transférer son portefeuille. Alors, John veut faire courir le bruit que je l'ai tuée pour son argent parce que je suis la seule à savoir où elle l'a déposé. Seulement, il n'a aucune preuve, ni lui ni personne et surtout pas la police.

Les rues grouillaient de monde et Kayla s'arrêta à un feu rouge.

– Et alors ? demanda-t-elle. Où Antoinette l'a-t-elle déposé ?

– Je ne te le dirai pas.

– Val, je t'en prie !

– Quelque part à l'étranger. C'est tout ce que je peux te dire.

– À l'étranger, comme en Suisse, par exemple ?

– Mon Dieu ! s'exclama Val en se penchant en avant. C'est sa voiture !

Kayla regarda dans la direction qu'elle indiquait. La Jaguar noire de John Gluckstern passait, avec Lindsey Allerton à la place du passager. Évidemment.

– Flûte ! s'écria-t-elle. Tu as vu qui est avec lui ? La fille d'Antoinette.

Un vent de panique passa dans le 4x4.

– Il a dû la convaincre de l'accompagner au commissariat ! poursuivit Kayla. Flûte ! Elle est au courant pour Theo parce qu'elle était avec moi quand je l'ai trouvé à Great Point. Tu peux être tranquille, John est au courant pour le bébé. Tant pis pour Paul Henry. On ferait mieux de prendre le bateau rapide afin d'aller dîner à Hyannis.

– Attends, je voudrais la voir, cette fille ! Suis-les. Tiens, regarde, ils viennent de tourner à droite.

– Je ne plaisante pas, Val. On devrait quitter l'île au plus vite.

– Quand je pense que je ne l'ai même pas vue…

Kayla s'engagea dans Chestnut Street. Miraculeusement, il restait une place libre dans le parking du commissariat.

– D'après toi, qu'est-ce qu'ils ont dit à la police ? demanda-t-elle. Tu crois qu'ils leur ont tout raconté ?

– On ne va pas tarder à le savoir.

*
* *

Kayla vivait sur Nantucket depuis près de vingt ans, pourtant elle découvrait encore certaines choses. Par exemple que le commissariat comportait une cellule et une salle réservée aux interrogatoires. Elle en avait vaguement entendu parler quelques années auparavant, lorsque l'un des amis de Raoul avait passé la nuit au poste pour ivresse, mais elle les avait complètement oubliées.

À peine les deux femmes étaient-elles entrées que Paul Henry surgissait derrière elles, poussant une lourde porte capitonnée.

– Nous allons devoir vous interroger séparément, annonça-t-il. Valerie, voudriez-vous commencer ? Suivez-moi.

Kayla les regarda disparaître dans un sombre corridor.

– Vous pouvez vous asseoir, madame, lui dit un agent derrière son comptoir vitré.

Il y avait un canapé métallique aux coussins de vinyle moutarde et une petite table où s'entassaient quelques *Reader's Digest*. Kayla était passée là un an auparavant exactement afin de demander une carte de stationnement pour la plage. Elle n'avait alors pas fait attention à la laideur des lieux.

Elle se laissa tomber sur le canapé, appuya la tête sur le mur. Au moins y avait-il l'air conditionné. Elle ferma les yeux, les rouvrit, se pencha pour feuilleter un magazine. Puis se radossa au mur.

Elle chercha dans son sac la bouteille d'Ambien, en vain – elle aimait l'apaisement qu'ils lui procuraient et, si elle devait passer un certain temps dans ce commissariat, autant rester calme. C'est alors que ses doigts tombèrent sur les clefs de la Jeep de Theo, puis sur le sac en plastique contenant le test de grossesse. Elle posa son sac à côté d'elle, referma les yeux, recrue de fatigue.

Elle s'éveilla en sursaut. Derrière sa vitre, l'agent semblait l'avoir oubliée ; il tapait à la machine. Kayla regarda la pendule : voilà quarante minutes que Val avait suivi le policier. Paul Henry devait lui mener la vie dure. La disparition d'Antoinette tombait mal pour elle – avec un nouveau testament et un futur ex-mari prêt à la massacrer… Quelles conclusions allait en tirer la police ?

Kayla frappa à la vitre du comptoir. Même réaction féline de l'agent qui s'immobilisa en plein mouvement.

– Oui ?

– Vous croyez qu'ils en ont encore pour longtemps ? demanda-t-elle. J'ai un mari et quatre enfants qui m'attendent à la maison.

L'agent s'éclaircit la gorge ; c'était un jeune homme, guère plus âgé que le petit Johnny Love de garde chez Antoinette, ou que Theo. Au fait, que devenait celui-ci ? Que ne donnerait-elle pas pour le retrouver ?

– Aucune idée, madame.

– Pourrais-je utiliser votre…

Sa question fut interrompue par la porte capitonnée qui s'ouvrait sur Val et Paul Henry, flanqués de l'entreprenant inspecteur. Les bras croisés, la tête baissée, Val semblait complètement repliée sur elle-même.

– Ça va ? demanda Kayla. Qu'est-ce qui s'est passé ?

– Nous sommes à vous, intervint Paul Henry.

– Pas moi, rétorqua Kayla.

Val leva les yeux.

– Tu devrais prendre un avocat.

– C'est toi, mon avocat.

– Plus maintenant.

– Pardon ?

Val se dirigea vers la porte.

– À plus tard, Kayla.

Celle-ci suivit Paul Henry dans le sombre corridor, passa devant la cellule puis devant deux bureaux pleins de placards. Enfin, ils entrèrent dans la salle d'interrogatoire. Une plaque sur la porte indiquait PRIVÉ. À l'intérieur, une table et quatre chaises pliantes, un distributeur d'eau et, sans doute pour leur rappeler qu'ils se trouvaient quand même sur l'île de Nantucket, l'un des endroits les plus charmants du monde, un poster de voilier Beetle Cat devant le phare de Brant Point. Kayla pensait à Val. Elle avait été secouée par ce que son amie venait de lui dire. Celle-ci n'était donc plus son avocate ? Comment était-ce possible ? En outre, elle avait quitté le commissariat. Pour rentrer en taxi ? Si toutefois elle pensait rentrer chez elle. Mais, maintenant qu'elle avait quitté John, allait-elle emménager avec Jacob ? Kayla avait envie de courir à sa poursuite dans la rue. Elle se demanda si la porte de la salle d'interrogatoire était fermée à clef.

L'inspecteur Simpson s'assit en face d'elle et ouvrit un carnet déjà plein de notes.

– Asseyez-vous, dit-il.

Paul Henry vint se mettre à côté d'elle, non loin de la porte, comme s'il avait deviné ses pensées.

– Nous avons trois témoignages, commença l'inspecteur. L'un de Valerie Gluckstern, l'autre de John Gluckstern et le dernier de Lindsey Allerton, fille naturelle d'Antoinette Riley.

Kayla secoua la tête.

– John Gluckstern et Lindsey Allerton n'ont rien à voir dans cette affaire. Je ne comprends pas en quoi leurs témoignages peuvent vous intéresser.

– Ils nous intéressent beaucoup, dit l'inspecteur. Parce que, ce que nous recherchons pour le moment, c'est le mobile.

– Quel mobile ? s'étonna Kayla. Que voulez-vous dire ?

Elle connaissait Paul Henry depuis des années, ses manies notoires – sa coupe en brosse, ses cardigans, sa tranquille détermination. Raoul et lui faisaient tous deux partie du Rotary. Kayla ne l'aimait pas beaucoup mais lui vouait une certaine estime. Quant au petit nouveau, l'inspecteur, il lui était antipathique et son arrogance l'irritait souverainement. Un gamin importé du continent et bombardé du titre d'inspecteur pour l'occasion. Et voilà qu'il se mettait à lui servir des mots lourds de sens comme « mobile ».

– Je n'ai pas envie m'amuser, protesta-t-elle. Mes enfants m'attendent pour dîner. Dites-moi ce que vous savez, je vous dirai ce que je sais, comme ça je pourrai rentrer chez moi et vous retournerez à la recherche d'Antoinette.

L'inspecteur renifla.

– Vos enfants sont à la maison ?

– Oui.

– Votre fils Theo aussi ?

Elle marqua une pause. Donc, ils savaient. C'était à prévoir, évidemment. Ils étaient au courant de sa liaison avec Antoinette et devaient se douter que c'était lui qui avait saccagé la villa.

– Il y était quand je suis partie.

Le policier tourna une page de son carnet et inscrivit le nom de Kayla qu'il souligna. Puis il la regarda d'un air parfaitement détaché, comme s'il s'étonnait de la voir assise là.

– Vous savez certainement que votre fils Theo entretenait une liaison avec Mme Riley.

Kayla hocha la tête.

– Et vous savez également que Mme Riley est enceinte de lui ?

Elle jeta un regard vers Paul Henry en songeant aux dégâts que risquait de provoquer cette rumeur lancée au grand galop à travers Nantucket. Theo allait entamer son année dans trois jours et tous ses petits camarades seraient au courant.

– Vous pouvez le prouver ? demanda-t-elle. Parce que, si elle a disparu…

– Nous savons que vous avez trouvé un test de grossesse chez elle cette nuit, lâcha Paul Henry.

– Je vous demande pardon ?

– Vous n'avez pas trouvé un test de grossesse chez Mme Riley cette nuit ? questionna l'inspecteur.

– Non.

– Kayla, intervint Paul Henry. Nous savons que vous l'avez subtilisé. Sa fille nous a dit que vous le lui aviez montré.

– Vous avez pris un test de grossesse positif chez Mme Riley cette nuit, reprit l'inspecteur d'un ton hargneux. Et ce, alors même que nous vous avions ordonné de ne rien toucher.

– Vous n'avez aucun droit de me parler comme ça !

– Donc, vous soutenez n'avoir pas soustrait de preuve au domicile de la personne disparue ?

Kayla souleva son sac du pied et en sortit le bâton de plastique dans son emballage à sandwich. Elle l'agita sous le visage des policiers puis le posa sur la table. L'inspecteur s'en empara.

– Je dois prendre un avocat ? demanda-t-elle.

– Nous savons que votre fils a mis à sac la villa de Mme Riley. Nous pourrions l'inculper immédiatement de vol avec effraction. Alors, vous auriez intérêt à nous dire la vérité.

– Paul Henry ? articula Kayla, incrédule.

– Voulez-vous appeler un avocat ? proposa celui-ci. Ce ne serait pas une mauvaise idée.

Elle se prit le visage dans les mains.

– C'est Val, mon avocate.

– Dans ce cas, vous allez devoir en trouver un autre ! martela l'inspecteur. Je vous le garantis.

Avec l'air conditionné, Kayla commençait à se geler dans sa petite robe. Elle se frotta les bras. Ainsi, Val avait des ennuis. Voilà qui expliquait son comportement.

– Vous le tenez, votre test de grossesse, maugréa-t-elle. Vous avez d'autres questions ?

– Revenons aux événements d'hier, répondit Paul Henry. Racontez-nous encore cette histoire de Nuit des Sirènes. En quoi consiste ce comité, exactement ?

– Ce n'est pas un comité. Il s'agit juste de trois femmes. Moi-même, Val et Antoinette. Nous avons pris l'habitude de nous baigner à Great Point le vendredi du week-end du Labor Day.

– Vous buvez du champagne et vous baignez toutes nues, énonça l'inspecteur. Comprenez que nous trouvions ça un rien excentrique. Pourquoi ne portez-vous pas de maillots de bain comme tout le monde ? Est-ce que ce groupe... *Nuit des Sirènes* comporte des aspects sexuels ? Vous ne seriez pas un peu plus que de vieilles amies ?

Paul Henry se racla la gorge et se détourna tandis que Kayla décochait à son interlocuteur un sourire méprisant. En fait, ces allégations ne l'étonnaient pas. Les hommes s'imaginaient un peu n'importe quoi sur ce que faisaient les femmes entre elles.

– Nous buvons quelques flûtes de champagne, mangeons des langoustes et nous baignons. C'est tout. Cette nuit, à un moment donné, Antoinette est entrée dans l'eau et n'a pas reparu. J'ai appelé la police depuis le poste de garde du Wauwinet et vous avez répondu. Voilà toute l'histoire.

– Reparlons du moment où vous avez appelé la police, proposa Paul Henry. Vous êtes arrivée à la cabine et vous avez immédiatement composé notre numéro ?

– Oui.

À peine avait-elle répondu, qu'elle se souvint d'avoir d'abord discuté avec Raoul. Mais elle n'eut pas le temps de se reprendre, l'inspecteur s'était déjà levé.

– Vous mentez encore ! Nous avons vérifié ce matin les appels passés depuis ce poste. Il y a eu trois communications chez vous avant la police.

– C'est vrai, convint-elle, j'ai commencé par la maison.

– Trois fois.

– Je voulais parler à mon mari.

– Alors que votre meilleure amie se noyait ? Pourquoi n'avez-vous pas commencé par la police ? Ça ne tient pas debout.

– J'avais peur. Je me suis affolée. Je voulais parler à Raoul.

– Vous avez perdu de précieuses minutes qui auraient pu permettre de sauver Mme Riley.

– Ça n'a pas duré longtemps.

L'inspecteur fouilla parmi ses papiers.

– Quatre minutes. Peut-être que ça ne vous semble pas beaucoup, mais je vous assure que, pour Mme Riley, c'était décisif.

– Je regrette… J'étais dans un tel état, j'avais bu, j'ai fait ce que j'ai pu. Je ne sais pas quoi vous dire d'autre. Je ne songeais qu'à venir en aide à Antoinette.

Ni Paul Henry ni l'inspecteur ne firent de commentaire mais ce dernier revint s'asseoir.

– À quel moment avez-vous jeté les flûtes à champagne dans l'eau ?

– Mon Dieu ! Je vous vois venir…

– Où donc, madame Montero ?

– Pourquoi me harcelez-vous ? Comme si j'avais fait quelque chose de mal ! Qu'est-ce que John Gluckstern vous a dit ? Il nous en veut à mort, de toute façon. Il est furieux après sa femme, alors il a dû vous raconter des horreurs sur notre compte. Pourquoi le croiriez-vous plus que nous ? Il n'était même pas là. Si j'étais vous, j'oublierais ses salades.

– Ce qu'il nous a dit n'est pas votre affaire, répliqua Paul Henry. C'est la nôtre et nous allons tout vérifier en temps et en heure.

– Mme Riley couchait avec votre fils, insista l'inspecteur. Je suppose que vous en étiez folle de rage.

– J'en aurais été folle de rage si je l'avais su. Mais je ne l'ai appris qu'aujourd'hui.

– Kayla, je vous en prie ! adjura Paul Henry.

– Quoi ?

– Vous êtes en train de déclarer que vous ne vous doutiez de rien, avertit l'inspecteur. C'est bien votre déposition ? Vous ne soupçonniez rien des relations entre votre fils et Mme Riley jusqu'à aujourd'hui ?

– Parfaitement.

– Comment l'avez-vous appris ?

– Par Theo.

– Votre fils, Theo ?

– Oui.

– Quand ?

– Cet après-midi. Vers 14 heures.

– Et c'était la première fois que vous en entendiez parler ?

– Oui.

L'inspecteur ôta ses lunettes et se frotta l'arête du nez. Il avait les yeux d'un bleu très pâle.

– À quel moment avez-vous jeté les flûtes dans l'eau ?

– Quand je suis revenue du Wauwinet.

– Pourquoi avez-vous fait ça ?

– Je vous ai déjà dit que j'avais peur, que je m'étais affolée.

– Est-il vrai que, lorsque Mme Gluckstern vous a demandé pourquoi vous aviez cassé ces verres, vous avez répondu que vous vouliez « détruire des preuves » ?

– Je ne m'en souviens pas.

– Mme Gluckstern nous a dit que vous vouliez « détruire des preuves ». Je me demande ce que vous entendiez par là.

– Rien de spécial. J'étais embêtée de tout ce que nous avions bu.

– Certes... À en juger par la taille de cette bouteille, il semblerait que vous ayez effectivement bu pas mal d'alcool. D'après vous, combien Mme Riley en a-t-elle absorbé avant d'entrer dans l'eau ?

– Deux verres.

– Deux verres ? Avec une si grosse bouteille, elle n'a pris que deux verres ?

– Oui.

– Mme Gluckstern nous a laissé entendre qu'il y en aurait plutôt eu quatre ou cinq.

– Peut-être, je n'ai pas compté.

– Qui servait ?

Kayla changea de position sur sa chaise. Elle détestait cet endroit, cette atmosphère étouffante. Elle ne parvenait pas à réfléchir. Il n'y avait nulle part où poser le regard, à part le poster au voilier et le distributeur d'eau dont les gobelets en cône faisaient penser à des bonnets d'âne.

– Puis-je prendre de l'eau ? demanda-t-elle.

Paul Henry fit signe que oui. L'inspecteur poussa un soupir impatienté. Kayla se leva et alla se verser un gobelet, le vida d'un trait, le remplit et le but plus lentement cette fois, tout en contemplant le poster. Qui avait servi le champagne ? Elle tenta de devancer leur raisonnement. Pourquoi lui posaient-ils cette question ? Ses yeux se fermaient malgré elle. En ce moment, Raoul devait être en train d'improviser un dîner, à moins qu'il n'ait commandé une pizza. Allait-il réveiller Theo ? Son fils serait-il seulement capable de revenir s'asseoir à la table familiale ? Elle froissa le gobelet et regagna sa place.

– Val et moi, répondit-elle enfin. Mais Antoinette s'est peut-être servie elle aussi. En fait, on a toutes versé du champagne à un moment ou un autre, et puis il y a eu beaucoup de gaspillage. Je veux dire qu'on est loin d'avoir bu tout le contenu de la bouteille. On n'était que trois.

L'inspecteur la dévisageait froidement.

– Ainsi, vous avez servi du champagne à Mme Riley ?

– Sans doute.

Il inscrivit quelque chose sur son carnet et termina sa phrase par trois points d'exclamation. Ensuite, il se releva.

– Je reviens, dit-il.

Il quitta la pièce, ferma la porte derrière lui.

Kayla s'adossa à son siège.

– Qu'est-ce qui se passe ?

Les dents serrées, Paul Henry fit signe de la tête qu'il n'en savait rien. Puis il inspira longuement par le nez, comme s'il s'apprêtait à lui confier tous les secrets de la terre mais lâcha seulement :

– Vous devriez être mieux inspirée dans le choix de vos fréquentations.

Pourquoi disait-il ça ? Qu'en savait-il ? D'abord, Kayla n'avait choisi ni Val ni Antoinette, elles avaient fait irruption dans sa vie par le plus grand des hasards et, dès leur première rencontre, elle avait su que ces deux filles resteraient ses amies pour la vie.

– Je suis furieuse après Antoinette, Paul Henry, ça va de soi, mais je n'ai rien à voir dans sa disparition. Pas plus que Val.

Du menton, elle indiqua la porte avant d'ajouter :

– J'ai l'impression que ce rigolo cherche à tout prix à épingler quelqu'un.

– John Gluckstern… commença Paul Henry.

– Mais ce n'est pas vrai ! Vous n'allez pas croire ce type ! Il cherche à se venger de sa femme. Je n'ai rien à voir dans leurs histoires, moi !

– Nous avons reçu des informations contradictoires.

– Parce que John ment.

Là-dessus, la porte s'ouvrit brusquement sur l'inspecteur. L'air renfrogné, il dévisagea tour à tour Paul Henry et Kayla, puis se mit à ricaner, comme un sale gosse qui s'apprêterait à jouer une mauvaise farce. Kayla avait envie de le gifler. Il s'assit en face d'elle et, avec la lenteur calculée d'un prestidigitateur, sortit de sa poche de chemise une bouteille de pilules. Kayla pensa immédiatement à la pharmacie d'Antoinette qu'il avait si longuement inspectée. Du moins jusqu'à ce qu'il la questionne :

– Dites-moi, ceci vous appartient-il ?

Il poussa la bouteille devant elle. Ses calmants.

– Où est-ce que vous avez trouvé ça ? demanda-t-elle.

Elle croyait pourtant l'avoir encore dans son sac, avec le test de grossesse. À moins qu'elle ne l'ait fait tomber dans sa voiture ?

– C'est Mme Gluckstern qui nous l'a donnée. Elle dit l'avoir trouvée cette nuit sur la plage de Great Point. C'est un puissant sédatif.

Il se pencha vers elle, l'air de plus en plus sévère :

– Mme Gluckstern nous a laissé entendre que vous auriez pu en glisser une pilule dans le verre de Mme Riley. Elle a dit que c'était vous qui serviez le champagne, que vous aviez jeté les trois flûtes pour détruire des preuves. Vous auriez également insisté pour quitter l'île ce soir au lieu de venir nous parler. Et elle nous a fait remarquer que vous possédiez un puissant mobile : la liaison de votre fils avec Mme Riley. Je ne sais pas si je me fais bien comprendre, madame Montero, mais tout cela nous donne d'excellentes raisons de croire que vous avez commis un acte criminel.

– Moi, un acte criminel ?

Elle s'efforçait de saisir toute la portée des insinuations de cet homme désagréable. Val avait donné ses médicaments à la police ? Aurait-elle déformé les faits afin de la faire passer pour coupable ?

– Sans oublier que vous avez tardé à appeler la police. Tant qu'à faire, ce seraient toujours quelques minutes de gagnées pour laisser à l'océan le temps de bien engloutir Mme Riley.

Elle n'en croyait pas ses oreilles.

– Kayla ? balbutia Paul Henry.

Elle ferma les yeux. *Vous devriez être mieux inspirée dans le choix de vos fréquentations*. D'abord Antoinette, maintenant Valerie…

– Val a menti, souffla-t-elle enfin. Elle sait que je n'ai appris qu'aujourd'hui la liaison d'Antoinette et de mon fils.

– Elle nous a rapporté vos propos avant que Mme Riley n'entre dans l'eau. Et la déposition de Lindsey Allerton va également dans ce sens. Selon elle, vous auriez accusé sa mère d'avoir une aventure.

Kayla ne savait trop comment il fallait réagir. D'un côté, elle voulait tout nier en bloc. Mais ces accusations étaient tellement injustes, tellement bancales qu'elle avait d'abord envie de remettre les pendules à l'heure.

– J'ai accusé Antoinette d'avoir une aventure avec mon mari, pas avec mon fils.

– Vous l'avez accusée de coucher avec Raoul ? s'étonna Paul Henry.

– Accusée est un grand mot.

– Ainsi, nous avons maintenant un père et un fils couchant avec la même femme, commenta l'inspecteur. De mieux en mieux !

– Désolée de vous décevoir, siffla Kayla, mais il n'y a rien entre Raoul et Antoinette.

– Alors pourquoi l'avez-vous questionnée ?

– J'avais bu.

Elle aurait pu dire qu'elle avait perçu quelque chose d'anormal rien qu'en regardant Antoinette. Pourtant elle avait prononcé le nom de Raoul – tout simplement parce que c'était celui qui lui était venu à l'esprit. Et non celui de Theo. Impossible. Elle agrippa la table.

– Je n'ai rien à voir avec la disparition d'Antoinette, répéta-t-elle. Val essaie de détourner les soupçons parce qu'elle craint que vous ne croyiez les âneries de son mari. Mais elle ment.

– Tout le monde ment, à commencer par vous. Vous nous avez menti au sujet du test de grossesse et des appels téléphoniques. Je n'ai aucune raison de vous croire davantage que Mme Gluckstern. Elle s'est montrée très franche avec nous. Coopérative.

– Prête à me piéger, quoi ! Ce n'est pas vrai. Vous m'arrêtez ?

– Avez-vous mélangé un sédatif avec le champagne de Mme Riley ?

– Non ! J'avais apporté cette bouteille parce que j'en avais besoin. J'ai pris un cachet. J'ai dû la faire tomber.

– Je ne vous crois pas.

– Ça m'est bien égal ! C'est la vérité. Je répète que je n'ai rien à voir dans la disparition d'Antoinette.

Une colère si violente montait en elle qu'elle se sentait capable de tuer Antoinette, Valerie et l'inspecteur, dans l'ordre ou dans le désordre.

– Vous m'arrêtez ?

– Non, intervint Paul Henry. Nous n'avons pas encore tiré de conclusions. L'inspecteur pense que Mme Riley est au fond de l'eau, quant à moi, je n'en suis pas convaincu. Mais nous devons envisager toutes les possibilités.

Simpson jouait avec le flacon d'Ambien sur la table.

– Toutefois, précisa-t-il d'un air mauvais, il reste parfaitement plausible que vous ayez profité de cette petite sauterie annuelle pour faire disparaître votre amie. Elle couchait avec votre fils, oui ou non ? Vous saviez que Mme Riley allait boire du champagne, puis qu'elle se baignerait dans ces eaux dangereuses, en pleine nuit. Vous saviez qu'on la croirait simplement noyée. Malheureusement pour vous, madame, il y a des gens qui vous ont dans le collimateur. À commencer par votre amie, Mme Gluckstern, et moi-même.

Il sourit et ajouta :

– Si nous retrouvons le corps de Mme Riley dans la mer, vous serez la première accusée. De plus, comme elle était enceinte, cela nous fera une deuxième vie à prendre en compte.

Une deuxième vie. Celle du bébé.

Paul Henry guida Kayla par le bras dans le couloir sombre et elle crut un instant qu'il allait la jeter dans la cellule ; mais il se contenta de la ramener dans la salle d'attente, éclairée au néon comme un laboratoire. Cette séance avait eu raison de ses dernières forces. Elle avait la tête qui tournait et voyait flou.

– Nous vous appellerons si nous avons du nouveau, promit Paul Henry.

– Vous ne pouvez rien faire d'autre ? Par exemple vérifier son compte en banque ? Après tout, qui dit qu'elle n'a pas disparu volontairement ? Elle avait de bonnes raisons pour ça, croyez-moi. Sa fille qui arrivait aujourd'hui, sa grossesse. Vous ne pouvez pas lancer d'autres recherches ?

– Il n'y a même pas vingt-quatre heures qu'elle s'est évanouie dans la nature. Nous n'en sommes pas à transmettre son dossier aux personnes disparues. Nous devons vérifier auprès des garde-côtes et des pompiers, voir ce qu'ils pensent.

– Pour quoi faire ? Vous avez dit vous-même que vous ne la pensiez pas noyée.

– Je ne sais pas quoi penser.

Kayla le crut sur parole car elle n'aurait pu dire autre chose.

– Et Theo ? demanda-t-elle. Normalement, il reprend l'école mardi.

– Qu'il y aille. Si nous estimons qu'il ne doit pas retourner en cours, nous vous en aviserons.

Paul Henry passa une main dans ses cheveux en brosse.

– Et ne faites pas trop attention à l'inspecteur Simpson. Il est nouveau.

– Il est odieux ! Je le déteste. Il a porté d'affreuses accusations contre moi.

– Vous devez quand même reconnaître que ça ne se présente pas très bien pour vous.

– Je vous en prie ! Val vous a *menti*. Elle a monté je ne sais quel coup contre moi. Avouez que vous avez vu clair dans son petit jeu. D'abord John qui arrive ici en chargeant sa femme, puis Val qui s'y met contre moi.

– Elle s'est montrée très convaincante. Elle avait des preuves matérielles. Je sais qu'elle est avocate…

– Les avocats mentent comme ils respirent !

– Sans parler de la fille, continua Paul Henry. Ce qu'elle nous a dit n'a rien arrangé pour vous.

– Lindsey a mis les pieds à Nantucket pour la première fois ce matin. Elle n'y connaît strictement rien.

Paul Henry lui tapota l'épaule.

– Rentrez chez vous. Allez préparer à dîner pour vos enfants.

En ville, la foule joyeuse du week-end de fête emplissait les rues. Une file d'attente s'était formée devant le Dreamland Theater. Kayla entra dans les toilettes publiques, se passa de l'eau sur le visage et s'essuya avec une serviette en papier. Elle se regarda dans la glace, encore aveuglée, assourdie, hébétée par cette nouvelle : Antoinette et Valerie l'avaient trahie. Elle qui les aimait sans réserve, comme des sœurs…

Et maintenant ? Fallait-il rentrer à la maison comme le lui avait conseillé Paul Henry ? Préparer le dîner des enfants ?

Non. Trouver Val.

Il allait de soi que Valerie n'était pas retournée chez Kayla – Jacob ou pas – aussi cette dernière prit-elle la direction de Pleasant Street et ralentit en abordant ce quartier car elle craignait de croiser John Gluckstern, surtout s'il avait Lindsey Allerton avec lui. Heureusement, la seule voiture garée devant la maison était la BMW de Val – avec son coffre ouvert. Kayla se gara derrière.

Val apparut soudain, qui sortait sur le perron, les bras chargés de vêtements sur leurs cintres – ses chemisiers de soie, ses pantalons de lin. Quand elle aperçut le 4x4, elle s'arrêta net.

Kayla vit sa bouche s'ouvrir, sa mâchoire se durcir. Val déposa les portemanteaux dans sa voiture.

Sans un mot, Kayla pénétra dans la maison.

C'était une demeure de rêve, comme on en voyait dans les magazines. Dans l'entrée tapissée de briques se dressait une table en pin surmontée d'un panier vide-poches. Dans un miroir au cadre doré, Kayla vit entrer son amie derrière elle. Val se dirigea vers la cuisine, ouvrit un placard et en sortit des livres de recettes.

– Il faut que je m'en aille, déclara-t-elle enfin. Avant le retour de John.

– Tu sais pourquoi je suis là ?

– Aucune idée. Mais tu tombes mal.

Kayla jeta un coup d'œil dans le living – canapé blanc, chauffeuses, table basse, bibelots de verre et livres de photos sur Nantucket. Même si elle en rêvait, Kayla ne pourrait jamais se permettre d'avoir un seul meuble blanc chez elle. Mais là, ils donnaient à la pièce une allure froide et stérile d'hôpital. Val et John possédaient de nombreuses œuvres d'art de Nantucket ainsi qu'une photo prise de Monomoy, à l'endroit exact où se dressait maintenant la demeure des Ting.

– Nous nous connaissons depuis vingt ans, murmura-t-elle. Ça fait longtemps pour des amies.

– Kayla ?

Elle se retourna pour faire face à Val.

– Quoi ?

– Il faut que tu t'en ailles. Comme je t'ai dit, je pars. Je déménage. Ce n'est pas le moment.

– C'est ça. Donne-moi quelque chose à porter, que je t'aide un peu.

– Si tu veux. Merci.

Kayla lui prit ses livres des mains et les jeta par terre dans un bruit assourdissant.

– Tu as remis mes sédatifs aux flics ! Tu as voulu leur faire croire que j'avais drogué Antoinette !

Val s'agenouilla pour ramasser les livres.

– La police n'a pas besoin de moi pour tirer ses conclusions.

– Que tu lui as fourrées dans la tête ! Pourquoi ?

– Je n'avais pas le choix.

Fuyant le regard de Kayla, elle sortit de la maison et alla déposer les livres dans le coffre qu'elle claqua puis alla ouvrir sa portière. Elle ne comptait tout de même pas partir comme ça ! Kayla courut la rejoindre.

– Comment ça, tu n'avais pas le choix ? C'est incroyable ! Évidemment que tu avais le choix ! Déjà, entre la vérité et le mensonge.

– Je n'ai pas menti !

– Tu leur as dit que j'avais accusé Antoinette d'avoir couché avec Theo.

– Non, que tu l'avais accusée d'avoir une aventure. C'est tout ce que j'ai dit.

– Mais je ne savais pas, pour Antoinette et Theo ! Maintenant, ils disent que c'était mon mobile.

– Je sais.

Kayla explosa :

– Mais ce n'est pas vrai ! Tu m'as vendue à la police !

– J'ai fait ce que j'avais à faire, d'accord ? Prends-t'en à John qui a monté un bateau monstrueux pour me faire accuser du meurtre d'Antoinette que j'aurais tuée pour son argent.

– Mais il n'a aucune preuve.

– Exact. Rien ne me désigne, alors que toi… Désolée, mais ce n'est pas ma faute, je n'y suis pour rien.

– C'est quand même toi qui leur as donné mes cachets !

Kayla ferma les yeux. Elle se sentait blessée – trahie comme elle ne l'avait plus été depuis les cours de récréation de son enfance.

– Pourquoi m'as-tu fait ça ?

– Parce que tu es assez forte pour t'en sortir. Ça ne paraît pas très joli pour le moment mais tu sais aussi bien que moi que ce ne sont que des accusations sans fondement et que tu n'en mourras pas. Elles glisseront sur toi comme l'eau sur les plumes d'un canard. Moi je n'ai pas un mari aimant et des enfants sur qui m'appuyer. Comme tu l'as sans doute remarqué, je suis seule. Et ma carrière, ma réputation sont en jeu. Je suis avocate, Kayla. Si mon nom apparaît une fois dans une histoire pareille, je suis foutue.

– Et ma réputation, alors ? Et ma vie ?

– Tu es femme au foyer. Non pas que je considère cette expression comme une insulte, mais soyons réalistes : si tu es accusée de quoi que ce soit, personne n'y fera attention.

– Peut-être, n'empêche que je n'ai pas plus à voir dans la disparition d'Antoinette que toi.

– Tu l'as bouleversée. Avec ce que tu as dit à propos de Raoul…

– Je n'ai pas mis de sédatif dans son champagne. Je n'étais pas au courant pour elle et Theo.

– Sauf que tu ne peux pas le prouver. Malheureusement.

– Alors c'est ça ? Tu m'as balancée parce que je suis une gentille petite femme d'intérieur sans importance ?

– Oh là là ! Je me doutais que tu allais nous jouer la grande scène du deux.

– La grande scène du deux ? Je suis soupçonnée de meurtre, nom de Dieu…

– Pas la peine d'en faire tout un plat.

Kayla se mordit les lèvres pour ne pas pleurer ; elle n'allait pas donner cette satisfaction à Val. Kayla qui faisait son cinéma. Qui pleurnichait pour un rien. Kayla la ménagère de moins de cinquante ans. Elle qui avait toujours pris le parti de Val, qui avait repoussé de toutes ses forces les sobriquets de garce, de vipère, et tous les noms peu flatteurs que ses concitoyens lui donnaient. Tout d'un coup, Kayla avait une envie folle de lui renvoyer au visage les insultes dont on l'abreuvait dans son dos. Mais Val ne la croirait jamais. Elle se trouvait au-dessus de tout reproche. Néanmoins, Kayla se rebiffa :

– Qui me dit que ce n'est pas toi qui as empoisonné Antoinette, d'abord ? Pour mettre la main sur son fric ? Au fond, John a peut-être raison.

– La police n'a pas l'air de le croire.

– Pourquoi est-ce que tu m'as fait ça ? Je croyais qu'on était amies.

– On est amies.

– Les amies ne se font pas des coups pareils.

– Oh, que si !

Val mit une de ses chaînes dans sa bouche, comme une gamine.

– Les amies passent leur temps à se décevoir mutuellement. Tu ne vois peut-être pas l'amitié sous cet angle, tu préfères nos petites démonstrations annuelles à Great Point – quand on se donne les mains et qu'on fait la ronde avant de dévoiler nos âmes. Tu ne t'es jamais demandé pourquoi on ne le faisait qu'une fois par an ? Parce que c'est ainsi qu'on tient. Si on partageait tout, si on s'aimait autant chaque jour de l'année, on n'en pourrait plus et on en aurait vite marre. C'est pour cette raison que la Nuit des Sirènes n'arrive qu'une fois par an. Le reste du temps, on a nos vies et on s'occupe chacune de nos affaires. C'est ça, la vie.

Elle tendit la main comme pour désigner sa maison, si parfaite, sa pelouse impeccablement tondue. *Étincelante à l'extérieur, pourrie à l'intérieur,* se dit Kayla.

Avec des mouvements rapides et précis, Val entra dans sa voiture, claqua sa portière, mit le moteur en marche et partit en trombe. La plantant là.

Kayla resta un instant sur place, interdite. Le soir tombait, ourlant les nuages de rose et de mauve. Ainsi, les amies passaient leurs journées à se trahir ? À se dénoncer mutuellement à la police ? À coucher avec le fils de l'autre ? À briser leurs rêves et leur bonheur ? Elle porta une main à sa joue, comme si elle venait de recevoir une gifle.

À la maison, elle trouva Raoul et Jacob toujours assis à table. Dans le clair-obscur, ils lui apparurent plutôt comme des ombres, buvant de la vodka, dans une odeur écœurante de cacahuètes.

– Comment ça s'est passé ? demanda Raoul.

– Où sont les enfants ?

– Theo dort encore. J'ai donné de l'argent à Jennifer pour qu'elle emmène Cass et Luke manger des moules.

Kayla sentait la fièvre lui monter à la tête. Elle regarda Jacob.

– Vous êtes là !

– Val devait mettre les choses au point avec son mari. Je n'avais aucune envie de me mêler à ça.

– Comment ça s'est passé au commissariat ? reprit Raoul.

Il articulait difficilement, comme s'il avait trop bu. Elle jeta un coup d'œil vers les portes coulissantes. La Jeep de Theo n'était pas là – en fait toujours à Great Point. Elle écouta les glaçons tinter dans les verres de Raoul et de Jacob, leurs molaires broyer les cacahuètes. Elle alluma dans la cuisine, ce qui les fit sursauter. Raoul lui jeta un regard interrogateur de ses beaux yeux dorés qu'elle s'était si souvent décrits comme pleins de soleil. En principe, il était son allié, son dernier recours, son refuge. Pourtant, il l'avait trahie, lui aussi.

– Jacob ? reprit Kayla. Vous rentrez chez vous, maintenant ?

L'intéressé vida son verre, croqua les glaçons et se leva.

– Oui, c'est exactement ce que j'allais faire.

– Pourriez-vous me rendre un service ?

– Bien sûr.

– J'aimerais que vous me déposiez à Great Point. Je dois récupérer la Jeep de Theo. Nous l'avons laissée là-bas. Dieu sait ce qu'en fera la police si elle la trouve.

– Ça peut attendre demain, objecta Raoul.

– Non. Tout de suite.

– Je vous emmène, assura Jacob. Pas de problème.

– Mais il fait nuit ! protesta Raoul. Vous n'allez pas vous rendre à Great Point en pleine nuit, après ce qui s'est passé…

– Je veux récupérer cette Jeep.

– Dans ce cas, c'est moi qui t'emmène.

– Tu as trop bu.

– Jacob aussi.

– Mais c'est sur son chemin.

L'argument était purement rhétorique car il fallait compter un énorme détour.

– Ne t'inquiète pas, dit Jacob. Ça ne me gêne pas.

Raoul fourra les mains dans les poches de son jean. Le cœur de Kayla se gonfla d'amour, elle l'adorait et lui ne cessait de la décevoir. L'homme le plus chanceux qu'elle ait jamais connu. Jusqu'à ce soir.

Son troisième voyage à Great Point en vingt-quatre heures se déroula dans la Bronco 91 de Jacob Anderson, qui empestait la marijuana. Kayla n'en avait plus fumé depuis que Theo et Jennifer étaient petits mais, ce soir, elle en avait follement envie. D'autant qu'elle n'avait plus ses cachets pour apaiser sa colère.

Sur l'autoradio, elle chercha sa station préférée qui poursuivait son émission spéciale (*Baba O'Reilly*) et Jacob se mit à siffloter. Il n'était pas du genre bavard et ça tombait bien car elle ne préférait aborder aucun sujet avec lui, ce soir.

Arrivée devant Polpis Road, elle lui demanda :

– Vous avez un joint ?

Il lui jeta un coup d'œil surpris. À la pleine lune, les grands arbres projetaient leurs ombres immenses sur la route.

– Oui, dit-il.

Il ouvrit le cendrier et lui en tendit un tout prêt.

– Je ne savais pas que vous fumiez. Raoul est tellement clean…

– Nous avons quatre enfants. C'est pour ça.

– Oui. Mais vous ?

– Demandez à Val ce qu'elle en pense. Elle connaît mes passions.

Jacob alluma le joint ; le papier crissa et se tordit. Il inhala profondément et, après avoir rejeté la fumée, le lui tendit.

– J'ai toujours pensé qu'il y avait une femme passionnée en vous.

Elle fuma sans répondre. Qu'entendait-il par là ? Elle préférait se concentrer sur le mégot, sur l'odeur d'herbe verte, sur la fumée qui emplissait ses poumons, sur le vertige qui lui prit aussitôt la tête et la gonfla comme un ballon. Comme le ballon mauve de Luke. Elle rit et c'était merveilleux.

Ils passèrent devant le chemin menant à la villa d'Antoinette, mais Jacob ne ralentit pas, n'y jeta même pas un coup d'œil. La disparition d'Antoinette ne signifiait rien pour lui, si ce n'était une journée de travail, une certaine curiosité, la famille si intègre de son patron mêlée à un mini-scandale. Kayla inspecta les sous-bois alentour en se demandant si la police n'y avait pas posté un agent pour la nuit. L'île possédait-elle assez de personnel policier pour l'envisager ? Assez d'argent ? D'ailleurs, à part l'inspecteur Simpson, qui se préoccupait de cette affaire ? À tout prendre, elle était persuadée qu'une fois ce brave Johnny Love rentré chez lui, personne n'était venu le remplacer et, maintenant, la villa restait abandonnée, plongée dans l'obscurité.

– Faites demi-tour, dit-elle.

– Je croyais que vous vouliez aller à Great Point.

– Oui. Mais j'aimerais faire un détour. Ça ne vous dérange pas trop ?

Dans la cabine flottait une fumée à l'odeur douceâtre. Jacob braqua son volant et vira sur la route déserte.

– Alors, demanda-t-il. Où va-t-on ?

Elle lui indiqua la direction de la villa. Les rubans jaunes de la police encerclaient encore la propriété mais, comme elle s'y attendait, il n'y avait personne en vue.

– J'ai travaillé ici, observa Jacob.

– Je sais.

– Je me souviens de cette femme. Elle était très belle.

Kayla poussa un soupir. La porte d'entrée était bouclée. Impossible de faire céder le panneau.

– Ce n'est pas vrai ! s'écria-t-elle. Comment ont-ils fait ? Vous croyez qu'ils ont trouvé ses clefs ? Ça ne m'étonnerait pas de la police de Nantucket qu'ils aient claqué la porte et ne puissent plus entrer.

– Attendez, je vais vous ouvrir ça.

Jacob se précipita vers la Bronco et en sortit une équerre.

– Vous allez voir ce qu'on peut tirer d'un inoffensif outil de mesure.

Il glissa la règle dans la fente de l'encadrement. Kayla était si près de lui qu'elle le sentit tendre les muscles de ses bras. Comme beaucoup d'hommes, il aimait à résoudre ces petits pépins techniques qui impressionnaient les femmes.

– Voilà ! murmura-t-il en poussant le battant.

– Bravo !

Il tendit cérémonieusement les bras :

– Après vous.

Kayla pénétra dans la villa, laissée en l'état – la plante verte toujours renversée sur le flanc, perdant une partie de sa terre, comme du sang.

– Antoinette ? cria Kayla. Antoinette, tu es là ?

Seul lui répondit le tic-tac d'une pendule. Un rayon de lune éclairait le parquet. Sur la pointe des pieds, elle se rendit dans la chambre, sentit du verre craquer sous ses semelles. Les coupes de Waterford, en miettes.

– Antoinette ?

Sur son lit s'étalaient assez de vêtements noirs pour habiller toute une procession d'enterrement. La belle lampe Tiffany portait un trou dans son abat-jour d'opaline. L'œuvre de Theo.

Kayla allait entrer dans la salle de bains quand une main la saisit par l'épaule. Elle poussa un cri et sentit le visage de Jacob dans sa nuque. Fermant les bras sur sa taille, il la souleva de terre. Elle cria de nouveau, se débattit tant et si bien qu'elle lui fit perdre l'équilibre. En tombant, elle se cogna la tête contre le pied du lit.

– Aïe ! s'esclaffa-t-elle. Arrêtez de faire le pitre !

Jacob n'avait pas lâché prise.

– Qu'est-ce qu'on fait là ? Vous ne croyiez tout de même pas trouver Antoinette ici !

– Non. Je voulais juste jeter un coup d'œil. J'espérais que ça m'aiderait à comprendre un peu.

– Il y a des choses qu'on ne comprendra jamais.

Il avait dit ça machinalement ; dans sa bouche c'était certainement une remarque des plus banales, cependant, elle résonna dans la tête de Kayla avec des accents de vérité. Comment pourrait-elle jamais comprendre que son enfant ait pu faire l'amour avec sa meilleure amie ? Ou que Val l'ait dénoncée à la police ? Ou qu'Antoinette s'en aille danser dans la mer ?

Derrière elle, Jacob avait posé une main sur sa hanche. Elle écumait de colère, en transpirait littéralement, de tous les pores de sa peau ; en même temps, elle se sentait prise d'un désir irrépressible envers ce bel homme qui lui murmurait des mots doux à l'oreille. Elle se rappela les paroles de Val, le matin même : *il faut que je prenne une décision radicale, même si c'est risqué.*

– Jacob ?

Pour toute réponse, il l'étreignit.

– Il faut partir, dit-elle.

Ils fumèrent le reste du joint et, le temps qu'ils arrivent au poste de garde du Wauwinet, Kayla était complètement défoncée. Elle se mit à rire en apercevant la cabine téléphonique d'où elle avait appelé Raoul, puis la police. Elle pensait à l'inspecteur Simpson, à ses lèvres minces et pâles articulant « *acte criminel* » et se remit à rire. Quant à Jacob, il arborait un air béat. Elle se demanda s'il pensait à la même chose qu'elle : à la main qu'il avait posée sur sa taille tout à l'heure.

– Vous devriez dégonfler vos pneus, dit-elle.

Il n'en fit rien et continua de rouler à travers les dunes, en direction de l'océan.

– Ça ira. Je viens souvent ici, le dimanche, avec ma canne à pêche.

En ce week-end de fête, Kayla s'attendait à voir du monde sur la plage, à dîner au barbecue ou à profiter du clair de lune, mais personne n'était venu. Sans doute les gens savaient-ils que quelqu'un s'y était noyé. Ces vaguelettes étincelantes paraissaient pourtant tellement inoffensives ! Juste comme la nuit précédente.

– Je n'arrive pas à croire qu'Antoinette est encore là-bas, souffla-t-elle. Et vous ?

– Non…

– Est-ce que Val vous a parlé de moi ?

– De vous ? Comment ça ?

– Elle vous a dit que j'étais une véritable amie, ou qu'elle m'aimait bien, ou qu'elle avait confiance en moi ?

– Elle cite quelquefois votre nom. Enfin, je sais que vous êtes amies. Je l'ai toujours su, du moins depuis que je sors avec elle. Mais je ne me rappelle rien de précis.

Kayla ralluma le mégot du joint et le fuma jusqu'à ce qu'il n'en reste qu'un morceau de papier carbonisé qu'elle jeta par la fenêtre.

– J'ai l'impression que Valerie me déteste, avoua-t-elle. Et le pire, c'est qu'elle ne s'en rend même pas compte.

Cette fois, ce fut au tour de Jacob d'éclater de rire.

– Je n'y comprends rien aux femmes.

– Comme tous les hommes, répliqua Kayla.

La veille encore, elle se promenait sur cette plage avec ses deux meilleures amies, des amies de vingt ans qui s'étaient soudain avérées ses pires ennemies. Elle montra du doigt la Jeep de Theo qui venait d'apparaître au loin.

– La voilà. Bon, il ne lui est rien arrivé.

En s'approchant, Jacob dut rétrograder : le sable devenait de plus en plus fin et profond.

– Vous voilà arrivée à bon port ! lança-t-il.

– Merci pour la balade et pour la cigarette. J'en avais besoin.

– Ce fut un plaisir.

Il lui souriait, d'un sourire absolument irrésistible. Kayla hésita. La tentation était forte, l'idée séduisante et, avec tout ce qui s'était passé depuis vingt-quatre heures, presque raisonnable. Jamais Kayla n'avait intentionnellement fait de mal à quiconque. Mais elle se sentait soudain différente de tout ce qu'elle avait été. Elle ferait mieux de retourner chez elle et de s'offrir une bonne nuit de sommeil.

– Bonne nuit, murmura-t-elle en descendant de la Bronco.

Elle sortit les clefs la Jeep et grimpa dedans. Sur le siège du passager, elle aperçut une hachette. Que faisait cet objet dans la voiture de Theo ?

Dans le rétroviseur, elle vit Jacob effectuer un demi-tour. Elle mit le moteur en marche et démarra. Derrière elle, il s'était arrêté. Elle freina. Il lui fit un appel de phares. *Un ennui ?* Elle vit alors les roues de la Bronco patiner, chasser le sable et Jacob sauter à terre.

Kayla freina, baissa sa vitre.

– Ça va, j'ai compris !

Il sourit.

– Je suis ensablé.

Kayla revint dans sa direction et le trouva à genou en train de dégonfler son pneu avant gauche. Elle décida de l'aider en s'attaquant aux pneus arrière. L'air qui en sortit sentait le caoutchouc.

Elle ferma les yeux pour mieux écouter le clapotis des vagues. Une brise fraîche balayait le rivage et Kayla se sentit clouée à sa place. Elle ne parvenait plus à évoquer la Nuit des Sirènes sans en éprouver une indicible impression de naïveté – elle avait tellement cru à ce rituel, à sa magie. Elle était bien la seule, tel le dernier enfant à croire au Père Noël ou à la petite souris, le dernier à se rendre compte que le monde des adultes ignorait l'enchantement.

Jacob vint vérifier où elle en était. Elle le tira par la jambe de son jean.

– Ça va ? demanda-t-il.

– Asseyez-vous près de moi, cinq minutes.

Une sourde terreur l'envahit quand elle prononça ces paroles. Elle revit l'inspecteur sortir la bouteille d'Ambien de sa poche. Puis Paul Henry qui disait : *Vous devriez être mieux inspirée dans le choix de vos fréquentations.* Jacob se laissa tomber à côté d'elle, les mains sur les genoux, serrant un manomètre, et tous deux regardèrent les vagues s'écraser sur la plage.

– Désolé de m'être laissé enliser, dit-il.

– Ce n'est pas grave. On n'est pas si mal, ici.

Elle prit une longue inspiration avant d'ajouter :

– Alors… Val s'installe chez vous ?

– Il paraît.

– Tant mieux. On dirait que c'est du sérieux entre vous.

– Ça a l'air. Quand je pense qu'elle a quitté son mari !

– John est un sacré enfoiré. Il ne l'a pas volé.

– J'en ai l'impression. Mais moi, ça m'allait comme ça, c'est Val qui voulait… régulariser la situation. Parce qu'elle est avocate et qu'elle tient à sa réputation.

Il se tourna vers sa voisine. Il ne s'était pas rasé et une barbe sombre commençait à marquer ses joues.

– Moi, je ne suis qu'un charpentier qui fume de l'herbe. Et puis je suis trop jeune. Vous croyez qu'elle s'attend à ce qu'on se marie ?

– C'est possible.

Il étreignit le manomètre à s'en blanchir les jointures. Il avait peur.

Kayla se représenta Val en train de donner ses médicaments à la police, de fournir tous ces indices pour la faire accuser : l'Ambien, les flûtes à champagne, les appels téléphoniques. Tout cela pour avoir ensuite le toupet de prétendre que ce n'était rien du tout, que ça arrivait tout le temps. Elle se représenta Raoul se levant tous les matins pour gagner son chantier en sachant que Theo couchait avec Antoinette. Elle se représenta Antoinette, les mains jointes sur un ballon imaginaire, exécutant une pirouette avant de s'enfoncer dans la mer. Maintenant, elle comprenait ce que signifiait ce mouvement de ses bras : son amie annonçait à Kayla qu'elle était enceinte. De toutes ces trahisons, quelle était la pire ? Impossible de le déterminer. En revanche, il était clair que ces trois personnes s'y entendaient pour la berner.

Elle jeta un coup d'œil vers Jacob assis à trois pas d'elle. Elle leva la main vers sa nuque mais s'arrêta, effrayée, et la laissa retomber dans le sable. Raoul. Seigneur, Raoul ! Elle se mit à pleurer.

Jacob se pencha sur elle, ses grands yeux verts écarquillés de surprise, la prit dans ses bras.

– Hé ! Kayla, il ne faut pas pleurer !

Mais elle avait passé sa journée à refouler ses larmes. Maintenant c'en était trop. Elle sanglota sur cette épaule toute proche et, sans trop savoir ce qui lui arrivait, s'aperçut que cela menait directement à la bouche du jeune homme, à ses lèvres, à sa langue. Ils s'embrassèrent comme un couple d'adolescents avides. Elle se sentait brûler d'une fièvre qui s'empara de tout son corps. Un autre homme que son mari lui caressait le cou, la poitrine. Cela lui faisait tout drôle. Était-ce donc pour ça que tant de gens enfreignaient les lois, mettaient le monde à l'envers – parce que c'était si bon, parce que ça donnait enfin l'impression de vivre ?

Elle lui déboutonna la fermeture de son jean et se prit à désirer ce fruit défendu avec toute l'intensité dont elle était capable... Pourtant, elle s'arrêta et s'éloigna de lui.

Raoul. Non, il ne lui suffisait pas de penser à Raoul. Ses enfants : Theo, Jennifer, Cassidy, Luke. Elle pensa à ses enfants.

– Je ne peux pas, dit-elle.

Elle s'aperçut qu'il avait déchiré une bretelle de sa robe rose et tâcha en vain de la remettre en place. Jacob la dévisageait sans comprendre. Puis, lentement, il se débarrassa de son tee-shirt.

– Il y a si longtemps que j'ai envie de toi, soupira-t-il. Tu le sais très bien.

Elle hocha la tête, muette de terreur à l'idée de ce qu'elle avait déclenché. Elle se souvint de la veille, lorsqu'il lui avait effleuré la bouche, chez les Ting.

– Laisse-moi t'embrasser encore une fois. Je vais mourir si je ne peux plus t'embrasser.

Tout d'un coup, elle s'avisa que Jacob savait lui aussi la rouler, sans doute mieux que personne. Quelle femme fallait-il être pour se laisser prendre à ces paroles ? Toutefois, qui pourrait résister au torse nu de ce superbe garçon, qui l'implorait de lui accorder un dernier baiser ? En se rapprochant de son visage, la tête bouclée lui cacha la lune. Et ils s'embrassèrent de nouveau, avec plus d'ardeur encore, et Kayla se laissa enfin aller.

Alors qu'ils faisaient l'amour, le monde de Kayla ne se résuma plus qu'aux mouvements lascifs de leurs deux corps, à l'humidité de la plage, à cette peau douce, si douce pour un garçon. Elle n'était plus la femme de personne, la mère de personne, l'amie de personne.

Elle ferma les yeux en écoutant la mer aller et venir, arriver et se retirer, le flux et le reflux… Cet infini mouvement des vagues qui avait emporté Antoinette attirait maintenant Kayla dans sa danse.

Ainsi comprit-elle qu'elle se noyait.

RAOUL

Il avait toujours cru qu'on pouvait tout apprendre de la vie en construisant une maison. Il fallait commencer par le commencement : solides fondations, murs résistants, toit protecteur. Puis on passait à l'esthétique : lumière, air, créativité. Enfin, on devait fignoler les détails. Les ouvriers de Raoul rouspétaient car il remarquait le moindre écart de mesure, un placard qui dépassait d'un millimètre ; mais il tenait à l'aplomb des surfaces de sa maison. Tout devait être aussi droit qu'équilibré. Là-dessus se basait sa réputation de d'excellence. Il bâtissait des maisons où il faisait bon vivre – respirer, faire l'amour, rêver. Des maisons conçues pour durer.

Ce fut dans la même optique qu'il éduqua ses enfants. Il épousa la femme la plus apte à tenir un foyer qu'il trouva et elle lui donna deux filles et deux garçons. Avec Kayla, il les éleva, leur prodiguant amour et sens de la discipline, tout en respectant l'individualité de chacun. Telle était la famille Montero : solide, résistante, droite, équilibrée. Conçue pour durer.

Raoul tenta trois fois d'avertir Kayla de ce qui se passait entre Theo et Antoinette mais, trois fois, il échoua. La première fut au début de juillet, le soir même où Theo lui avait fait ses confidences sur le chantier Ting. Il rentra à la maison sans prendre garde à sa route, estomaqué par ce qu'il venait d'apprendre. Son fils amant d'une femme de quarante-quatre ans ! Cela lui semblait pervers, écœurant et il en voulait terriblement à Antoinette pour sa complaisance. Theo était une proie facile. Dans un sens, on pouvait estimer ce couple parfaitement équilibré : deux êtres au faîte de leur puissance sexuelle. Mais elle n'avait pas le droit de faire ça ; même si Theo était majeur, Raoul entendait mettre le holà. Il commencerait par prévenir Kayla.

En arrivant, il la trouva dans la cuisine, occupée à équeuter des fraises. À côté d'une assiette de hamburgers, Jennifer peignait ses longs cheveux mouillés en décrivant à sa mère les chaussures qu'elle allait pouvoir s'acheter avec l'argent gagné en baby-sittings. Des sandales de daim violet, avec des talons de huit centimètres.

– Ça me semble un peu original, objecta Kayla. Tu me promets de me les montrer avant de les acheter ?

– Si tu veux. Mais elles te plairont, tu verras. Elles sont très chic.

Raoul embrassa sa fille.

– Jennifer, pourrais-je parler seul à seul avec ta mère une seconde ?

– Pourquoi ? demanda Jennifer.

– Pourquoi ? demanda Kayla. Il est arrivé quelque chose ?

– Tout va bien, s'empressa-t-il de répondre.

Sa voix cassée le trahit quelque peu et il baissa les yeux sur les mains de sa femme, rouges du jus des fruits.

– Je voudrais te dire quelques mots.

– On n'a pas le temps pour le moment. Les enfants veulent aller au cinéma, à la séance de 20 heures. Ils doivent dîner tout de suite. J'espérais que tu allumerais le barbecue. Theo va arriver d'une minute à l'autre.

Comme en réponse à cette dernière phrase, la Jeep vint se garer devant la maison. Raoul ferma les yeux en écoutant claquer les tongs de son fils sur le carrelage.

– Salut tout le monde ! lança le garçon comme si de rien n'était.

– Theo, mon chéri, peux-tu mettre le barbecue en route ?

– Tout de suite, maman.

Il passa devant Raoul pour prendre les allumettes dans le tiroir.

– Salut, papa ! Bonne journée ?

Son père faillit le gifler pour cette insolence. *Vas-y !* semblait lui dire Theo. *Je te mets au défi de tout lui dire !*

Je le lui dirai plus tard, songea Raoul. *Lorsqu'on sera tranquilles tous les deux.*

Plus tard, ce soir-là, il tenta de nouveau le coup. Les enfants étaient au cinéma et Theo s'était joint à eux pour les y conduire. Kayla les regarda partir.

– Tu te rends compte, commenta-t-elle, de la chance que tu as d'avoir de tels enfants ? Tu es vraiment trop gâté. Ils t'aiment et ils s'aiment entre eux.

Elle l'entoura de ses bras et l'étreignit.

– Tu en as de la chance !

– Kayla, j'ai quelque chose à te dire.

– Attends, on n'a qu'à laisser tomber la vaisselle pour le moment. Tu sais depuis combien de temps on ne s'est pas retrouvés seuls à la maison ?

Elle passa les mains dans sa chemise, lui caressa le torse.

– Tu es toujours en train de travailler.

– Je sais. Il ne faut pas m'en vouloir, mais...

– Fais-moi l'amour.

Il la suivit au premier et ils firent l'amour dans leur grand lit. Raoul ne put s'empêcher de penser à Theo et Antoinette enlacés. En même temps, il comprenait son gamin, il imaginait bien la fabuleuse expérience que représentait cette aventure pour lui. Il se revit à ses dix-huit ans et il fit l'amour à Kayla comme cela ne lui était pas arrivé depuis des années. Elle-même s'en donna à cœur joie, avec cette même liberté qu'ils avaient éprouvée à leurs débuts.

– Divin ! s'exclama-t-elle quand ils se détachèrent l'un de l'autre. Je t'aime.

– Moi aussi.

Sa vie durant, on avait répété à Raoul qu'il avait de la chance. Fils unique d'Ignacio et Sabrina Montero, il avait vu le jour dans une famille aisée. Ses parents l'aimaient et s'aimaient. Il fit ses études à l'université de Syracuse, dans l'État de New York. Puis il passa une année à skier, à Breckenridge, dans le Colorado, avant d'arriver à Nantucket, au moment où l'île commençait à se construire un peu partout. Il avait aussi de la chance pour les petites choses. Un jour, il acheta un ticket de loterie à gratter et gagna dix mille dollars. Il semblait toujours bénéficier du beau temps lorsqu'il en avait besoin pour ses chantiers et de la pluie quand il était obligé de rester au bureau à remplir ses dossiers. Il trouvait toujours une place libre pour se garer ; jamais il ne ratait son avion ni son ferry. La seule fois où il se rendit à New York, il se trouva assis à côté de Mick Jagger dans le métro et tous deux bavardèrent avec tant de plaisir que Mick l'invita à prendre un verre dans un bar.

Il avait de la chance.

Quelques semaines plus tard, Raoul tenta de parler une troisième fois à Kayla de Theo et Antoinette ; leur fils avait complètement changé : sans doute y avait-il de l'eau dans le gaz. Kayla était tellement bouleversée par son attitude et sa grossièreté qu'elle prit rendez-vous avec le Dr Donahue qui lui prescrivit des calmants. Elle en avalait un tous les soirs en se couchant et s'assoupissait comme une masse avant même que Raoul ait éteint la lumière ; quand il partait le lendemain matin, à six heures moins le quart, elle dormait encore.

Le Dr Donahue avait également recommandé quelques dîners en ville, tous les deux en tête à tête – aussi, un soir, Kayla persuada-t-elle son mari de quitter son chantier plus tôt afin de la rejoindre au Company of the Cauldron, sur India Street. C'était le restaurant préféré de Kayla – chandelles, pots de cuivre et fleurs, harpiste. Raoul portait son blazer bleu marine, qu'il détestait ; ça lui donnait l'impression d'être déguisé en yachtman de pacotille. Mais la nourriture était excellente et Kayla semblait de nouveau heureuse.

Devant les hors-d'œuvre – polenta grillée accompagnée de saumon fumé – Raoul la prévint :

– Tu devrais y aller doucement avec ces comprimés.

– Ils m'aident à dormir.

– En effet…

– Tant que Theo se comportera comme ça, j'en aurai besoin.

Elle but son merlot et renversa la tête en arrière.

– Je ne sais pas ce qui le met dans cet état. On dirait qu'il me déteste. Je me demande ce que j'ai pu faire ou dire qui l'ait tellement froissé. Il ne m'adresse même plus la parole.

– Ça n'a rien à voir avec toi, Kayla.

– Qu'en sais-tu ?

– Je le sais.

Il prit son courage à deux mains. C'était le moment ou jamais de tout dire à sa femme. Ils étaient seuls, elle passait un bon moment, décontractée. Après tout, les notes célestes de la harpe aideraient peut-être à mieux faire passer la pilule.

– Pourquoi est-ce que tu me regardes comme ça ? demanda-t-elle. Tu sais quelque chose que je ne sais pas ?

Le chemin était tout tracé.

Parle-lui.

Mais il avait peur.

Après tout, Theo était majeur.

Ne valait-il pas mieux laisser les choses se tasser d'elles-mêmes ?

En fait, il faisait à sa femme la grâce de lui épargner une telle révélation.

Et puis il avait toujours eu de la chance.

– Non, dit-il. Bien sûr que non.

Le mot regret était trop doux pour ce que Raoul ressentait maintenant. Il aurait dû dire la vérité à Kayla dès le début.

Mais comment aurait-il pu s'imaginer que les événements allaient prendre un tel tour tragique ? Antoinette disparue, Theo réfugié dans sa chambre à remâcher son chagrin, et Kayla prise au milieu de la tourmente.

Dès que Jacob l'eut emmenée à Great Point, Raoul eut envie de monter se coucher. Il avait bu six bières avant de passer à la vodka et se sentait un peu éméché. Néanmoins, il attendit le retour de Jennifer, Cass et Luke avant de gagner sa chambre. Il leur avait conseillé de rentrer à pied malgré la nuit car cet exercice leur ferait du bien et qu'ils aimaient se lancer dans des activités d'adultes, telles que dîner sans les parents. Ils arrivèrent d'assez mauvaise humeur ; le visage de Cassidy était rouge de transpiration et encore barbouillé de nourriture. Luke se gratta une piqûre de moustique sur le coude qui se mit à saigner.

– Tu aurais dû nous rappeler de mettre de la citronnelle ! râla-t-il. J'ai été piqué huit fois.

– Parce que tu as compté ? demanda son père.

– Jennifer n'a rien mangé, reprit Luke. Elle veut économiser des sous pour s'acheter du maquillage.

– Tu n'as pas dîné ?

Sa sœur envoya une taloche au petit garçon.

– On t'a sonné, toi ?

D'un geste, elle ôta l'élastique qui lui retenait les cheveux en queue-de-cheval et ils tombèrent lourdement sur ses épaules et son visage. Quelle splendeur ! se dit encore une fois Raoul. Il fallait commencer à s'inquiéter pour elle aussi.

– Je me fais trop de souci pour maman, dit-elle. En plus, je n'aime pas les moules.

– J'ai bien pris un hot dog ! intervint Cassidy

– Tu sais ce qu'ils mettent dedans ? Des oreilles de cochon écrasées.

– Arrête ! couina la petite.

Elle se tourna vers son père :

– Où est maman ? Elle est rentrée du commissariat ?

– Oui, il y a un moment déjà. Elle est ressortie faire une course.

Il regarda la pendule, imagina Kayla repartie pour Great Point à cette heure tardive. Elle devait être exténuée, à bout de nerfs. Pourvu qu'elle ne commette pas de bêtise.

– Bon… Les enfants, prêts à filer au lit ? Je ne vais pas tarder moi non plus.

– Tu veux bien qu'on se lave ? demanda Luke.

– Comme… d'habitude.

Raoul était gêné de ne pas pouvoir faire preuve de plus d'autorité. Voilà des mois qu'il n'avait pas envoyé ses enfants se coucher.

– Jennifer se douche le matin, continuait Luke. Cassidy et moi, on prend un bain tous les soirs. C'est maman qui nous dit qui doit y aller le premier.

– Qui y est allé le premier hier ?

– C'est le plus sale qui commence.

– Alors, vas-y, Luke, dit Cassidy Moi, je prendrai une douche.

– Papa, il n'est que 21 heures ! remarqua Jennifer. Je peux regarder un peu la télé ?

– Samedi soir, signala Luke, maman dit qu'on peut la regarder jusqu'à 22 heures.

– Je sais, répliqua Raoul.

– Qu'est-ce qui se passe avec Theo ? insista Jennifer.

– Il est enfin puni ? intervint Luke. Il arrête pas de désobéir à maman et on lui dit rien.

– Theo n'est pas puni, rétorqua Raoul.

Quoique, dans un sens, il l'était, de la plus terrible façon qui soit.

– Il est fatigué et il ne se sent pas bien.

– Il a trop bu ? s'enquit Jennifer.

– Pas du tout. De toute façon, ça ne vous regarde pas.

Il faudrait absolument qu'avec Kayla ils trouvent quelque chose de plausible à expliquer aux enfants.

– Jennifer peut regarder la télévision et vous deux, prenez vos bains. Quant à moi, je vais me coucher. Frappez à la porte si vous avez besoin de moi.

Il monta, se déshabilla et s'étendit entre les draps qui sentaient l'odeur de Kayla. Il entendit l'eau couler, la télévision murmurer et s'endormit.

Il s'éveilla une heure plus tard. Kayla n'était pas rentrée. Il garda les yeux ouverts assez longtemps pour envisager d'aller voir à Great Point ce qui se passait. Il écouta les bruits de la maison. La télé était éteinte. Il pourrait au moins vérifier si les enfants étaient couchés. Et Theo, il devrait aller le voir. Mais il avait mal à la tête d'avoir trop bu et tout semblait paisible autour de lui. Il se rendormit.

Ce fut Kayla qui le réveilla en se glissant près de lui. Il avait la bouche sèche et ne parvenait pas à garder les yeux ouverts. Où était-elle passée, déjà ? Il lui fallut une bonne minute pour rassembler ses idées : Great Point.

– Tu as récupéré la Jeep ? demanda-t-il.

C'est à peine s'il entendit sa propre phrase.

Kayla pleurait. La malheureuse ! Elle avait passé une journée épouvantable. Raoul tenta de s'asseoir mais ce fut comme s'il avait la tête clouée sur l'oreiller. Avait-il les yeux ouverts ? Il distinguait à peine la silhouette de sa femme assise en tailleur à côté de lui.

– Ils vont la retrouver, souffla-t-il. La police, Jack et tous ces gens-là, ils font tout ce qu'ils peuvent.

– Tout va mal ! Ma vie est fichue !

– Pas du tout, Kayla !

Soudain, elle alluma et il reçut la lumière comme un coup de poing en plein visage.

– Hé, doucement ! protesta-t-il.

Il dut faire un effort pour rouvrir les yeux et voir enfin ce qui se passait autour de lui. Pendant ce temps, Kayla s'était levée et faisait les cent pas.

– Qu'est-ce qui se passe, ma chérie ?

– Tu ne m'as rien dit ! gronda-t-elle.

Ses sanglots redoublèrent.

C'était tout juste s'il parvenait à distinguer les traces de ses pas sur la moquette vert pâle. Des empreintes fantomatiques. Il leva les yeux. Elle portait une robe, la même qu'au début de la journée, maintenant froissée, avec une bretelle qui pendait. Elle avait les cheveux en bataille, le nez et les yeux rouges.

– Tu m'as menti, Raoul !

Elle criait presque et il craignit qu'elle ne réveille les enfants.

– Toi, continua-t-elle, et Theo et Antoinette et aussi Val !

– Kayla ? Qu'est-ce qui s'est passé au commissariat ?

– Un cauchemar, gémit-elle. Je ne sais même plus par où commencer.

– Si tu veux, on n'a qu'à en parler demain matin.

Il n'aspirait qu'à la voir éteindre la lumière et à reposer la tête sur l'oreiller.

– Ça ira mieux demain, conclut-il.

– Je ne pourrai jamais dormir.

Elle disparut dans la salle de bains et il entendit couler le robinet, puis des pleurs à peine étouffés. Il sentit une vague odeur de marijuana. Quand elle revint, elle éteignit la lampe. Raoul ne tarda pas à replonger dans le sommeil.

Au matin, ce fut le téléphone qui le réveilla. Son portable, qui piaillait comme un moineau. Une migraine tenace lui martelait les tempes, mais il parvint à poser les deux pieds sur le sol et à se diriger vers le fauteuil où il avait jeté ses vêtements. Il prit l'appareil dans la poche de son jean. Kayla dormait profondément aussi alla-t-il se réfugier aux toilettes.

– Allô ?

– Raoul, c'est Carter.

Le carreleur. Il avait pris du retard, ce qui n'avait rien d'étonnant avec la piscine couverte et les sept salles de bains du chantier Ting. Il avais promis de se mettre à jour pendant le week-end.

– Qu'est-ce qui t'arrive ? demanda Raoul.

– C'est que, j'ai préféré t'avertir tout de suite… Il s'est passé un truc, ici.

– Vas-y, crache le morceau !

– On a tout cassé. Enfin, le salon. Mais c'est vilain. On dirait que les types y sont allés à la hache. Les murs sont par terre.

La tête de Raoul lui fit encore plus mal.

– Des vandales ?

– Je suppose, oui. Mais tu devrais venir. Il faut que tu voies ça.

– J'arrive le plus vite possible, c'est-à-dire d'ici à une heure ou deux. On est dimanche et j'ai des obligations familiales.

Il pensait à Theo. Theo, Theo, Theo. Theo qui avait dû tout casser chez les Ting.

– À tout à l'heure, Carter.

Il raccrocha et faillit projeter son téléphone à travers la pièce. Sale gosse ! Il enfila un jean et une chemise à la va-vite et traversa le couloir en trombe jusqu'à la chambre de l'adolescent. Il allait l'étriper. Pourtant, il s'arrêta sur le seuil. *Ce n'est qu'une maison. Une sacrée maison, mais jamais qu'une maison.*

Il frappa à la porte.

– Theo ?

Pas de réponse. Et si son fils était mort ? À moins qu'il ne se soit éclipsé dans la nuit. Raoul frappa plus fort.

– Ouvre-moi, Theo !

Il parvenait tout juste à contenir sa fureur. Jamais ses enfants ne l'avaient défié quand il prenait de telles intonations. Il écouta. Il allait tourner la poignée quand il entendit un bruissement. Puis la porte s'ouvrit.

Theo lui présenta un visage aux yeux gonflés, aux joues striées de larmes. Les cheveux coiffés au pétard, il n'était vêtu que d'un vieux slip de bain et d'un tee-shirt froissé. Il se mit à trembler.

Raoul le prit dans ses bras. Son fils, qui s'était confié à lui… et qu'avait-il fait de cette confidence ? Il l'avait ignorée. Il aurait pu intervenir, empêcher les drames qui s'en étaient suivis s'il avait pris les choses à bras-le-corps. Mais non, tous les matins il était parti pour ériger sa cathédrale. Pas étonnant que Theo ait fini par réagir à coups de hache. Cette demeure lui avait volé son père, son unique espoir.

– C'est toi qui as saccagé la maison des Ting ? Mon chantier ?

Theo s'agrippa encore plus à lui.

– Pardon, papa !

– Oui, Theo. Moi aussi, je te demande pardon.

Raoul préféra consacrer le début de la matinée à sa famille, bien que sa présence au chantier fût de toute première importance. Il voulut s'assurer tout d'abord que Theo prenait une douche, puis passa voir Jennifer, toujours endormie, Cassidy et Luke qui jouaient aux petits chevaux dans la chambre du gamin. Raoul se rappela comment lui-même y jouait déjà quand il était enfant.

– Descendez à la cuisine, dit-il. Je prépare des gaufres.

Il écouta un instant à la porte de sa propre chambre, puis entra. Kayla était en train de faire le lit. Il la regarda lisser les draps, rentrer les pans sous le matelas. Elle tapa les oreillers, les mit en place et se retourna. En le voyant, elle s'assit sur l'édredon.

– Comment vas-tu, ma chérie ? demanda-t-il. Tu te sens mieux ?

Elle avait les yeux battus et des zébrures de drap encore incrustées dans une joue. Elle ne répondit pas.

– Tu peux me dire ce qui s'est passé au commissariat ? demanda-t-il.

– Je n'ai pas envie d'en parler pour le moment.

– Bon.

Sans trop oser se l'avouer, il était soulagé. Il voulait surtout prendre son petit déjeuner et partir le plus vite possible pour le chantier. Il n'eut pas le cœur de révéler à sa femme le saccage de la maison.

– Je descends à la cuisine.

Il se pencha pour l'embrasser et huma de nouveau un soupçon de marijuana.

– Tu as fumé, cette nuit ? demanda-t-il.

Elle répondit trop vite, en se détournant :

– Non.

Il savait qu'elle mentait mais n'insista pas. Elle retomba sur le lit.

– Si, avoua-t-elle. Avec Jacob. On a grillé un joint en allant à Great Point.

– Oh ! Alors, tu devrais te doucher. Tu es imprégnée de fumée.

Raoul se mit en devoir de préparer le petit déjeuner. Farine, lait, deux œufs dans un bol. Sortir l'appareil à gaufres, le brancher et le laisser chauffer. Cass et Luke dressèrent la table, sortirent le beurre, le sirop d'érable et le jus d'orange du réfrigérateur. Ils s'y prenaient avec l'assurance d'authentiques restaurateurs. Raoul ne se sentait pas à son aise et prit soudain conscience qu'il en voulait à sa femme d'avoir fumé un joint. Surtout avec Jacob. Pourquoi diable avait-elle fait ça ? Et pourquoi Jacob le lui avait-il offert ? Il savait que Raoul détestait ces trucs-là. Certes, étant donné les circonstances, il pouvait comprendre qu'un retour aux frasques adolescentes ait quelque peu apaisé Kayla. Mais ça le contrariait quand même.

– Tu es content de retourner à l'école mardi ? demanda-t-il à Luke.

– Non.

– Et toi, Cass ?

Il dut réfléchir pour tenter de se rappeler en quelles classes ils passaient. Kayla le reprenait chaque fois qu'il se trompait.

– Le collège ? Ça va te changer.

– Le changement me déstabilise ! affirma Cassidy.

Il se mit à rire puis entreprit de griller quelques tranches de bacon dans une poêle.

– Enfin, poursuivit-il, tu as raison, le changement peut être en effet déstabilisant, mais pas pour toi. Tu as de la ressource, comme nous tous, non ?

Il entendit la douche s'arrêter au premier. Theo avait fini sa toilette. Si Kayla était maligne, elle passerait après lui, avant que les enfants sentent l'odeur de marijuana sur sa peau. Ou pire, si elle devait retourner au commissariat...

Il versa la pâte dans l'appareil et abaissa le couvercle. Le fer siffla, un trop-plein de pâte coula sur les côtés. Raoul baissa le feu sous le bacon et se dirigea vers le pied de l'escalier.

– Petit déjeuner dans cinq minutes ! cria-t-il.

Son portable sonna encore et Kayla apparut sur le palier, armée du téléphone. Elle descendit à pas hésitants, les mouvements au ralenti, arborant une expression bizarre.

– Papa ! cria Luke de la cuisine. Les gaufres !

– J'arrive.

Il sortit une première fournée, se brûlant les doigts au passage, jeta le bacon sur une serviette en papier. Le portable sonnait toujours. Raoul se retourna pour apercevoir Cassidy se jeter dans les bras de sa mère comme si celle-ci rentrait d'un lointain pays après une longue absence.

– Passe-moi le téléphone, dit-il. Et prenez déjà ces gaufres. Tiens, Luke.

Saisissant l'appareil de la main de Kayla, il alla cette fois chercher un semblant de tranquillité dans le salon.

– Oui.

– Raoul ? C'est Micky.

Micky Glenn, son contremaître.

– Micky, écoute, je sais ce qui s'est passé. J'arrive dès que possible. J'ai encore des problèmes à voir, dans ma famille.

– Tu as vu le journal ?

– Quel journal ?

– Le *Cape Code Times*. À propos de la femme disparue ? On parle de toi, de Kayla. Et même des Ting. Ça m'a l'air drôlement mauvais.

– Mon Dieu !

– Tu veux que je te le lise ?

– Non, j'ai dû le recevoir, je suis abonné. Je vais voir ça tout de suite.

– Comme tu voudras. Tu arrives bientôt ?

– Le plus vite possible.

Il sortit en trombe dans le jardin. L'air était déjà chaud et sentait le gazon, la poussière et l'océan. Il traversa la pelouse pieds nus pour ramasser son exemplaire de l'épais numéro dominical du *Cape Code Times* enveloppé de son sac en plastique. Il regarda autour de lui, les maisons voisines, sereines, puis tira le journal de son emballage, regarda la première page. En bas, dans le coin droit, apparaissait ce titre : ÎLE DE NANTUCKET. UNE FEMME DISPARAÎT À GREAT POINT. Raoul regagna la maison en lisant :

Nantucket, Massachusetts.

Une femme a disparu samedi à l'aube au large de Nantucket. La police précise qu'il s'agirait d'Antoinette Riley, quarante-quatre ans, résidente de l'île depuis vingt ans. Elle se baignait avec deux amies : l'avocate Valerie Gluckstern et Kayla Montero, épouse d'un important entrepreneur chargé du chantier Ting à Monomoy. Mme Montero aurait averti la police à 1 h 40 du matin de la disparition de Mme Riley. Son amie serait entrée dans la mer en dansant, après avoir consommé une importante quantité d'alcool et aurait été emportée par le courant.

L'inspecteur Dean Simpson, de la police de Nantucket, confirme qu'aucun corps n'a été repêché pour le moment, malgré les recherches menées par les garde-côtes et les pompiers aux endroits indiqués par Mme Montero.

– Nous n'excluons pas la possibilité d'un acte criminel, ajoute l'inspecteur Simpson. Ces femmes se désignent elles-

mêmes comme les « Sirènes de la Nuit » et pratiquent depuis des années un rituel insolite et hasardeux : baignades nues en eaux troubles, consommation de champagne. Aussi considérons-nous la disparition de Mme Riley comme hautement suspecte, bien que nous n'ayons pour le moment engagé aucune poursuite contre Mme Montero ni personne d'autre.

L'inspecteur nous a également appris qu'étant donné les calculs des garde-côtes, si Mme Riley possédait tous ses moyens au moment de sa baignade, son corps aurait dû être retrouvé, à moins, bien entendu que la victime n'ait été préalablement blessée ou empoisonnée.

– Ces trois femmes se connaissent depuis longtemps et entretiennent des relations pour le moins compliquées, poursuit l'inspecteur Simpson. Surtout en ce qui concerne Mme Montero et la femme disparue. Ainsi, plusieurs détails ont-ils retenu notre attention et nous estimons que cette affaire mérite une enquête approfondie.

Toute personne pouvant fournir une information est priée de prendre contact avec le commissariat de Nantucket.

Raoul jeta le journal à l'avant de sa camionnette. Il devait absolument épargner à Kayla la lecture de cet article, du moins le plus longtemps possible. Que s'était-il passé, au juste, au commissariat ? Apparemment, Kayla et Val avaient été sommées de s'expliquer, encore que l'avocate ne se soit sûrement pas laissé faire. Il devait en avoir le cœur net.

Kayla s'était arrangée pour terminer de préparer les gaufres et le bacon, si bien que Raoul trouva trois des quatre enfants attablés devant leur appétissant petit déjeuner. Jennifer s'était jointe aux petits et chipotait sur une gaufre nature qu'elle croquait carré par carré. Kayla, qui se faisait habituellement du souci pour la façon dont se nourrissait sa fille, ne semblait rien remarquer. Elle regardait les enfants sans les voir, l'esprit visiblement ailleurs.

– Où est Theo ? demanda Raoul.

– Là-haut, dans sa chambre, répondit Luke. Il a dit qu'il avait pas faim.

– Papa, s'inquiéta Jennifer, qu'est-ce qui se passe ? Ils ont retrouvé tante Antoinette ?

– Non.

Le téléphone sonna. Jennifer se précipita.

– Attends ! lui cria son père. Ce matin, personne ne répond, même pas ta maman.

– Et si c'est Amy ? On doit aller à la plage aujourd'hui.

– Dans ce cas, elle laissera un message et tu la rappelleras.

Il se retourna vers sa femme :

– D'accord, Kayla ? Personne ne parle à personne tant que je ne suis pas rentré.

– Rentré d'où ?

– Il faut que j'aille à Monomoy.

– Mais, enfin, Raoul…

– C'est comme ça ! Je dois aller vérifier ce qui se passe là-bas, il y a un problème. Ensuite, je reviendrai. D'accord ? Tu me donnes une heure ou deux ?

Elle ne répondit pas mais il la sentait suprêmement agacée. Et, vu la tournure des événements, ça n'allait pas s'arranger.

– Je rentre vite, promit-il en s'emparant de ses clefs. Personne ne répond au téléphone.

Il mourait de faim et regretta de n'avoir même pas mangé une gaufre. Du coup, il se gara devant la boulangerie-snack du coin, pour y prendre des beignets et un bon café.

Tanner Whitcomb, le boulanger, le vit tout de suite entrer. C'était un petit homme maigre, du même âge que lui, ancien cocaïnomane et qui ne tenait pas en place. Raoul lui avait reconstruit sa boulangerie quelque quinze ans plus tôt, à l'époque où il était encore un architecte débutant. Ce fut d'ailleurs l'un de ses premiers contrats significatifs. Chaque fois qu'il voyait les paniers à pain encastrés qu'il avait fabriqués de ses mains, il se rappelait Tanner, dans l'arrière-boutique, en train de sniffer des lignes avec ses copains.

– Salut, Tanner.

– Salut ! La suspecte est avec toi ?

Raoul s'immobilisa sur le seuil, interdit. Tanner devait trouver cette boutade excellente ; sans doute courait-elle déjà à travers toute l'île. Tout cela parce que des flics trop zélés n'avaient rien trouvé de mieux à faire, en ce tranquille été qui ne leur offrait habituellement guère plus à se mettre sous la dent que quelques contraventions aux conducteurs mal garés et autres lycéens en mal de bière.

– Non, elle est à la maison, répondit-il. En train d'aiguiser ses couteaux.

Il inspecta les étagères de verre où s'alignaient les beignets glacés au sucre rose.

– Trois beignets à la crème et un éclair au chocolat, commanda-t-il à la rousse serveuse irlandaise.

Il se retourna vers Tanner qui le regardait bêtement.

– Je plaisantais, crut-il bon de préciser au boulanger.

Celui-ci s'essuya les mains à son tablier.

– Tu sais, dit-il sérieusement, j'ai l'impression que Kayla s'est fourrée dans un sacré pétrin.

Raoul paya, laissa un pourboire à la serveuse et prit son paquet. En passant devant Tanner, il lui prit le bras, serrant assez fort pour montrer qu'il pourrait le casser.

– Toi, mon vieux, tu ferais mieux de ne pas juger les gens trop vite, lui murmura-t-il à l'oreille.

Il lâcha le boulanger et regagna sa Chevrolet, démarra aussi vite qu'il le put et s'aperçut alors qu'il avait oublié le café.

Trois camionnettes étaient garées devant la demeure des Ting : la Durango de Micky, le vieux pick-up Toyota de Carter et la Bronco de Jacob. En principe, son équipe ne travaillait pas le dimanche mais Carter avait son carrelage à mettre à jour, Micky constatait les dégâts laissés par le vandale qui s'était attaqué au salon, mais Jacob ? Que faisait-il là ? Ils avaient plutôt besoin de Colin Freed, le plâtrier, pas de Jacob.

En entrant dans la maison, Raoul mordit à belles dents au cœur d'un beignet à la crème.

– Holà ! cria-t-il la bouche pleine. Micky ?

– Par ici.

Micky, Carter et Jacob l'attendaient dans le salon, effarés par les dégâts qu'ils découvraient. Les murs avaient été littéralement abattus et les morceaux de plâtre et de ciment gisaient partout à travers la grande pièce. Il allait falloir tout refaire.

– Je ne comprends pas pourquoi on a fait ça, commenta Micky. Ça ne sert à rien. Vous croyez que ça viendrait d'une entreprise rivale ?

Raoul jeta un rapide coup d'œil vers Jacob. La veille, devant leur vodka, il lui avait fait jurer de garder le secret sur ce qu'il avait appris entre Antoinette et Theo. Il se demandait maintenant si Jacob se doutait que le vandale en question était Theo. La gorge sèche, il déclara :

– Ne vous fatiguez pas, les gars, je connais le coupable.

Bouche bée, Carter retenait son souffle. Il avait l'air complètement idiot avec ses verts ronds de sécurité par-dessus ses lunettes. Raoul ne se souvenait même plus pourquoi il l'avait engagé. L'homme travaillait bien mais trop lentement.

– Qui ?

– Theo, mon fils.

– Ben merde ! s'exclama Micky. J'aurais mieux fait de ne pas appeler la police.

– Tu as appelé la police ?

Tout d'un coup, Raoul eut l'impression d'avoir avalé un beignet au ciment.

– Quel crétin ! Qui t'a dit de prévenir les flics ? Tu aurais pu attendre mon arrivée !

– Et moi, j'ai une autre question à te poser, s'insurgea Micky. Pourquoi est-ce que Theo a fait ça, d'abord ?

Raoul jeta encore un regard vers Jacob qui regardait par terre en croisant les bras.

– Tu as téléphoné à Colin ? demanda-t-il. C'est lui qui va nous réparer ça.

Micky s'empourpra :

– Colin ? Excuse-moi, Raoul, mais c'est à toi de te charger de ces réparations. Ou à Theo, sauf que tu feras ça sûrement mieux que lui.

Raoul le fusilla du regard. Non seulement ce type était irlandais, mais c'était un fervent catholique qui allait à la messe tous les mercredis avant le travail. A priori, cela offrait des garanties d'honnêteté. C'était même pour ça que Raoul en avait fait son contremaître, quelques années auparavant. Maintenant, il avait envie de lui casser la figure. D'autant que l'homme avait raison.

– D'accord, souffla-t-il. Je vais m'en charger. Mais pas aujourd'hui, ni demain. Il faut que je m'occupe de ma famille. Alors, Micky, tu prends deux jours de congé. Quant à toi, Carter, tu te mets au travail et tu ne t'en vas d'ici que lorsque tu auras terminé la troisième salle de bains. Compris ?

La colère de Raoul ne faisait que grandir – le saccage, l'article du journal, Micky, ça commençait à faire beaucoup – et puis il avait mal à la tête. Soudain, il se retrouva seul dans la pièce avec Jacob. Jacob qui trouvait très bien de planer avec Kayla.

Il l'entraîna vers sa camionnette en marmonnant :

– Viens un peu par ici, toi. J'ai deux mots à te dire.

– Moi aussi, j'ai à te parler. C'est pour ça que je suis venu, aujourd'hui.

Raoul n'apprécia pas le ton de sa voix ; il y avait là des sous-entendus qui ne lui disaient rien de bon.

– Alors commence. Qu'est-ce qui t'arrive ?

– Ce n'est pas facile… Je ne sais pas comment t'annoncer ça.

Ils arrivaient à l'extérieur, en plein soleil. Raoul avait l'impression que sa tête allait partir en pièces détachées.

– Alors vas-y doucement, tu veux ? Je n'ai jamais passé un week-end aussi catastrophique.

– Je sais. Et je n'ai aucune envie d'en rajouter, mais il faut que je te dise quelque chose.

– Je t'écoute.

Jacob poussa un soupir.

– Je démissionne.

– Pardon ?

– Je me casse. J'ai décidé ça cette nuit.

Raoul dut s'adosser à la Chevrolet pour ne pas tomber par terre.

– Depuis combien de temps bosses-tu pour moi ?

– Huit ans.

– Huit ans. Tu es le meilleur apprêteur que je connaisse et là, tu me dis comme ça que tu viens de décider en une nuit de me lâcher !

– C'est ça. Désolé.

– Mais pourquoi ? Vous allez vous installer ailleurs, avec Val ?

– Non… En fait, on a rompu.

– Rompu ?

– Oui. Cette nuit.

– Donc, tu te barres parce que tu as rompu avec Val ?

– Pas vraiment. Écoute, je ne vais pas tout t'expliquer dans les détails, ce n'est pas la peine. Mais, disons en gros que, maintenant qu'elle a quitté son mari, elle veut que je l'épouse et moi je ne peux pas. En plus, je ne veux pas. Je n'ai plus rien à faire ici, crois-moi.

– Moi qui allais t'engueuler parce que tu avais fumé un joint avec ma femme ! Tu m'as un peu refroidi. J'ai l'impression que tu en as pris plein la tête, cette nuit.

– C'est vrai.

– Donc, tu t'en vas. Mais où ?

– Je ne sais pas encore. Peut-être chez mon frère.

– En Arizona ?

– Oui.

– Tu es sûr de ce que tu fais, au moins ?

– Ouais.

Raoul chercha de l'aspirine dans la boîte à gants de sa Chevrolet.

– Passe-moi ton Coca, dit-il.

Il avala trois comprimés avec le soda en se demandant combien de temps il lui faudrait encore patienter avant de se sentir mieux.

– Bon, alors tu n'as qu'à passer me voir mardi. Je te donnerai ton chèque. Il va falloir qu'on parle aussi de tes points de retraite.

– Tu ne pourrais pas m'envoyer tout ça par courrier ? Je voudrais partir aujourd'hui.

– Aujourd'hui ?

Raoul n'en revenait pas. Décidément, ces temps-ci, plus rien ne marchait comme prévu. Mais il n'eut pas le temps de répondre qu'une voiture s'arrêta dans un crissement de pneus. Une BMW. Val. Raoul se jeta derrière son volant. Il n'avait aucune envie de se retrouver mêlé à une querelle d'amoureux.

Il adressa un signe à l'avocate et démarra.

– Viens me voir mardi ! lança-t-il à Jacob.

C'est alors que Val vint se garer juste devant lui, l'empêchant d'aller plus loin. Il la traita de tous les noms entre ses dents. Il était fichu.

Val sortit de sa voiture et vint à grands pas vers la Chevrolet. Quand elle ôta ses lunettes de soleil, Raoul put constater qu'elle avait les yeux rouges et gonflés. D'ailleurs, elle respirait encore par à-coups, comme si elle avait passé des heures à sangloter.

– Il t'a dit ? demanda-t-elle.

– Oui. Je suis désolé.

– Tu es désolé ? Toi ?

Elle jeta un regard noir à Jacob qui semblait ne plus savoir où se mettre.

– Franchement, cria-t-elle, je suis étonnée que tu ne l'aies pas battu jusqu'au sang.

– Ce n'est pas mon affaire, marmonna-t-il, et je ne tiens pas à m'en mêler.

– Pas ton affaire ? éructa-t-elle. Il a couché avec ta femme et ce n'est pas ton affaire ?

Cette fois, Jacob plongea dans sa Bronco, démarra et partit dans un buisson pour contourner la BMW. En quelques secondes, avant que Raoul ait trouvé le temps de réagir, il avait disparu.

– Le lâche ! gronda Val. Si je comprends bien, il ne t'a rien dit.

Raoul ouvrit la bouche, émit un son mais ne put articuler un mot.

– Ils ont couché ensemble, Raoul. Cette nuit, à Great Point. Quand il est rentré, j'ai senti l'odeur de Kayla sur lui. Et il l'a admis. Sans se faire prier. Il m'a dit tout simplement qu'il avait fait l'amour avec Kayla.

– Il mentait, souffla Raoul. Il voulait rompre alors il t'a raconté n'importe quoi. Tu lui fais peur, Val.

– Je te dis que j'ai reconnu son odeur à elle ! C'est ma meilleure amie. Elle porte *Coco,* de Chanel. Dès qu'il est rentré, j'ai pensé à elle parce que je sentais son parfum.

– Va-t'en ! s'écria-t-il. Dégage ta voiture de mon chemin et disparais !

Elle se remit à pleurer.

– On voulait la protéger. Je n'aurais pas cru qu'elle ferait une chose pareille alors qu'on voulait lui éviter d'apprendre la vérité.

– Val ! cria Raoul. Et puis merde !

Il démarra et, à son tour, écrasa le buisson pour contourner la BMW. Une fois qu'il se retrouva sur la route, il se sentit mieux. Mais comment faire le tri dans toutes ces nouvelles ? Et où aller ? Jacob faisant l'amour avec Kayla, sa femme ? La mère de ses enfants ? Évidemment que ce n'était qu'un mensonge, une accusation hystérique portée par une folle en pleine crise. Machinalement, il avait repris le chemin de la maison et s'efforçait de se rappeler chaque détail, chaque réaction de Kayla la nuit dernière. Elle pleurait, disait que sa vie était fichue ; et puis il y avait cette bretelle cassée, cette odeur caractéristique de marijuana. Et Jacob qui s'en allait, qui voulait quitter l'île aujourd'hui même, sans son chèque, qui filait tel un coupable fuyant la police.

Il s'arrêta devant la maison et entra en trombe dans la cuisine. Il y trouva Kayla, douchée, habillée et parfumée, en train de débarrasser le petit déjeuner.

– Où sont les enfants ? demanda-t-il.

– Theo est toujours dans sa chambre. Jennifer se prépare pour partir à la plage. Cass et Luke sont dehors. Le téléphone n'a pas arrêté de sonner.

Il la regarda rincer la dernière assiette et la déposer dans le lave-vaisselle. Elle ôta ses gants de caoutchouc. Raoul tremblait.

– Viens, je t'emmène faire un tour, dit-il.

Elle se tourna, le regarda, vit son expression et comprit. Elle savait qu'il savait. En dix-neuf ans de mariage, on n'avait plus besoin de mots.

Les yeux brûlants de larmes, Raoul prit les clefs du 4x4 et de la Jeep – il ne voulait pas laisser Theo s'en aller – et entraîna Kayla vers la Chevrolet. Jacob et sa femme. Il était dégoûté. Elle l'avait laissé la toucher. Il n'en revenait pas. Pas Kayla. Voilà dix-neuf ans qu'ils étaient mariés, bon an mal an, et, jamais, il n'avait douté de sa fidélité. En fait, c'était plutôt l'inverse. En général, elle avait tendance à se méfier des femmes qui lui tournaient autour. Mais, jamais, il n'avait fait le moindre accroc à son contrat. Même si, à Sconset, une cliente, Pamela Ely, l'avait poursuivi de ses assiduités. Elle se mettait sur son balcon pour bronzer et dénouait son soutien gorge devant toute l'équipe du chantier; ses hommes en devenaient fous. *C'est toi qu'elle veut, cette bonne femme.* Un soir, elle attendit qu'il se retrouve seul pour venir le voir sous le prétexte de lancer d'autres travaux – dans sa chambre à coucher. Toujours en bikini, elle lui offrit une bière et le précéda dans l'escalier, ondulant de la croupe sous ses yeux. Il pouvait la sauter à tout instant, elle n'attendait que ça. Ils se retrouvèrent tous deux sous un trou dans le plafond qu'elle prétendait perpétré par son ex-mari. Mais il se contenta de lui donner une estimation du coût des travaux. Puis il vida sa bouteille de bière et rentra chez lui. Pamela Ely était sans doute une femme séduisante mais une autre femme, infiniment plus séduisante, l'attendait à la maison.

À côté de lui, Kayla ne disait rien. Ils roulèrent ainsi le long de chemins de terre jusqu'à se retrouver sur une plage déserte entre Nobadeer et Madequecham. Raoul ne savait pas si elle s'en souviendrait, mais c'était là qu'ils avaient fait l'amour l'été de leur rencontre. Elle était très mince, alors, et nue sous son corsaire. Elle avait les cheveux de Farrah Fawcett, écoutait Earth Wind & Fire. À leur premier rendez-vous, ils avaient pique-niqué autour de sandwichs au fromage et de chips qu'elle lui avait apportés sur son lieu de travail. Elle aimait quand il jetait des miettes de pain aux mouettes. Au cours de ces premières semaines il ne lui téléphona pas souvent et, de temps à autre, lorsqu'il lui disait qu'il voulait la retrouver dans un bar, il finissait par rester chez lui. Pourtant, l'impensable se produisit. Il tomba amoureux. Alors, il l'amena sur cette plage, lui ôta son corsaire et lui fit l'amour sur une minuscule serviette de bain. Ensuite, ils sautèrent dans les vagues et se débarrassèrent du sable qui leur collait à la peau.

Cela semblait idyllique, trop beau pour être vrai, et ce fut pour cela qu'il s'en souvint. L'été s'acheva, Kayla décida de rester, et ils emménagèrent ensemble dans une vieille villa brinquebalante à Sconset où ils ne disposaient que d'une cheminée pour tout chauffage. Kayla coupait du bois tous les après-midi et ils mangeaient, dormaient, faisaient l'amour et regardaient la télévision devant l'âtre. De temps à autre, ils s'aventuraient en ville, au théâtre, ou au cinéma, où il faisait si froid que Kayla apportait du vin chaud et qu'ils en sortaient fin saouls. Cet hiver avec Kayla avait été fait d'amour et de rires, de confiance et de simplicité. Le 2 avril, alors que les premières jonquilles s'épanouissaient, il la demanda en mariage.

Tout se passa très vite. Ils se marièrent en juin et Theo naquit dix mois plus tard. Depuis, ils avaient eu droit aux dures réalités de la vie quotidienne : couches, emprunts, création d'une entreprise, réunions scolaires, varicelle, gros contrats manqués, gros contrats obtenus. Et puis ce week-end.

Raoul coupa le moteur.

– Je vais te poser une question et je te demande la vérité. Il faut que j'entende la vérité de ta bouche. Est-ce que tu as…

Il ne savait comment formuler sa phrase.

– Est-ce que tu as fait l'amour avec Jacob cette nuit ?

– Je vais t'expliquer…

– Non ! Non. Je ne te demande pas d'explication. Juste oui ou non. As-tu couché avec Jacob ?

Silence.

Raoul était tellement furieux qu'il l'aurait giflée. Mais il se rabattit sur son volant et frappa le klaxon sans le vouloir, dérangeant au passage une colonie de mouettes qui s'envolèrent dans tous les sens.

– Oui.

Il sortit ses clefs de contact et les mit dans la poche de son jean, descendit de la camionnette, enleva ses chaussures et se mit à courir pieds nus sur la plage. Il courut aussi vite et aussi longtemps qu'il put, sur le sable mouillé, sur les galets, sur les éclats de coquillages, et ne s'arrêta qu'à bout de souffle.

Il était seul sur la plage et la Chevrolet ne lui apparaissait plus que comme une tache rouge dans le lointain. Il avait chaud et soif. Son mal de crâne était revenu. Si seulement il pouvait s'enfuir, comme Jacob, changer de vie du jour au lendemain… Mais il avait trop investi pour pouvoir tout lâcher sur un coup de tête : ses enfants, sa maison, son entreprise, son travail.

Lentement, il rentra vers sa camionnette. Et sa femme.

À son grand étonnement, il ne la trouva pas en larmes. Elle était restée assise à sa place, la tête appuyée contre la portière, les yeux clos. Elle paraissait tranquille mais il doutait qu'elle dormît. Il dut se retenir de la gifler et la prit par le bras.

Elle sursauta, se cogna la tête. Quand elle le vit, ses yeux s'emplirent de larmes.

– Comment l'as-tu su ?

Il se tourna vers les vagues qui se rapprochaient insensiblement de la voiture. Il avait soif.

– C'est Val qui me l'a dit.

– Val ?

– Jacob le lui a avoué cette nuit et elle est venue au chantier pour me le rapporter.

– Ainsi, elle est au courant.

– Oui. Tu veux m'expliquer ce qui s'est passé ?

Alors, Kayla lui raconta toute l'histoire. D'abord John Gluckstern et la fille d'Antoinette, Lindsey. Puis Val qui retournait sa veste pour se tirer d'affaire et remettait à la police les calmants de son amie. Ensuite comment elle-même s'était rendue chez Val pour la mettre au pied du mur, comment Val avait froidement avoué avoir orienté la police sur elle parce que Kayla n'était qu'une femme au foyer qui ne risquait pas grand-chose à se voir accusée.

– J'étais tellement furax que j'aurais pu la tuer. Et toi aussi. Parce que vous saviez pour Theo et Antoinette et que vous ne m'avez rien dit. J'étais folle de rage et Jacob se trouvait là. Avec lui, je me vengeais de vous deux à la fois. Je suis désolée.

– C'est trop facile ! Jacob t'a baisée.

Il n'avait pas voulu se montrer grossier mais les mots étaient sortis tout seuls. Il avait soif.

– Quelle trahison.

– Ah… Comme si tu ne l'avais pas fait avant moi !

– Pas du tout. Et tu peux me croire, en ce moment je serais trop content de pouvoir te dire que j'ai baisé Pam Ely, mais je ne l'ai pas fait. Parce que je suis marié. Pour moi, le mariage ça compte, Kayla. Du moins, ça comptait jusqu'ici.

Elle ne répondit pas tout de suite. Il vit plusieurs questions se refléter sur son visage. *Tu n'as pas couché avec Pamela Ely ?* Doute, puis soulagement, bonheur presque. Puis remords et agressivité.

– Tu m'as menti, Raoul. À propos de Theo.

Il se rappelait la soirée au Company of the Cauldron, alors qu'il transpirait dans son blazer bleu marine, incapable de partager son secret. Ce soir-là, il avait choisi la solution de facilité.

– Je voulais te protéger.

– Et voilà où ça nous a menés. Theo avait une liaison avec Antoinette et l'a mise enceinte. Il a saccagé sa maison. Antoinette est peut-être morte et je me retrouve suspecte. Tu ne crois pas qu'il y a de quoi se ficher en pétard ?

– Personne ne croira une telle chose, Kayla.

– Tout le monde le croira ! J'ai entendu les messages que les gens laissaient sur le répondeur, à la maison. Je sais qu'il y a déjà un article dans le journal.

– La police n'a aucune preuve.

– Ils ont tout ce qu'il leur faut : les médicaments, les flûtes à champagne, les appels téléphoniques retardés. J'aurais dû avertir la police immédiatement.

– Ça, je te l'avais bien dit. Mais il y a encore autre chose que tu devrais savoir. Theo a pulvérisé le salon des Ting à coups de hache.

– J'ai vu une hachette dans la Jeep.

Tous deux se turent un instant, les yeux rivés sur les vagues qui s'acharnaient avec violence sur la petite plage.

– Où est Antoinette ? demanda Raoul.

– Si je le savais… Tu te rends compte qu'elle portait notre petit-enfant ?

Il ne détachait pas son regard de la mer mais ne voyait que les taches de rousseur sur le nez de Kayla l'été de leur rencontre, les bretelles blanches de son maillot de bain qui se croisaient dans son dos. Tout d'un coup, il eut la nausée.

– Jamais je ne te pardonnerai cette histoire avec Jacob. C'est sans doute macho de ma part, ou sentimental, mais je ne peux pas supporter l'idée qu'il se soit immiscé entre nous. Je crois qu'il faut qu'on se sépare.

Il n'osa tout de même pas prononcer le mot *divorce*. Selon lui, ce genre de chose n'arrivait qu'aux autres – aux gens qui acceptaient de baisser les bras, de s'en aller, de tenter leur chance ailleurs.

– Je ne peux pas t'en vouloir, murmura-t-elle.

Elle se cacha le visage dans les mains :

– J'ai tout gâché. Je viens de passer deux jours abominables et voilà que je provoque ce désastre. Je voulais être aussi méchante, aussi nulle que tout le monde.

– Tu as réussi. Il va me falloir du temps pour réfléchir à notre situation. Seul.

– Tu veux que je m'en aille ?

– Non. Enfin, oui. Peut-être. Tiens, si tu prenais des vacances...

– Je ne mérite pas de vacances. C'est toi qui devrais en prendre.

– J'ai le chantier.

– Je ne veux pas m'en aller.

– On n'est pas obligés de décider tout de suite. On n'a qu'à rentrer, maintenant.

Comme s'il avait des chances de trouver davantage de solutions une fois à la maison.

– Et puis notre fils nous attend, ajouta-t-il.

À peine arrivée, Kayla monta droit dans la chambre de Theo. Raoul alla se servir un grand verre d'eau et trouva Luke et Cassidy dans le salon, plantés devant la télévision, béats devant une émission sur les montgolfières.

– Où est Jennifer ? demanda-t-il.

– À la plage, dit Luke.

– Personne n'a téléphoné ?

– Si, maugréa Cassidy, mais on n'a pas répondu.

– Merci. Vous pouvez aller jouer dehors, tous les deux.

– C'est obligé ?

– Oui.

À contrecœur, ils se levèrent et Raoul éteignit le poste. La voix de Kayla retentit dans l'escalier :

– Les enfants ! Où est Theo ?

Luke et Cassidy ne parurent pas se troubler. Luke grattait une piqûre de moustique tandis que son père jetait un coup d'œil devant le garage. Toutes les voitures étaient là.

– Où est-il ? demanda-t-il.

– Il est parti au commissariat, répondit paisiblement Luke.

– Au commissariat ?

– Il leur a téléphoné, dit Cassidy Alors ils sont venus le chercher.

– C'est lui qui les a appelés ? Vous êtes sûrs ?

Cassidy porta l'index sur sa joue comme s'il lui fallait se concentrer pour retrouver la mémoire.

– Il les a appelés pour voir s'ils avaient retrouvé tante Antoinette. Comme ils ont dit non, il leur a demandé de venir le chercher. Parce qu'il avait des choses à leur raconter.

– Ils n'avaient pas mis leurs lumières qui tournaient, précisa Luke.

Kayla descendit, pâle comme une morte.

– Dehors, tous les deux ! ordonna-t-elle. Je viens dans une minute vous lancer le Frisbee.

– J'en ai marre du Frisbee, ronchonna Luke.

Néanmoins, il suivit sa sœur dans le jardin.

– Je vais chercher Theo, dit Raoul. Je vais voir ce qui se passe.

– Merci. Je ne pourrais plus supporter de répondre encore à cet inspecteur.

Le portable de Raoul sonna. L'appareil était resté sur la table basse. Tous deux le regardèrent.

– Laisse, dit-il. J'y vais.

Au début, l'agent derrière sa vitre ne voulut pas dire à Raoul si Theo était là.

– Écoutez, je suis son père. Sur quel ton faut-il vous le dire ? Vous ne demandez pas un pot-de-vin, quand même ?

Il glissa quelques billets sous la vitre.

– Tenez, prenez ça. C'est à vous si je peux voir mon fils.

L'agent considéra les billets d'un regard dédaigneux, s'arrêta de remplir ses paperasses, passa la main sur sa chemise pour la lisser et disparut derrière une porte.

Poussant un soupir de lassitude, Raoul regarda autour de lui. L'endroit était sinistre. Ils devraient reconsidérer les lieux, ajouter des fenêtres. Une lourde porte s'ouvrit et Paul Henry passa la tête dans la salle d'attente.

– Raoul ? Suivez-moi.

Celui-ci lui emboîta le pas dans un corridor qui sentait le médicament. À moins que ce ne soit l'eau de toilette de Paul Henry. Raoul regrettait d'avoir tellement bu cette nuit, et aussi d'avoir engagé Jacob Anderson. La seule évocation de ce garçon lui retournait l'estomac. *Jacob et ma femme. Theo, qu'as-tu fait ?*

Derrière une porte portant une plaque PRIVÉ, Theo était assis à une table et s'essuyait les yeux avec un mouchoir en papier. Quand il vit Raoul, il redoubla de pleurs. Son père fut gêné de le voir dans cet état, surtout devant d'autres hommes. *Du cran,* avait-il envie de lui dire. *Sois fort.* Mais ce n'était pas ainsi que Kayla et lui l'avaient élevé. Ils l'avaient toujours incité à exprimer ses sentiments. Raoul lui posa une main sur l'épaule.

– Ça va, bonhomme. Remets-toi.

– Tout est ma faute, gémit Theo.

Assis en face de lui, l'inspecteur Simpson était en train de prendre des notes. Il leva la tête, poussa ses lunettes sur son nez. C'était bien le type qui avait réprimandé Raoul pour avoir essuyé les traces de la Jeep devant la maison d'Antoinette, le type qui avait tourmenté Kayla. L'homme ne montrait pas un soupçon d'émotion, ou plutôt si, il paraissait intéressé par la tournure des événements. La journée avait été fructueuse pour lui.

– Qu'est-ce qui se passe ? demanda Raoul.

L'inspecteur s'adossa à son siège, se gratta la tête de son crayon.

– Theo vient de nous expliquer certaines choses.

– C'est-à-dire ?

– Il a reconnu avoir mis à sac la villa de Mme Riley, ainsi qu'un chantier situé à Monomoy, avec une hachette.

L'inspecteur laissa passer une pause, histoire sans doute de mesurer l'effet de ses paroles.

– Vous êtes au courant ? reprit-il. C'est votre chantier.

Raoul hocha la tête.

– Bon, continua l'inspecteur. L'un de vos ouvriers a téléphoné pour nous en avertir. Theo nous a également dit que Mme Riley était effectivement enceinte et qu'elle avait pris rendez-vous pour se faire avorter… mardi, c'est ça, Theo ? Mardi qui vient ?

Éclatant en sanglots, le jeune homme se cacha le visage dans les mains et, pendant quelques instants, les trois hommes le regardèrent pleurer. Raoul ferma les yeux et renforça son étreinte sur l'épaule de son fils.

L'inspecteur s'éclaircit la gorge.

– Theo nous a dit qu'il ne voulait pas que Mme Riley se fasse avorter ; il pense qu'elle a pu disparaître à dessein – pour mener à bien son projet sans risquer d'être dérangée.

– Elle voulait se débarrasser de moi, renchérit Theo. Parce qu'elle savait que je ferais n'importe quoi pour l'empêcher de tuer notre enfant.

Il regarda Raoul qui se souvint brusquement de lui tout petit. Dur, drôle. Rien ne lui faisait peur. À un an, il s'asseyait dans son coffre à jouets et faisait mine de ramer. Lorsqu'il apprit à parler, il ne cessa de répéter les mots nouveaux et passa même une semaine à ne rien dire d'autre que « monte-charge ». En tant qu'aîné, il avait permis à Raoul de devenir un père accompli. C'était lui qui essuyait les plâtres. Encore maintenant.

– Theo désire que nous l'arrêtions, dit calmement Paul Henry. Il estime qu'il doit être puni.

– Je voudrais être mort, souffla le jeune homme.

Raoul lui serra de nouveau les épaules. Une autre nausée lui monta presque jusqu'à la bouche, accompagnée d'un violent sentiment de honte. Il allait vomir.

– Est-il en état d'arrestation ?

– Non, soupira Paul Henry. En fait, je crois que vous devriez le ramener chez vous. Nous nous occuperons plus tard de cette histoire de vandalisme.

Theo se remit à pleurer.

– Ils ne veulent même plus la chercher, papa. Ils ont tout abandonné.

– Si, mon gars, dit Paul Henry. Nous la cherchons encore.

– Les plongeurs retournent sur les lieux cet après-midi, indiqua l'inspecteur.

– Mais elle n'est pas dans la mer ! explosa Theo en se levant d'un bond. Je sais qu'elle n'y est pas. Elle n'est pas morte, et mon enfant non plus !

Raoul avait reculé ; les deux policiers ne réagirent pas, cependant l'inspecteur se crispa, comme s'il réprimait un sourire.

– Vous trouvez ça drôle ? s'exclama Raoul. Vous avez devant vous un gamin de dix-huit ans qui pleure une femme enceinte de son enfant et ça vous amuse ?

L'inspecteur pouffa puis éclata de rire. Paul Henry voulut intervenir mais ne put retenir Raoul à temps. C'en était trop. Un beau matin il s'éveillait en apprenant que son épouse l'avait trompé, que son fils avait saccagé son lieu de travail et que l'île entière prenait Kayla pour une meurtrière. Il sauta par-dessus la table, prit l'inspecteur par la peau du cou et l'aplatit contre le mur, ses lunettes de travers. Il le retint une bonne minute, sans rien dire, avant de le frapper de toutes ses forces décuplées par la rage. Le visage blême du policier parut s'ouvrir comme un fruit mûr, et le sang gicla. Cette fois, Raoul n'eut pas le temps de lui remettre une droite, une nuée d'agents s'abattait sur lui et il se retrouva plaqué sur la table, les mains dans le dos. Des cris, des exclamations, et les menottes se refermaient sur ses poignets.

Il souleva la tête, le temps d'apercevoir Theo qui le considérait avec une incrédulité mêlée d'admiration. Alors, Raoul lui sourit. Il avait beau être hors de lui, il voyait dans toute cette scène un exemple percutant de ce qu'il ne fallait pas faire. La leçon devrait au moins servir à son éducation.

En attendant, l'inspecteur Simpson n'avait que ce qu'il méritait.

Theo rendit son sourire à son père. *Merci,* parut-il articuler à voix basse. *Merci.*

Raoul resta de longues heures enfermé dans la cellule. Du moins ce qui lui parut des heures. Il vomit enfin dans les toilettes et s'allongea sur le lit de camp où il se laissa dériver vers le sommeil. Il se revoyait frapper l'inspecteur, encore et encore, et se demandait ce qui allait lui arriver. Cela le mènerait-il au procès ? Sans doute. Ce tocard ne manquerait pas de l'inculper de tous les crimes de la terre ; son nom apparaîtrait dans les faits divers de tous les journaux. Il était pris dans la spirale descendante. Où cela s'arrêterait-il, désormais ?

Ce fut la voix de Kayla qui le tira de sa torpeur.

– Raoul ?

Il leva la tête du matelas qui avait dû recevoir les corps de dizaines d'ivrognes. Sa femme se tenait derrière les barreaux, ses cheveux brillant dans la maigre lueur du corridor.

– Viens, dit-elle, on s'en va.

Raoul signa les papiers à la réception. Kayla avait dû verser cent cinq dollars pour le tirer de sa cellule ; il devrait se présenter au tribunal dans six semaines et, en attendant, se trouver un avocat. Ils allaient quitter le commissariat lorsqu'ils virent apparaître l'inspecteur derrière la vitre, le nez enflé à en devenir clownesque, l'œil au beurre noir. Il tendit un doigt vers Raoul et déclara d'une voix éraillée :

– Vous allez me le payer !

– On se sent plus en sécurité derrière sa vitre ? railla Raoul.

Le policier lui adressa un sourire méprisant et se passa une main sur le visage, comme s'il ne se reconnaissait plus.

– Vous faites la paire, tous les deux !

*
* *

– Je suis désolé, dit Raoul en grimpant dans le 4x4. J'ai perdu la tête. Ce n'était pas le moment.

– Tu as bien fait de lui mettre ton poing sur la figure ! Je ne peux pas le voir, ce type.

– Malheureusement, ça risque de nous coûter cher. Il faut déjà que je prenne un avocat.

– Tu en auras besoin.

Il remarqua qu'elle avait dit « tu », pas « nous ».

– Tu veux qu'on aille chercher une pizza ? proposa-t-il. Pour les enfants ?

– D'accord. Theo ne veut rien manger. Il est retourné s'enfermer dans sa chambre. Jennifer est toujours à la plage. Mais Cass et Luke en prendront. Et moi aussi.

– Et moi donc !

Il avait l'estomac vide. L'idée du fromage fondu sur une bonne pâte épaisse et croustillante lui mit l'eau à la bouche. Et puis, dans les circonstances présentes, cette perspective en devenait presque surréaliste : Kayla rentrant à la maison avec une bonne pizza bien chaude. Ils allaient pouvoir distraire les enfants avant que le ciel ne leur tombe sur la tête.

En attendant que sa femme récupère sa commande, il resta dans la voiture et tâcha de faire le point : demain était un jour férié mais il irait quand même jeter un coup d'œil au chantier. Ne serait-ce que pour commencer à réparer les dégâts. Quant à l'avocat, il attendrait bien lundi. Jusque-là, c'était Valerie qui s'occupait de toutes leurs affaires juridiques ; maintenant, évidemment, c'était fini. De toute façon, le pénal n'était pas son domaine. Le cœur de Raoul se glaça. Son fils était accusé de vandalisme, sa femme soupçonnée de meurtre et lui inculpé de coups et blessures.

Kayla ouvrit sa portière d'un geste brusque en reniflant.

– Je viens de rencontrer Marty Robbins, annonça-t-elle. Tu sais, le patron de Theo ? Il a lu le journal et m'a demandé si j'avais empoisonné mon amie.

Elle tendit la boîte brûlante à Raoul et une bonne odeur de pizza se répandit dans la voiture. Il crut que son estomac allait crier famine. Kayla claqua sa portière.

– Tout le monde est au courant, Raoul.

– Si on veut. Ils savent ce qu'ils ont lu, point. Mais au fond, personne ne peut dire ce qui s'est passé.

– Peu importe ! Les gens ne pensent qu'à ça dans toute l'île. Tu sais ce que c'est, il arrive quelque chose à quelqu'un et on ne peut plus faire un pas dans la rue sans en entendre parler. On finit par apprendre les détails les plus sordides sur la vie de quelqu'un qu'on connaît à peine. Et ce quelqu'un, c'est moi. Tous les potins tournent autour de moi.

– C'est pour ça que tu ferais mieux de partir en vacances.

– Pour que les gens disent que je prends la fuite ? Ou que tu m'as flanquée à la porte ?

– Personne ne dira ça, Kayla. D'ici à deux semaines, nous serons les seuls à nous souvenir de cette histoire.

– Ma vie est fichue.

– Et la mienne ne s'annonce pas vraiment plus rose.

Cela la fit pleurer. Elle pleura jusqu'à ce qu'ils arrivent chez eux. Raoul emporta la boîte de pizza encore brûlante. À sa grande honte, il devait reconnaître qu'il était content de voir Kayla dans cet état. Luke et Cass jouaient aux petits chevaux dans la cuisine. Raoul entendit de la musique dans la chambre de Theo.

– J'ai apporté de la pizza, annonça-t-il. Cassidy, tu veux sortir les assiettes, s'il te plaît ?

Les enfants ne bougèrent pas d'un pouce. Ils venaient de voir entrer leur mère en larmes. Elle tira une serviette en papier et se moucha puis la jeta dans la poubelle. Cassidy regarda Raoul.

– Qu'est-ce qu'elle a, maman ?

Le temps qu'il trouve une réponse qui tienne debout, Luke l'avait devancé :

– Elle a tué tante Antoinette.

– Luke ! s'exclama Raoul.

Il prit son fils par le bras et l'entraîna dans le salon pour lui parler tranquillement :

– Où est-ce que tu es allé pêcher cette ânerie ? Qui t'a dit ça ?

L'enfant soutint le regard de son père. Il savait qu'il pouvait lui dire bien des choses, privilège des benjamins. Alors, il finit par expliquer avec beaucoup de sérieux :

– Tu nous as dit de ne pas répondre au téléphone, mais on a entendu les messages.

La lumière rouge du répondeur clignotait rageusement. Dix-sept messages.

– Que disent les gens ?

L'enfant croisa les bras :

– Qu'ils ont appris que maman avait des ennuis parce qu'elle avait tué tante Antoinette. Et il y a un monsieur qui l'a traitée de lesbienne.

– Bon, tu vas manger ta pizza. Immédiatement !

Luke retourna dans la cuisine et Raoul se sentit pris d'une sorte de vertige. Il mourait de faim, pourtant, il baissa le volume du répondeur et écouta – cinq ou six personnes avaient raccroché, mais ce que disaient les autres fit monter en lui une véritable terreur. Ed Ogilvy, de l'*Inquirer and Mirror*, sollicitait une déclaration officielle de Kayla. Joyce Shanahan, Fran Dunleavy, Denise Grover – toutes amies de Kayla – téléphonaient pour réclamer des éclaircissements. Le journal disait-il vrai ? Kent van Bonner, le conseiller d'orientation du lycée, venait d'apprendre que Theo avait été inculpé de vol avec effraction – première nouvelle. Quelques voix inconnues clamaient que Kayla devrait être en prison. Le pasteur de leur église, Albert Froman, voulait savoir s'il pouvait faire quelque chose pour eux. Quant à John Gluckstern, il n'avait pas appelé moins de trois fois – de plus en plus menaçant – pour traiter Kayla de trafiquante, de lesbienne, de complice de meurtre. Raoul effaça le tout puis se prit la tête entre les mains, écoutant le bruit de sa propre respiration.

– Tout le monde est au courant.

La pièce était plongée dans l'obscurité mais Raoul devina Kayla appuyée au dossier du canapé. Depuis combien de temps se tenait-elle là ?

– Ils tirent les pires conclusions parce qu'ils nous croient capables du pire. Voilà des années que tous ces gens, sur l'île, cherchaient une bonne raison de nous haïr.

– Non, Kayla. Nous sommes des gens bien.

– C'est pour ça qu'ils nous haïssent. Parce qu'on est trop bien pour eux, parce qu'on a de la chance.

– On dirait qu'elle vient de nous tourner le dos, la chance.

*
* *

Cassidy et Luke montèrent dans leurs chambres sans bain ni télévision, trop estomaqués pour protester. Raoul et Kayla finirent la pizza en silence. En rentrant, Jennifer claqua la porte si violemment que les murs de la maison en tremblèrent. Raoul se leva :

– Qu'est-ce qui te prend ?

Elle avait la peau toute bronzée, sa queue-de-cheval collante d'eau salée et les jambes pleines de sable. Raoul regarda la pendule. Il était presque 21 heures.

– J'ai entendu ce qui s'était passé, dit-elle.

Elle foudroya ses parents du regard :

– C'est dégoûtant.

Ils attendirent la suite mais elle n'ajouta rien. Raoul s'éclaircit la gorge.

– Qu'est-ce que tu as entendu, au juste ?

– Que Theo et tante Antoinette couchaient ensemble ! Et que maman avait empoisonné tante Antoinette pour qu'elle se noie ! Qu'est-ce qui se passe, dans cette famille ?

Kayla enleva la boîte à pizza de la table.

– Tu as dîné ?

Jennifer écarquilla les yeux :

– Pardon ?

– Si tu as faim, tu peux te faire un sandwich. On a fini la pizza. Désolée.

Kayla ouvrit un placard, sortit une boîte de conserve.

– Ah oui, il y a aussi de la soupe, mais ça fait cent cinquante calories. Ça n'ira pas, je suppose ?

– Maman, c'est vrai ?

– Oui, absolument. Tout est vrai.

– Kayla ! marmonna Raoul d'un ton de reproche.

Ils auraient dû convenir d'une version à présenter aux enfants.

– Il faudrait peut-être expliquer…

– Quoi ? s'emporta Kayla.

Elle se retourna vers lui, le regard vide.

– Comment veux-tu qu'on explique ce qui s'est passé ce week-end ?

– Attendez, intervint Jennifer en lâchant son sac de plage. Donc, Theo a fait l'amour avec tante Antoinette ? C'est dégueulasse ! Elle a le double de son âge.

– Le triple, rétorqua Kayla.

– Ça ne regarde que ton frère, gronda Raoul. Qui t'a raconté tout ça ?

– Tout le monde en parle.

Jennifer porta la main à son front, comme pour mimer un geste de détresse mais son père comprit qu'elle ne jouait pas la comédie.

– Qu'est-ce que je vais devenir ? demanda-t-elle. Je ferais mieux de quitter cette maison.

– Bonne idée ! s'écria Kayla. À ta place, moi non plus je ne supporterais pas de vivre avec des gens comme nous.

– Tu vas aller en prison ?

– Personne ne va nulle part, intervint Raoul. Sauf au lit.

– Je peux dormir chez Amy ?

– Non, dit Raoul.

– Oui, dit Kayla.

– Non, reprit Raoul.

Il voulait que ses enfants restent tous à la maison, sous son toit, où rien ne pourrait plus leur arriver.

– Laisse-la, Raoul, dit Kayla. Si mademoiselle ne veut pas dormir ici, on ne peut pas la forcer.

Jennifer se radoucit.

– Merci, maman.

Elle alla l'embrasser.

– Je suis sûre que tu n'as pas tué tante Antoinette. N'est-ce pas ?

Kayla secoua la tête. Elle s'était remise à pleurer.

Jennifer jeta un regard gêné vers son père, comme si elle-même était au bord des larmes, mais reprit son sac et disparut dans la nuit.

– Là, tu vois ! hoqueta Kayla. Notre propre fille !

Raoul croyait que Kayla allait proposer de descendre coucher dans le canapé du salon mais elle se mit au lit et s'endormit presque aussitôt. Il se demanda s'il n'allait pas s'installer lui-même en bas, en faisant mine de s'être assoupi devant la télé, histoire de donner le change aux enfants. En fin de compte, il s'avisa qu'il n'avait pas envie de rester dans la maison et alla se réfugier dans la camionnette. La lune était toujours pleine, immaculée comme une perle. Il songea à démarrer, à partir, n'importe où, mais il était trop fatigué ; alors il rabattit son siège, examina toutes les mauvaises nouvelles de la journée et sombra dans un sommeil peuplé d'angoisses et de démons.

Ce fut son portable qui le réveilla, le lendemain matin. Il le sortit de sa poche en tâchant de rassembler ses idées. Il avait des crampes plein les jambes, le dos en marmelade et une énorme question lui revint immédiatement à l'esprit : que faire avec Kayla ? Il fallait qu'elle s'en aille, au moins pour un moment. Il pourrait alors respirer un peu, réfléchir sans l'avoir constamment sous les yeux. *Je t'en prie pardonne-moi, tout le monde me déteste, j'ai tout gâché.* Raoul devait cependant admettre qu'il ne la voyait pas s'en aller en vacances toute seule, sans les enfants. Il ne pouvait se la représenter nulle part ailleurs que dans leur foyer.

Il sortit son téléphone. Le soleil n'était pas encore très haut dans le ciel et personne, dans la maison, ne semblait avoir encore bougé. Tant mieux. Il n'avait aucune envie de se faire surprendre à dormir dans la camionnette ; d'aucuns risqueraient d'en faire encore leurs gorges chaudes.

– Allô ?

– Monsieur Montero ?

Il regretta de n'avoir pas regardé l'heure. La seule personne au monde qui l'appelât « Monsieur Montero » sur son portable était Pierre Ting.

– Bonjour, Pierre.

– Monsieur Montero, nous avons un problème.

La voix semblait lointaine et quelque peu empruntée. Mais l'homme voyageait tellement qu'on ne pouvait jamais prévoir où il se trouvait.

– Quel genre de problème ?

– Mon nom dans le journal, associé à la disparition de cette femme. En outre, je suis devant les murs en miettes de mon salon. Il paraît que c'est l'œuvre de votre fils. Que se passe-t-il, monsieur Montero ?

– Vous êtes ici ?

Pour une fois que Ting venait sur le chantier, lui qui n'y avait encore jamais mis les pieds ! Si bien que Raoul avait demandé à Micky de prendre quelques photos pour les lui envoyer par e-mail au fur et à mesure de l'avancement des travaux.

– Mon avion a atterri cette nuit et, depuis, je n'apprends que de mauvaises nouvelles.

– D'accord, j'arrive. Donnez-moi cinq…

– Pas la peine. Je vous remplace. Vous êtes viré.

– Attendez ! Pierre, je vous en prie !

Au bout du fil, c'était déjà le silence. Que dire ? Raoul était un adulte qui venait de passer la nuit dans sa camionnette. Il ouvrit sa boîte à gants, fouilla parmi les pièces de monnaie, les clefs des Doyle, dont il avait achevé la maison en mai, la boîte d'aspirine, dont il reprendrait quelques comprimés dès qu'il en aurait fini avec cette communication.

– Pierre, vous ne pouvez pas me renvoyer. Nous avons un contrat.

– Eh bien, je le romps. Je paierai ce que je vous dois pour le travail que vous avez exécuté jusqu'ici, mais pas plus. J'engage quelqu'un d'autre.

Raoul entendait les pas de son client allant et venant sur le sol de la maison vide. Il se demanda si un seul membre de son équipe assistait à cet entretien. Et d'abord, qui avait appelé Ting pour l'avertir de ce qui se passait ? Sans doute Micky.

– Vous ne trouverez personne d'autre, rétorqua-t-il en espérant que c'était vrai. En outre, cette maison, c'est moi qui l'ai dessinée. Ces plans m'appartiennent. Aucun autre architecte ne voudra s'y atteler.

Ting éclata de rire.

– Nous verrons bien !

Raoul réprima ses pleurs en imaginant sa cathédrale dans d'autres mains, par exemple de ces aventuriers, fumeurs de crack qui s'envolaient tous les matins de Hyannis pour venir défigurer Nantucket.

– Je vous en prie, Pierre, ne faites pas ça !

– Vous voulez vous battre avec moi ?

– Non.

Il n'avait plus envie de se battre avec personne. Il ferma son téléphone et considéra la façade de sa maison dorée dans le soleil levant. Quelle nouvelle allait encore l'attendre à l'intérieur ? Aucune, sans doute. Une épouse qui le trompait, l'œuvre de sa vie en miettes. Il commençait à comprendre ce que pouvait ressentir Theo – le pan le plus important de son existence disparu, balayé, irrémédiablement.

THEO

Il ne trouva le courage de retourner au lycée que le vendredi suivant mais, trop tard, Sara Poncheau, qui avait fait le taxi tout l'été, s'était empressée de raconter à qui voulait l'entendre comment elle avait aperçu Theo chez Antoinette Riley. Par la suite, celui-ci eut vent de l'histoire : Mme Riley faisait souvent appel aux services de Sara et lui laissait de bons pourboires. Aussi la jeune fille s'était-elle intéressée à cette belle femme noire, qui roulait sur l'or et vivait dans les sous-bois de Polpis. Bizarre, quand même. Un vendredi après-midi, elle surprit Theo devant la porte d'entrée, apparemment en train d'attendre Mme Riley. Il la prit par le bras, comme si elle lui appartenait. D'où Sara conclut qu'ils devaient être amants. Elle eut tôt fait de le répéter à Gillian Bergey, sa meilleure amie ; le surlendemain, les journaux annonçaient la disparition de Mme Riley, mais aussi que la mère de Theo était plus ou moins impliquée. Sans doute voulait-elle couvrir les frasques de son fils. Theo ayant avoué deux actes de vandalisme, cela signifiait qu'il pouvait aussi bien avoir tué la victime, peut-être même l'avoir débitée à la hache avant d'enterrer les morceaux dans le bois. Et c'était sa mère qu'on accusait. Tout le monde savait que Theo était gâté pourri – d'abord une Jeep, puis ces flots d'argent de poche octroyés par son père qui gagnait des fortunes en construisant des demeures gigantesques pour des Chinois.

Oui, Theo était coupable de meurtre. Sinon, pourquoi aurait-il manqué ses trois premiers jours de cours ?

Ce fut Aaron qui lui rapporta ces rumeurs à la sortie du cours de maths ; Theo avait déjà eu toutes les peines du monde à se concentrer sur le tableau empli de signes cabalistiques. Dès que la cloche sonna Aaron l'entraîna dans une classe vide et lui raconta ce qui se murmurait sur son compte.

– Dis donc, il s'agit de la femme qu'on a vue à *l'Islander* ? La copine de ta mère ?

– Arrête, je ne veux pas en parler.

– Si je te demande ça c'est parce que je m'inquiète pour toi. Tu es mal, à cause de Gillian et ses copines. Elles prétendent que tu l'as *tuée*.

Sans répondre, Theo considéra cette classe vide et ses rangées de bureaux auxquelles il se sentait étranger, comme un imposteur dans son propre lycée. Il n'était plus chez lui nulle part. Aaron passa une main dans ses cheveux hérissés et déglutit avec une inquiétude mal dissimulée.

– C'est vrai ? Tu l'as tuée ?

Theo l'attrapa par le col de son tee-shirt et lui cria au visage :

– Mets-toi ça bien dans le crâne : elle n'est pas morte !

À l'heure du déjeuner, Theo se rendit compte que les autres élèves s'écartaient soigneusement de son chemin. Déjà, Mme Waverly, la prof de littérature, avait laissé échapper un petit rire nerveux en arrivant à son nom sur la liste d'appel – alors qu'elle le connaissait depuis la troisième. Et qu'elle l'aimait bien.

En fait, ils semblaient tous persuadés que Theo avait tué Antoinette. Et si ce n'était lui, c'était donc sa mère.

En tant qu'élève de terminale, il avait le droit de sortir du lycée pour le déjeuner. Ses petits camarades de base-ball (Aaron en tête) se précipitèrent vers la sortie en se donnant rendez-vous au snack de Surfside Beach. Personne ne lui proposa de venir. Sans doute était-ce le moment de faire un geste, de leur jeter un os à ronger, de leur servir un mensonge, n'importe quoi, sur Antoinette, sur sa mère ou sur ses exploits dévastateurs. Sauf qu'il n'en avait aucune envie.

Le cœur gros, il alla s'asseoir seul à la cafétéria, avec le sandwich que sa mère lui avait préparé envers et contre tout. Parmi les filles de troisième, sa sœur Jennifer faisait elle-même semblant de ne pas le voir. L'année précédente, pourtant, toutes ses amies étaient gagas de lui ; maintenant, elles le prenaient pour un malade. Les yeux humides, il regarda ses camarades se fondre à travers ses larmes. Toute sa vie qui disparaissait.

Il ne pouvait rien avaler. Rangeant son casse-croûte, il sortit de la cafétéria, grimpa dans la Jeep et démarra.

Il se retrouva bientôt aux abords de la maison d'Antoinette. La voiture de police était partie mais le ruban jaune de sécurité entourait encore la villa. Theo cassa les scellés et ouvrit la porte. Tout restait à peu près dans l'état où il l'avait laissé – les livres éparpillés sur le sol, parmi les coussins, les bougies cassées et les bouteilles. Il en prit une par le col et se dirigea vers la cuisine. Une serviette en papier était accrochée au réfrigérateur par un aimant. On y avait écrit en bleu : *L., Cape Air, midi, sam.* Il comprit subitement que c'était l'heure d'arrivée de la fille d'Antoinette. Lindsey. Sa mère avait-elle vraiment l'intention d'aller la chercher ou n'était-ce qu'un leurre ? Du moment qu'on n'avait pas retrouvé le corps d'Antoinette, il sentait ses soupçons se confirmer : elle avait manigancé de disparaître pour un bon moment au cours de la Nuit des Sirènes. Mais cette serviette ? Cela l'intriguait quand même. Il la plia soigneusement et la glissa dans la poche de son jean.

Il parcourut la villa, palpant tous les objets qu'elle aurait pu toucher, les interrupteurs des lampes, les poignées des portes. Il avait jeté ses vêtements en tas sur le lit et les retrouvait tels quels, jeans, robes et tee-shirt noirs. Il enfouit le visage dans une chemise à la recherche de son odeur mais ne parvint pas à l'identifier. L'étoffe sentait plutôt l'assouplissant. Alors il débarrassa le lit, l'ouvrit, s'allongea sur ces draps où ils avaient fait l'amour mais, là non plus, ni trace ni odeur, pas même un cheveu pour rappeler qu'il avait dormi dedans avec elle, qu'ils y avaient conçu un enfant. Tout était nettoyé, net, impersonnel.

Dans la salle de bains, les innombrables pilules rangées par petits tas multicolores accrochèrent son regard. Puis il aperçut son propre reflet dans la glace. À faire pleurer, une vraie mine de déterré, poches sous les yeux, lèvres crevassées, cheveux hirsutes. Le message sur cette serviette en papier ne menait qu'à une fausse piste ; comme si Antoinette avait laissé un dernier message : *je serai là samedi. Je te retrouverai à midi !*

Et puis elle s'était noyée.

À moins que tout ça n'ait été qu'une mise en scène. Façon Antoinette.

Il aurait préféré lire : *J'aime Theo Montero et j'aime notre bébé. Ou bien : Viens me retrouver à Newport, sam. midi, et nous nous enfuirons ensemble. Ou encore : Je pense à toi, Theo.* Ne serait-ce que ça. Que croyait-elle ? Qu'il allait oublier en un clin d'œil leur histoire d'amour et leur enfant ? Il n'avait que dix-huit ans et déjà son cœur n'était plus qu'un champ de bataille dévasté.

À côté de lui, les pilules semblaient clignoter, l'appeler. *Prends-les. Avale-les toutes.* Ce serait si bon de dormir enfin.

Alors qu'il en saisissait une, il aperçut le coquillage, posé sur le réservoir des toilettes. Voilà ce qu'il cherchait. Un souvenir de lui dans cette maison. Il le prit entre ses mains comme un petit animal, baisa sa coque fraîche et lisse, la porta à son oreille pour écouter la mer.

Pour une fois, il trouva ses deux parents à la maison en pleine journée. Son père avait perdu le contrat Ting mais tint à préciser que Theo n'y était pour rien. Tout le mal venait de l'article dans le journal, des scandaleuses allégations de l'inspecteur. Il était quand même retourné sur le chantier pour y récupérer ses affaires et renvoyer deux hommes de son équipe, Mickey et Carter, afin de limiter les dégâts, disait-il. La Montero avait encore du travail pour trente mois, auprès de clients trop contents de disposer d'un entrepreneur de confiance pour se laisser décourager par le fallacieux prétexte d'une vague accusation de meurtre. En fait, il n'était pas mécontent de se voir débarrassé du chantier Ting, cette ridicule demeure, cette cathédrale.

Cependant, le père de Theo n'avait encore rien mis en route du tout. Il avait passé le reste de la matinée à se chercher un avocat. Sa mère n'était pas sortie faire de courses car elle craignait de rencontrer des gens qui la reconnaîtraient.

– Ils me prennent tous pour une meurtrière. À commencer par mes propres enfants.

Sauf Theo. Il avait envie de se jeter dans ses bras en lui disant : *C'est ma faute, c'est à cause de moi*. Pourtant ses parents ne songeaient qu'à le protéger, de toutes leurs forces. Il ne serait même pas poursuivi pour vandalisme. Il se tirait sain et sauf de l'affaire. À part les racontars de Sara Poncheau. Mais, maintenant qu'il y pensait, il ne voyait plus d'inconvénient à ce que cette peste ait révélé à tout le lycée sa liaison avec Antoinette. Cela donnait du corps à son chagrin. Nul ne pourrait nier que tout cela lui était bien arrivé.

En entrant dans le salon, il entendit ses parents crier et se demanda si cela durait depuis longtemps, s'ils se disputaient ainsi chaque fois qu'ils se retrouvaient seuls dans la maison.

– ... tu me jettes dehors ! s'indignait sa mère.

– Appelle ça comme tu voudras, mais, je voudrais me retrouver seul. Il faut que je réfléchisse.

– Tu veux te débarrasser de moi, oui ! Tu ne m'aimes plus.

– Je suis furieux. Et blessé. Ni plus ni moins que toi, d'ailleurs. Tu dois t'éloigner de cette île un certain temps.

– Je ne sais pas. En tout cas, je ne pourrai pas me séparer de mes enfants.

– Ne t'inquiète pas pour eux. Je m'en occuperai.

– Et Theo ?

Ce dernier se raidit, le cœur battant.

– Quoi, Theo ? demanda son père.

– Il a besoin d'être suivi, orienté. Pour digérer son chagrin.

– On va s'en occuper.

– Si je m'en vais, tu te trouveras une autre femme.

– Et c'est toi qui me dis ça ? Tu ne manques pas d'air !

– Bon, d'accord, tu veux que je m'en aille, alors je m'en vais.

– Ce sera préférable pour nous deux.

– Ça m'étonnerait.

Theo ne disait rien. Il avait envie de tousser, de signaler sa présence d'une façon ou d'une autre mais, alors qu'il allait s'avancer, sa mère s'exclama :

– Theo ?

Il regarda autour de lui. Comment savait-elle qu'il était là ?

– Je te vois dans le reflet de la fenêtre, expliqua-t-elle. Qu'est-ce que tu fais ici ?

Il entra dans le salon que ses parents arpentaient comme des animaux en cage.

– Je suis parti du lycée.

Il se laissa choir sur le canapé.

– Les autres… enfin, ils me prennent tous pour un malade.

– Il va falloir faire avec, mon vieux ! rétorqua son père.

– Non, je ne peux pas. Je ne veux plus y retourner.

– Oh, Theo ! souffla sa mère consternée.

– Quoi ? Vous deux, vous n'avez pas mis le nez dehors pour voir ce que c'était que d'affronter les gens ! J'ai envie d'être mort. Je vais me tuer.

Ses parents échangèrent un regard.

– Au fait, reprit-il, vous allez divorcer ?

Nouveau regard, l'air de se dire l'un l'autre : C'est ta faute.

– Maman s'en va prendre des vacances, répondit son père. Juste un mois ou deux.

– Laisse-moi m'en aller avec toi, maman. Tu veux bien ?

– Écoute, ta mère a besoin de faire le point toute seule. De changer d'air.

Ses parents paraissaient sereins. Son père lui passa la main dans les cheveux, comme avant, quand il était petit.

– On va te trouver quelqu'un pour t'aider.

– Je n'ai besoin de personne !

Il se voyait déjà dans le petit bureau sinistre de M. Permanente, le conseiller en orientation du lycée, qui avait du poil dans les oreilles.

– Je veux m'en aller. Dans la lune.

*
* *

On ne l'obligea pas à retourner au lycée et il passa le week-end ainsi que le début de la semaine suivante à rouler sans but dans sa Jeep, la serviette en papier d'Antoinette dans sa poche, le coquillage à côté de lui sur le siège passager. Il téléphonait tous les matins au commissariat pour savoir s'ils avaient du nouveau, tombant deux fois sur trois sur un certain sergent Webster, à la voix jeune et lasse.

– Rien de nouveau, annonçait ce dernier. Mais, comme on dit : pas de nouvelle…

Quel bouffon ! La troisième fois qu'il lui sortit cette ânerie, Theo rétorqua :

– Sûrement pas ! La bonne nouvelle serait que mon amie soit retrouvée vivante. Vu ? Passez-moi plutôt Paul Henry.

Les trois quarts du temps, Paul Henry était en ligne, ou en mission, ou occupé à préparer la prochaine vente du Rotary, et Theo se retrouvait sur sa boîte vocale. La seule fois où le policier le rappela, ce fut pour lui dire qu'on n'avait pas retrouvé de corps et qu'on entamait une procédure de recherche de personne disparue. Par exemple, en examinant le courrier qui arrivait pour Antoinette, et ainsi de suite…

– Alors, vous admettez enfin qu'elle est vivante ?

– Oh, Theo !

Paul Henry avait répondu exactement sur le même ton que ses parents, chagriné et indulgent.

– Je n'ai pas la moindre idée de ce qu'il a pu advenir d'elle. Mais nous ne négligeons aucune piste. D'accord, mon gars ? L'important, maintenant, c'est que tu reprennes ta vie en main.

Mais sa vie, il l'avait laissée auprès d'Antoinette.

– Ouais, répondit-il. C'est ça.

C'est alors qu'en ce jeudi, treize jours après la disparition d'Antoinette, Theo aperçut sa bicyclette appuyée au mur de la maison des Gluckstern. Il rapportait un sac plein d'affaires appartenant à Val que sa mère lui avait demandé de déposer chez ses ex-amis – quelques livres, un vase émeraude, une poêle à frire. Kayla ne tenait pas du tout à rencontrer l'avocate et encore moins son mari, aussi avait-elle envoyé Theo à sa place, en pleine journée, pour s'assurer qu'il ne croise personne. En traversant la pelouse, il remarqua le vélo et s'en étonna car les Gluckstern n'étaient pas des gens à utiliser cette sorte d'engin. D'un seul coup, il comprit que c'était celle d'Antoinette. Impossible de s'y tromper : il reconnaissait bien sa couleur verte et son vieux panier à l'avant, accroché au guidon par deux lanières de cuir en lambeaux. Il faillit crier de joie. Sa bicyclette ! Il n'avait jamais songé à la rechercher !

Il posa les mains sur les poignées du guidon et ses yeux s'emplirent de larmes. Elle avait si souvent posé les mains sur ces poignées… Il effleura la selle tiédie par le soleil ; des images lui affluèrent à l'esprit : ce soir où il l'avait rencontrée devant l'Islander, puis lorsqu'elle était passée devant le terrain de base-ball… Cette bicyclette avait en quelque sorte marqué leur histoire. Sans y réfléchir davantage, il la prit et la rangea dans sa Jeep.

En redémarrant, il s'étonna de sa présence chez les Gluckstern. Difficile de le leur demander. D'autant qu'il allait devoir expliquer à ses parents comment il l'avait trouvée. Il décida de raconter qu'il était passé chez Antoinette et l'avait emportée en guise de souvenir. Qui pourrait lui en vouloir ? Quant aux Gluckstern, ils penseraient sans doute qu'on la leur avait volée. À moins qu'ils ne s'aperçoivent même pas de sa disparition. Ce n'était qu'une vieille bicyclette – mais pour Theo, elle représentait infiniment plus.

Quelques jours plus tard, les événements prirent tournure. Sa mère allait passer à contrecœur six semaines de vacances à Porto Rico. Quant à Theo, il rejoindrait sa grand-mère, Sabrina Montero, à Boston. Il fréquenterait le lycée privé de Boston Hill, à Cambridge. Une nouvelle vie allait commencer pour lui. Il jeta ses affaires dans un grand sac de marin et y ajouta le coquillage, la serviette en papier et la photo d'Antoinette le tenant sur ses genoux. Il parvint même à convaincre ses parents de le laisser emporter le vélo.

– Si elle revient et qu'elle le réclame, je le lui enverrai, promit-il.

– C'est ça, répondit sa mère.

Avant de prendre le ferry, il embrassa ses sœurs, serra la main de Luke. Il partait une semaine plus tôt que Kayla, aussi ses parents l'accompagnèrent-ils ensemble à l'embarcadère. Bien entendu, sa mère pleurait. Quant à son père, il portait des lunettes noires et serrait les dents. Malgré la foule de touristes qui les entourait, Theo avait l'impression qu'il était le centre de toutes les attentions. Dans la chaleur de midi, la sangle de son sac lui sciait l'épaule mais il ne laisserait personne le porter à sa place.

Il embrassa ses parents et fut le premier à grimper sur le bateau, sa bicyclette à côté de lui, et se chercha aussitôt une place sur le pont supérieur. Il n'avait aucune envie de regarder sa famille lui envoyer indéfiniment des signes d'adieu.

Allongé au soleil, il appuya sa tête sur son sac. Il ne s'endormit pas avant d'avoir passé Great Point.

Sa grand-mère, Sabrina, vivait à sa façon. Au début, il l'avait vue habiter un domaine à Concord, dans le Massachusetts, appelé Colonial Farm, bien qu'il ne s'agît pas du tout d'une ferme – juste une maison aux corridors interminables, entourée de prairies, avec un petit étang poissonneux. La maison où le père de Theo avait grandi. À la mort de son mari, Sabrina avait vendu la propriété pour s'acheter un appartement sur Marlborough Street, à Back Bay. La plupart de ses amis s'installaient dans des résidences pour retraités mais pas Sabrina. Elle avait choisi la ville sans hésiter, comme une gamine tout juste sortie du lycée.

Theo tenait à trouver lui-même l'appartement. Il quitta le métro à South Station et remonta Marlborough Street, sac à l'épaule, sa bicyclette avec lui. La ville de Boston lui était à peu près aussi exotique que Katmandou. Le bruit, l'alignement des immeubles, cette multitude de gens inconnus. L'odeur d'urine dans la gare. Quelle différence avec Nantucket ! *Ici, je pourrai l'oublier. Je pourrai tout oublier.*

Il devait sonner chez sa grand-mère, en bas de l'immeuble. Un bourdonnement finit par retentir et le portail s'ouvrit. Il accrocha le vélo à la rampe et monta son sac jusqu'à l'étage où Sabrina l'attendait, toute souriante. Elle portait des pendentifs longs comme des petites cuillères en bois, et un foulard rouge et mauve couvrait ses cheveux gris.

– Mon pauvre cher enfant ! s'écria-t-elle. Viens dans les bras de Sabrina.

Il posa son sac pour l'embrasser ; elle était maigre mais si vigoureuse qu'il crut étouffer sous son étreinte. Il avait envie de la remercier de l'accueillir ainsi chez elle mais ne voulait pas ouvrir la bouche de peur d'éclater en sanglots. Il se demanda seulement ce qu'elle savait au juste.

– Mon petit-fils chéri ! Personne ne voudra croire que je suis ta grand-mère. Et dire que tu es un homme, maintenant ! Je suis tellement heureuse ! Je vais t'aider.

– Personne ne peut rien pour moi.

Elle le poussa devant elle. L'appartement sentait le curry et la pomme. Elle avait orné son mur de tapisseries indiennes et d'une lithographie de Salvador Dalí. Au milieu du séjour trônait une table basse ronde entourée de grands coussins turquoise. Theo avait toujours vu cette table, même dans l'ancienne demeure. Sabrina aimait à y pratiquer des séances de spiritisme. Elle possédait certains pouvoirs de médium et disait converser régulièrement avec Dieu.

– Tu donnes toujours dans les sciences occultes ? demanda-t-il.

Elle sourit. Elle possédait les mêmes yeux dorés que son fils et ses petits-enfants, à cette différence près que les siens étaient entourés de millions de ridules.

– Évidemment ! répondit-elle. En fait, juste avant ton arrivée, j'ai demandé à Madame comment se passerait ton séjour ici et tu sais ce qu'Elle m'a répondu ?

Madame – c'était ainsi qu'elle désignait Dieu. Elle disait le voir sous les traits d'une vieille paysanne française qui récoltait ses œufs dans un panier et fabriquait son propre pain.

– Quoi ? demanda Theo.

– Elle a dit qu'il allait te métamorphoser.

Il avait sa propre chambre et une salle de bains attenante. Sur le lit s'étalait une couverture que Sabrina avait elle-même crochetée. La copie conforme de celle dans laquelle s'était enroulé le corps nu d'Antoinette lorsqu'elle était venue faire du baby-sitting. Theo la plia et la fourra au fond du placard. Il sortit ses vêtements de son sac, plaça la serviette en papier et la photo d'Antoinette dans le tiroir, avec ses caleçons. Quant au coquillage, il le déposa sur le réservoir des toilettes.

Ici, je pourrai l'oublier. Quelle erreur ! Dans la ville de Boston, il avait au contraire l'impression de voir Antoinette partout – cette longue femme mince à la peau cuivrée, vêtue de noir, les cheveux relevés en un vague chignon... Elle prenait le métro avec Theo quand il se rendait à son nouveau lycée, elle se reposait dans le parc du Boston Common, sous le saule pleureur ou buvait un café chez Rebecca. Chaque fois qu'il l'apercevait, Theo avait le cœur qui battait, le temps de se rendre compte qu'il ne s'agissait pas d'Antoinette mais d'une autre, peut-être de beaucoup d'autres.

Son nouveau lycée coûtait cher. Situé au bord de la Charles River, dans la ville voisine de Cambridge, l'établissement n'exigeait cependant pas le port d'un uniforme, à la différence des collèges à l'anglaise, mais les aînés s'habillaient élégamment, chemises bleues et pantalons de flanelle. Un silence de bon aloi régnait dans les couloirs ; les filles mangeaient du houmous au déjeuner. On n'écoutait que les radios nationales, on ne pratiquait pas le base-ball mais l'escrime et le tir à l'arc. Aux quelques curieux qui l'interrogèrent, Theo dit qu'il venait de Nantucket, ce qui ne parut impressionner personne. La plupart des élèves étaient d'ailleurs étrangers ou passaient leurs vacances en Europe. Theo ne se fit pas d'amis mais l'endroit ne s'y prêtait guère et nul ne s'en souciait. D'ailleurs, il n'y avait pas de cafétéria pour lier connaissance. Chacun déjeunait seul, sous un arbre du parc, en lisant Rick Moody ou Anne Lamott. Le professeur de littérature de Theo, un certain Geoffrey, leur recommanda de tenir un journal sur toute l'année.

– Couchez vos pensées par écrit, expliqua-t-il. Sondez votre âme. Lisez quelques-uns de ces dix livres et rédigez l'analyse que vous en tirerez.

Theo choisit sept titres sur les dix proposés. Il commença par celui qu'il avait repéré chez Antoinette : *Route des Indes,* de Forster.

Il prit en option des cours d'histoire de l'art et d'initiation à la musique classique. Certaines pièces semblaient conçues pour y entendre se dérouler les volutes de la onzième sonate pour piano de Mozart ; dans d'autres, il s'asseyait des heures afin de contempler les diapositives de toiles majeures telles que *La Parade,* de Seurat. Il pensait à Antoinette, lorsque, à vingt-trois ans, elle avait découvert l'original de cette œuvre, au Metropolitan Museum de New York. Il se sentait un peu moins perdu quand ses yeux se posaient sur une œuvre qu'elle avait pu contempler, quand ses oreilles s'emplissaient des notes qu'elles avait aimées.

L'après-midi, avant de reprendre son train, il s'arrêtait au cours de danse classique, dans une immense salle au parquet blond, où jouait un vieux pianiste dont les mains tremblaient chaque fois qu'elles ne se posaient pas sur le clavier. Theo regardait les danseuses s'étirer à la barre, exécuter divers pliés et positions. Il appréciait la beauté fluide de leurs corps, leur grâce quand elles tourbillonnaient. Certaines filles remarquaient sa présence et, si les unes lui jetaient un regard peu amène, les autres lui souriaient. Elles devaient trouver normal qu'un tout jeune homme se laisse émoustiller par ce spectacle ; évidemment, elles ne pouvaient se douter qu'il ne voyait en elles que le pâle souvenir d'Antoinette quand elle dansait pour lui, tournoyait, se cambrait et improvisait des arabesques parfaites. Il pensait toujours à ce qu'avait dit sa mère, au souvenir qu'elle gardait de la disparition de son amie à Great Point : elle était entrée dans la mer en dansant.

Ensuite, il s'achetait une barre de chocolat au kiosque du métro, s'asseyait sur un banc de la station et regardait les passants. Parfois, il laissait passer dix trains avant d'entrer dans le sien, perdu dans ses songes. Parfois, il se revoyait dans son ancienne vie, traînant avec ses amis devant l'Islander, cent ans auparavant, à un million de kilomètres de là.

C'est vrai que je vais me métamorphoser ? se demandait-il.

Il croisait sans arrêt des femmes enceintes. *Antoinette ?*

Il parlait très rarement avec sa grand-mère, qui avait par ailleurs mille interlocuteurs empressés quand elle faisait les courses pour le dîner. Elle prétendait que ces incessants arrêts sur la route du supermarché entretenaient une atmosphère des plus conviviales. On ne se pressait pas, on discutait avec qui voulait vous entendre, de Joe, le boucher, à Helen, la boulangère, en passant par Dominique, le poissonnier, ou Nathan le trisomique ; sans compter un jeune homme du nom de Gianlorenzo, chez qui elle achetait tous les ingrédients nécessaires à ses fameux repas italiens. Sabrina était un véritable cordon bleu, grand amateur de vins qui plus est, avec une préférence pour les rouges français qui lui revenaient plus cher, prétendait-elle, que ses frais de scolarité à Boston Hill. *Mais ça en vaut la peine !* disait-elle en lui servant un verre à chaque repas, pour accompagner sa paella, son osso-buco ou son canard laqué. Theo prit du poids. *C'est vrai que je vais me métamorphoser ?*

Les moments les plus pénibles restaient encore les week-ends, quand il n'y avait plus aucun cours pour le distraire. Le samedi, il faisait la grasse matinée autant que possible, en espérant ne se réveiller qu'à 11 heures ou midi. Toujours ça de gagné. Sabrina lui préparait son petit déjeuner – muesli, yaourt, fraises – et lui proposait de l'emmener visiter la région. Mais, chaque fois, Theo déclinait.

– Je te comprends, disait-elle alors. Je n'ai que des distractions de vieille dame à t'offrir. Ce n'est pas drôle pour toi.

– Pas du tout, protestait-il, c'est moi qui ne suis pas drôle.

Le samedi, à Nantucket, sa mère le chargeait de quelques tâches domestiques, ensuite il allait assister à un match de base-ball avec ses copains. Ici, à Boston, il n'avait pas de copains. Le samedi après-midi, il faisait du vélo en guettant toutes les femmes enceintes qu'il pouvait croiser, même s'il les trouvait sinistres : Coca light dans une main, paquet de sucreries dans l'autre, les traits bouffis, le dos ensellé, l'allure avachie.

Il se laissait aller une fois par jour à rêvasser : qu'aurait été l'automne à Nantucket avec Antoinette ? Il l'aurait passé auprès d'elle, sur la terrasse du jardin, il lui aurait épluché ses pommes, servi son fromage, en écoutant avec elle voltiger les bernaches du Canada, Antoinette enveloppée dans une liseuse de laine, Theo posant la main sur son ventre pour sentir les coups de pieds de son bébé. Et tout cela le rendait infiniment triste.

Un soir, alors qu'il était installé depuis un mois chez sa grand-mère, celle-ci confectionna un pâté de viande à l'ancienne qu'elle inonda de ketchup. Scène des plus incongrues – ce pâté disgracieux entre les mains de cette élégante vieille dame en tailleur-pantalon fuchsia. Ses longs ongles rouges cliquetèrent contre le récipient lorsqu'elle le déposa sur la table.

– C'était le plat préféré de Raoul à ton âge, annonça-t-elle.

– Ah oui ?

Curieusement, Sabrina lui avait très peu parlé de son père depuis son arrivée, quant à sa mère ou à ses frère et sœurs, elle ne les avait pas mentionnés. De temps à autre, il la surprenait en train de l'observer comme si elle cherchait à lire en lui. Il soutenait son regard, et elle captait le message : *Je t'en prie, ne me pose pas de question. Je ne suis pas prêt.*

Cette fois, cependant, alors qu'il dégustait cette viande délicieuse, il demanda :

– Papa a téléphoné ?

– Deux fois. Pendant que tu étais au lycée. Tu aurais peut-être voulu que je t'en parle ?

Qu'importait ? Il était tellement occupé à regretter Antoinette qu'il n'avait plus la force de penser aux siens.

– Qu'est-ce qu'il a dit ?

– Il voulait savoir si tu allais bien.

– Qu'est-ce que tu lui as répondu ?

– Que tu allais aussi bien que possible étant données les circonstances.

– Tu connais les circonstances ?

– Je sais que tu as traversé une épreuve difficile.

Posant sa fourchette, Sabrina lui prit la main.

– Je sais que tu as perdu quelqu'un que tu aimais.

– Oui.

Il sentit ses yeux s'emplir de larmes. À quoi se résumait son malheur... Il avait perdu quelqu'un qu'il aimait – non, pas quelqu'un mais deux personnes – car il aimait aussi le bébé que portait Antoinette. Avec une ardeur qui dépassait tout ce qu'il avait éprouvé jusque-là.

– Ils ont disparus. Antoinette et... mon bébé. Antoinette était enceinte.

– Oui, souffla sa grand-mère les yeux brillants. Je sais.

– Elle voulait se faire avorter et j'essayais de l'en empêcher. Je ne voulais pas qu'elle tue notre enfant.

– C'est compréhensible, Theo.

– Elle a disparu pour que je ne l'ennuie plus avec ça. Enfin, c'était mon impression mais, depuis quelque temps, je me demande si elle n'a pas vraiment eu un accident. Et si elle était morte pour de bon ? Sinon, en ce moment, je l'imaginerais assez bien à Hawaii, en train de se planquer.

– On n'a pas retrouvé son corps, renchérit Sabrina. Ton père m'a également dit ça.

– Alors, ça veut peut-être dire qu'elle est encore vivante.

Tous deux achevèrent leur repas en silence et, dans la nuit tombante, Sabrina alluma des bougies.

– Tu vas me prendre pour une cinglée et tu auras bien raison, mais si on posait la question à Madame ?

Theo ferma violemment les paupières.

– Bon, soupira-t-elle, ça ne fait rien. Je voulais au moins te le proposer. Pour le cas où tu y aurais cru.

Il y croyait, dans un certain sens. Il n'avait pas le choix.

– D'accord, murmura-t-il. Demande-lui si Antoinette est vivante.

Sabrina alluma d'autres bougies. Tout l'appartement brillait maintenant d'une lumière douce. De la rue, il entendait encore monter des coups de klaxon. En rentrant du lycée, cet après-midi-là, il avait senti pour la première fois l'odeur de l'automne, l'odeur des feuilles mortes.

– Je ne fais aucune promesse, reprit Sabrina. Madame n'a pas toujours envie de communiquer. Elle est tellement vieille…

– Ça ne fait rien.

Elle s'assit sur un coussin turquoise et lui fit signe de venir la rejoindre, tout en rajustant son foulard sur sa tête.

– Allez, commence par te détendre.

Il se laissa tomber à côté d'elle, la regarda frotter ses paumes fines et sèches.

– Bon, souffla-t-elle. Maintenant ferme les yeux et prends-moi les mains. Je veux que tu penses à Antoinette, de toutes tes forces. Représente-la-toi et ne la lâche plus.

Il vit soudain sa longue silhouette noire, les bras croisés, adossée à sa Jeep, qui l'attendait pendant qu'il se changeait après son match de base-ball ; c'était une belle image, une image d'« avant » : avant la passion, avant le bébé, avant qu'il ne tombe éperdument amoureux. Une époque où il était encore lui-même, insouciant, en sécurité…

– C'est bon, je la tiens.

Sabrina se mit à chantonner – non pas un truc bizarre genre indien mais un bon vieux classique. *Try to remember the kind of September…* Toute douce et rassurante. Elle lui caressait les mains et Theo se prit à imaginer Madame avec un fichu rouge et son panier à œufs. *Elle est tellement vieille…* Sabrina avait toujours dit à ses petits-enfants que Dieu était une vieille dame. *Songe à Son infinie compassion,* poursuivit-elle. *À Sa bienveillance.* Il eut presque envie de rire – ses camarades de classe devaient être tous chez eux à regarder la télé – quoique l'inquiétude lui nouât la gorge. Et si Madame ne répondait pas ?

Brusquement, Sabrina cessa de chantonner.

– Riley, dit-elle. Elle est noire ?

Son intonation dénotait une grande surprise.

– Oui, dit Theo. Oui, oui, elle est noire.

On se calme, songea-t-il. Sa grand-mère devait être au courant depuis longtemps. Elle le taquinait. Sauf que… Sabrina était tout sauf cruelle.

– Tu la vois ? Que dit Madame ?

Il retenait l'image dans son esprit et en ajoutait d'autres : Antoinette nue dans la salle de bains après leur première étreinte, Antoinette allongée sur la terrasse du jardin, un verre de vin posé entre ses seins, Antoinette qui le giflait.

Sabrina se tut un long moment. Theo n'entendait plus que son souffle profond et régulier et il crut presque qu'elle s'était endormie. D'ailleurs, il n'était pas loin d'en faire autant lui-même. C'est alors que les mots fusèrent, le faisant sursauter :

– Madame dit qu'elle est vivante. Et le bébé aussi. Le bébé est vivant.

Il rouvrit les yeux. Sabrina le contemplait d'un air attendri.

– Elle est vivante, Theo.

Lui disait-elle la vérité ou cherchait-elle simplement à le rassurer ? *Mon petit-fils chéri ! Je vais t'aider.* N'était-elle pas sa grand-mère ? Si Theo voulait qu'Antoinette soit vivante, Sabrina réaliserait son vœu. Elle était ainsi.

*
* *

Cette nuit-là, Theo ouvrit pour la première fois son journal. Étant donné que ses pensées devaient se rapporter à ses lectures, il écrivit qu'Antoinette était en Inde, qu'elle avait disparu dans les grottes de Marabar. Tant de sombres bouches, impossibles à distinguer les unes des autres. Dans laquelle s'était-elle perdue ? Où se cachait-elle ?

Pour tout commentaire, il conclut : *C'est vrai que je vais me métamorphoser ?*

La semaine précédant Thanksgiving, Theo vit Antoinette sur Clarendon Street, qui sortait d'un taxi. C'était dimanche et il venait de passer l'après-midi assis à la terrasse du bar où il aimait traîner : Coca-Cola et ailes de poulet devant un match retransmis en direct. Sabrina n'ayant pas la télévision, il s'asseyait là, content de se perdre parmi les nuées de consommateurs. Cela lui rappelait les après-midi en famille, au cours desquels il suivait les exploits des Patriots avec son père tout en croquant des chips. « C'est ça le bon temps, lui disait parfois Raoul. Ne l'oublie jamais. »

À la nuit tombante, il enfourcha son vélo lorsqu'un taxi s'arrêta à quelques mètres de lui. Antoinette en sortit.

Il freina de toutes ses forces. Antoinette en pantalon noir et veste de cuir noir. Il la vit de profil alors qu'elle cherchait de l'argent dans son sac à dos.

– Antoinette ! cria-t-il.

Il fonça dans sa direction avant qu'elle ne rentre dans le taxi et lui échappe de nouveau. Il la saisit par le bras.

– Antoinette !

Elle se dégagea d'un geste brusque.

– Hé !

– Antoinette...

Il se mit à pleurer. Déjà un embouteillage se formait derrière le taxi. Elle se pencha pour régler le chauffeur et Theo en profita pour aspirer une longue goulée d'air. Tout d'un coup, il se sentait infiniment paisible. Il l'avait retrouvée.

Les klaxons retentirent, impatients. Il fit grimper le vélo sur le trottoir et elle vint le rejoindre.

– Qu'est-ce que tu fais ici ? demanda-t-elle.

Il s'essuya les yeux, incapable d'émettre un son. Sabrina avait donc raison, et Madame aussi... Antoinette était vivante. Tout d'un coup le doute vrilla son esprit. Ce n'était pas Antoinette. Ou plutôt, c'était elle, en plus jeune, en plus belle. Lindsey. Sa fille, Lindsey.

Il tremblait de la tête aux pieds.

– Et merde ! souffla-t-il. Je t'ai prise pour Antoinette.

– Perdu ! Je suis Lindsey. Et toi, c'est Theo ?

– Oui.

– Tu n'as pas mieux à faire que de traîner dans les rues à la recherche d'une morte ?

– Antoinette n'est pas morte.

– Ah oui ? Elle est revenue ? Première nouvelle.

– Pas encore. Mais ça ne veut pas dire qu'elle est morte.

Lindsey émit un ricanement.

– Tu en fais une tête, mon grand !

Elle hissa son sac sur son dos.

– Bon, allez, on m'attend.

– Arrête ! J'ai quelque chose à te dire !

– Ça ne m'intéresse pas. Tout ce qui est arrivé, c'est à cause de ta famille, et je me retiens de te dire tout ce que j'en pense. Il y a longtemps que ta mère devrait être en prison, condamnée à mort. Ça me ferait plaisir que, pour une fois, une Blanche récolte ce qu'elle mérite.

– Non, souffla Theo, parce que… Enfin, tu ne connais pas toute l'histoire.

– Je m'en fiche ! Ça fait déjà trois mois que je suis une psychothérapie à cause de ce qui s'est passé, je n'ai pas besoin que tu viennes remuer encore toute cette boue. Alors tu arrêtes de me suivre, maintenant, sinon j'appelle un flic.

– J'aimais ta mère. Et elle attendait un enfant de moi.

– Je sais. Rien que d'y penser, ça me donne envie de vomir, figure-toi ! Allez, dégage !

Elle traversa en plein feu vert, courut entre les voitures. Theo dut attendre que la circulation ralentisse un peu avant de pouvoir passer à son tour. De loin, il vit Lindsey se précipiter sur le trottoir d'en face. Il ferait mieux de la laisser tranquille – elle le haïssait, elle pourrait alerter un agent et il n'avait pas besoin de ce genre d'ennui en ce moment. Cependant avait-il seulement le choix ? Certes, Lindsey n'était pas Antoinette, mais c'était la personne qui s'en rapprochait le plus, voilà des mois qu'il n'avait été aussi proche d'elle. Aussi grimpa-t-il sur la bicyclette pour la prendre en chasse, se signalant avec de grands gestes aux passants pour qu'ils dégagent le chemin. Il arrivait à sa hauteur lorsqu'elle fit volte-face et lui cria :

– Mais qu'est-ce que tu me veux, à la fin ?

– Te parler.

Elle haussa deux sourcils raides de colère, une expression qu'il n'avait jamais vue chez Antoinette. Étrange.

– Ta mère m'a souvent parlé de toi. Je pourrais te raconter ce qu'elle m'a dit.

– Rien à battre.

Mais l'intonation de la jeune fille trahit son trouble. Trois mois de thérapie qui s'envolaient en fumée. Elle ne s'en fichait pas du tout.

– Faux. C'est ta mère. Et elle t'aimait.

Elle accepta de prendre un café avec lui. C'était lui qui se sentait le plus adulte des deux, en ce moment, même s'il n'avait plus que dix dollars sur lui, juste de quoi payer deux cafés. Ils entrèrent chez Rebecca et Theo se servit un crème dans un gobelet de plastique tandis qu'elle choisissait un thé au jasmin.

– Tu veux un petit pain ou quelque chose ? proposa-t-il. Ou un « *cwoisant oh jam-bone ey fro-maj* » ?

Il avait articulé ces derniers mots dans un français des plus approximatifs, avec un accent volontairement exécrable qui faisait naguère la joie de Brett et Aaron. Il obtint l'effet escompté : Lindsey esquissa un bref sourire et Theo se précipita pour payer. Ils s'assirent à une petite table ronde, sur deux inconfortables chaises en fer forgé. Il avala trop vite une gorgée de café et se brûla la langue.

Lindsey remuait son sachet de thé à l'aide d'une paille.

– Alors, tu me dis ce que tu avais à me dire ? demanda-t-elle en regardant sa montre.

– Tu as vraiment rendez-vous ? Avec ton petit copain ?

– Ce n'est pas parce que tu as couché avec ma mère que tu dois te prendre pour mon père, vu ?

– Je ne voulais pas…

– Tu as quel âge, d'abord ? Dix-neuf ans ?

Il fut content qu'elle lui donne dix-neuf ans.

– Presque.

Elle souffla avec mépris :

– Dégueulasse. Ma mère et toi…

– Sûrement pas. Ne pense pas ça.

– Laisse tomber.

– Ta mère est une femme magnifique. Et tu lui ressembles.

De nouveau, une esquisse de sourire.

– Ça va !

– C'est vrai ! insista-t-il. Elle m'a raconté comment elle est tombée enceinte de toi et ce qui s'est passé ensuite... avec son mari... Ton père. Elle a dit qu'elle t'aimait. Elle t'aimait mais elle t'a abandonnée parce qu'elle avait trop de chagrin.

– Mon père l'a trompée. Je sais, Antoinette me l'a déjà dit, quand je lui ai téléphoné. Et alors ? Tous les hommes font ça. C'est dans leur nature.

– Arrête ! Ce n'est pas vrai !

– C'est la vie. Aussi moche que pour moi : le jour où je vais enfin rencontrer ma mère, elle trouve le moyen de jouer les filles de l'air.

– Pourquoi voulais-tu la voir, d'abord ? Si je peux me permettre...

Lindsey se pencha vers lui, entrouvrit la bouche.

– Parce que je voulais qu'elle m'aime.

– Moi aussi, je voulais qu'elle m'aime, rétorqua-t-il. Elle ne s'est jamais pardonné de t'avoir abandonnée, tu sais. Aussi je ne comprends pas pourquoi... pourquoi elle voulait tellement se débarrasser de notre enfant. Tu te rends compte qu'elle voulait recommencer ?

– Je ne me rends compte de rien. Je ne l'ai jamais vue, même pas en photo.

– J'ai une photo d'elle chez moi. Quand elle avait vingt-sept ans. Tu devrais venir la voir. Tu verrais comme elle te ressemble.

– Je croyais que tu habitais à Nantucket.

– Oui, mais je passe l'année chez ma grand-mère. Je vais à Boston Hill.

– Boston Hill ? Tu es encore au lycée ?

– J'ai redoublé.

Lindsey regardait la rue derrière la vitre, les phares des voitures qui se croisaient. Quant à Theo, il essayait d'imaginer la réaction de Sabrina s'il venait à lui présenter Lindsey. Elle allait bientôt l'attendre pour le dîner.

– Alors ? insista-t-il. Qu'est-ce que tu en dis ? Tu veux voir cette photo ? Oh ! J'ai aussi autre chose à te montrer.

– Quoi ?

– Un truc. Viens, on n'habite pas loin. Marlborough Street. Tu feras connaissance avec ma grand-mère.

– Non, je te remercie, mais je ne préfère pas.

– Attends. Cette photo ne t'intéresse pas ? Je te la donnerai si tu veux. Je crois que c'est la seule qui existe d'Antoinette.

Il prit leurs deux gobelets, celui de Lindsey qui était vide, le sien encore plein de café brûlant, et alla les jeter.

– Viens avec moi, conclut-il en l'entraînant vers la sortie.

Dehors, le froid lui parut mordant pour la première fois de l'année. Sa petite chemise de flanelle et sa veste molletonnée suffisaient mal à l'en protéger.

– Je dois voir quelqu'un, reprit Lindsey.

– On n'en a pas pour longtemps.

Il détacha le vélo d'Antoinette, faillit dire à la jeune fille que c'était celui de sa mère mais se reprit en songeant qu'elle risquait de le lui réclamer.

– Je te donne cette photo et te laisserai partir, je te le promets.

Il avança tranquillement, comme s'il était certain qu'elle allait le suivre mais non sans la surveiller du coin de l'œil.

– Bon, marmonna-t-elle, mais je ne resterai pas longtemps.

– D'accord. De toute façon, on va bientôt dîner.

– Et ne me présente pas à ta grand-mère comme la fille naturelle d'Antoinette ou je ne sais quoi. Dis-lui que je suis une copine de cours.

– Évidemment !

Il ralentit un peu pour qu'elle puisse le suivre.

– C'est toi qui as dénoncé ma mère à la police ? demanda-t-il.

– Je n'ai pas dénoncé ta mère, j'ai juste dit ce que je savais sur Antoinette et toi, sur le bébé. Ils ont dû trouver que ça constituait des indices dont elle n'allait sûrement pas se vanter. Non, c'est ce type, John, je crois ? Il leur a balancé des tas de choses, aussi bien contre ta mère que contre sa femme.

– Ma mère n'a rien fait à Antoinette.

– Prouve-le.

– Je ne peux pas. Mais ils n'ont pas trouvé de cadavre, que je sache ? Je te parie qu'Antoinette est bien vivante, quelque part.

– Même pas dans tes rêves.

– Ma mère n'a rien fait de mal. S'il faut accuser quelqu'un, c'est moi.

– Justement, je t'accuse ! Quand je pense que tu es encore lycéen ! Incroyable !

Ils approchaient de l'immeuble ; tandis que Theo sortait ses clefs, Lindsey examina la bâtisse.

– C'est chouette comme coin, commenta-t-elle. Je préfère ne pas savoir le prix du loyer.

– Deux mille, hasarda Theo.

Il n'en avait strictement aucune idée mais trouvait cette réponse à son goût. Il accrocha la bicyclette d'Antoinette au pied de l'escalier.

– Et toi, demanda-t-il, où est-ce que tu habites ?

– Ce ne sont pas tes oignons.

Étonné, il se retourna pour se voir décocher un regard menaçant avant de grimper les marches.

– Je ne veux pas que tu viennes me harceler, grommela-t-elle.

– On dirait ta mère !

Arrivé à l'appartement, il prit une longue inspiration pour se calmer puis tourna la clef dans le verrou.

– Sabrina ?

Précédée par l'odeur du poulet rôti, sa grand-mère émergea de la cuisine, en robe orange et fichu lamé d'or. Scintillante comme un feu d'artifice. À côté de lui, Lindsey écarquillait les yeux ; sans doute ne devait-elle pas s'attendre à ce genre de mamie.

– Bonjour ! lança joyeusement cette dernière. Bonjour, bonjour ! Je suis Sabrina Montero.

Toute souriante, elle tendit la main à la jeune fille.

– Lindsey Allerton.

En un quart de seconde, celle-ci s'était transformée en jeune personne tout à fait présentable à une grand-mère, dégoulinante de bonnes manières.

– Quel plaisir de faire votre connaissance, madame ! Je suis dans la même école que Theo.

Sabrina parut interloquée.

– Vraiment ? Mais c'est merveilleux ! C'est la première fois que Theo m'amène une camarade de classe. Je croyais qu'il avait honte de moi. Voulez-vous rester dîner ? J'ai préparé des coquelets et, croyez-moi si vous le voulez, mais il se trouve que j'en avais justement prévu trois. Je pressentais que nous allions avoir de la compagnie.

Lindsey rajusta son sac à dos.

– Merci, c'est gentil, mais je dois voir quelqu'un dans le quartier. Je regrette, parce que ça sent bon…

– J'en suis navrée, mais peut-être une autre fois…

– Une autre fois, répéta Lindsey.

Theo s'éclaircit la voix :

– J'ai deux trois choses à donner à Lindsey. On en a pour cinq minutes.

– Bien sûr, répondit Sabrina avec un clin d'œil.

Il se sentit rougir, alors que sa grand-mère s'éloignait en chantonnant : *Try to remember the kind of September…*

Ainsi, elle se doutait de quelque chose.

Il devança Lindsey dans sa chambre et ferma la porte derrière elle. La jeune fille s'assit sur le lit, laissa choir son sac à ses pieds.

– J'aime bien comme tu as dit ça à ta grand-mère. Comme si on allait faire des bêtises.

– C'est bon, arrête !

– Tu me la montres, cette photo ? Il faut que j'y aille.

– D'accord.

Debout devant la commode, Theo s'avisa soudain qu'il s'apprêtait à partager deux de ses trésors avec une inconnue. Mais ce n'était plus le moment de se raviser. Il sortit du tiroir la serviette en papier et la photo qu'il tendit à Lindsey.

– Tiens, la voilà.

– Allume, demanda-t-elle.

Il s'exécuta. Bien que la porte fût close, il entendait encore sa grand-mère chantonner. Lindsey regardait la photo. Avidement.

– Le bébé qu'elle porte sur les genoux, c'est moi, dit Theo.

Elle ne détachait pas ses yeux du cliché.

– Elle te ressemble, tu ne trouves pas ?

Lindsey ne répondit pas. Il commençait à se sentir gêné, comme s'il était de trop dans cette pièce. Il se prit à souhaiter que la jeune fille lui rende la photo et s'en aille. Ainsi il pourrait dîner tranquille avec sa grand-mère. Et tout lui raconter.

– Alors ? demanda-t-il impatiemment. Qu'en penses-tu ?

Elle leva sur lui un visage baigné de larmes.

– On dirait des jumelles, murmura-t-elle.

– Oui.

Elle s'essuya les joues.

– Pardon, ce… c'est la première fois de ma vie que je me sens un véritable lien de parenté avec quelqu'un. Mes parents sont très gentils, mais nous ne sommes pas du même sang. C'est pour ça que je m'étais lancée à la recherche d'Antoinette. Tout d'un coup, je sais que je fais partie d'une famille.

– Tu as une vraie mère.

Pleurant sans retenue, elle regarda encore la photo, longuement. Theo lui tendit un mouchoir en papier.

– Je peux vraiment la garder ? demanda-t-elle.

Il sentit son cœur flancher. Son seul portrait d'Antoinette.

– Vas-y.
– Merci. Tu avais autre chose à me montrer ?
– Oui.
Il sortit la serviette en papier.
– Tiens, c'est un message que j'ai trouvé sur le réfrigérateur.
– *L., Cape Air, midi, sam.,* lut Lindsey. *L. ?* C'est moi.
Elle mit la photo et la serviette dans son sac à dos. Elle les emportait. Theo passa sa langue brûlée sur ses dents.
– Tu te rends compte, souffla Lindsey, que si elle avait l'intention de venir me chercher à l'aéroport, c'est qu'elle n'a pas disparu volontairement. Theo, elle s'est noyée.
Noyée.
Il haussa les épaules.
– Dis ce que tu veux. Moi, je ne crois pas.
– Ça te regarde. Mais à quoi bon te torturer ? Tu es si jeune ! Tu ferais mieux d'accepter qu'elle est morte et de passer à autre chose. Tu devrais peut-être consulter un psy.
– Peut-être.
La gorge serrée, il ne pouvait qu'acquiescer : certes, il était jeune, la vie pouvait encore lui offrir mille possibilités. Il pourrait épouser une autre femme, engendrer d'autres enfants. Passer à autre chose. Guérir. Pourtant, l'avenir de Theo serait à jamais marqué par le souvenir d'Antoinette, par l'amour qu'il éprouvait pour elle. Cela, il ne pouvait l'expliquer à Lindsey, ni à Sabrina, ni à ses parents. Pour le restant de ses jours, il entendrait en lui la complainte de son amour pour Antoinette et leur bébé. Il l'entendait à travers les notes du canon de Pachelbel, le sentait dans les paellas de Sabrina, le voyait dans les bras gracieux des ballerines de l'école. C'était tout ce qui lui en restait.
Lindsey se leva.
– Il faut que j'y aille.
– D'accord.
La politesse exigeait qu'il la reconduise en bas de l'immeuble ; il tiendrait jusqu'à ce qu'elle s'en aille mais, ensuite,

il éclaterait en pleurs. Sabrina le consolerait et l'écouterait, sans le presser de question.

Alors qu'elle posait la main sur la poignée de la portière, Lindsey se pencha vers lui et l'embrassa sur les lèvres, d'un baiser léger, presque fantomatique. Un baiser d'Antoinette.

– Merci, souffla-t-elle.

Il sourit. L'espace d'une seconde, il se sentit métamorphosé. L'espace d'une seconde, il se retrouva tout simplement dans la peau d'un garçon de dix-huit ans, qui embrassait une jolie fille.

– De rien, répondit-il.

KAYLA

La première chose que fit Kayla en arrivant à l'aéroport de San Juan de Porto Rico fut de chercher une cabine téléphonique. Elle souleva le combiné et composa son numéro. Celui de la maison, à Nantucket. Et tomba sur le répondeur. Bien sûr : les enfants étaient à l'école, Raoul au travail.

– Je suis bien arrivée, dit-elle. Je vous aime tous.

Huit mots ; ce fut tout ce qu'elle s'autorisa. Elle raccrocha.

Elle suivit le couloir qui menait à la livraison des bagages. Elle portait une nouvelle robe bain de soleil turquoise avec de grosses fleurs roses. Elle l'avait achetée sur catalogue, histoire de se motiver à l'idée de partir en vacances. Six semaines en solitaire sous le soleil de Porto Rico, une nouvelle robe, un portefeuille plein d'argent et de chèques-voyage – Raoul était prêt à tout pour la faire quitter Nantucket. Elle était bannie, répudiée. Raoul avait été formel, pas de téléphone – sauf pour annoncer qu'elle était bien arrivée –, même pas de carte postale. Telle était sa pénitence.

Deux semaines entières s'étaient écoulées depuis la Nuit des Sirènes, et toujours pas trace d'Antoinette. Kayla ne s'était pas aventurée en dehors de la maison, pas plus qu'elle n'avait répondu à un seul appel même si le téléphone n'avait cessé de sonner. Certaines personnes voulaient lui présenter leurs condoléances. *Nous compatissons pour la perte cruelle de votre amie*. D'autres cherchaient une explication. Le nom de Raoul apparaissait dans les registres de la police pour agression contre un agent de la force publique, ce qui ne fit qu'augmenter le nombre des appels. Ainsi que les visites, entre autres de voisins qui venaient frapper à la fenêtre pour prendre des nouvelles. Kayla avait fini par se cloîtrer à double tour.

Elle récupéra sa valise sur le tapis roulant et se dirigea vers le bureau de location de voitures. Dix minutes plus tard, elle émergeait sur le parking dans la touffeur des tropiques tandis qu'un employé lui tendait les clefs de la décapotable rouge qu'elle venait de louer. Il déposa sa valise dans le coffre puis l'aida à déchiffrer la carte. Elle trouverait très vite l'autoroute et ensuite c'était tout droit jusqu'à Guanica.

Elle ramassa ses cheveux avec une barrette, chaussa ses lunettes de soleil et démarra. La sensation était grisante et, si elle n'avait pas été si triste, elle aurait adoré.

Trois jours plus tard, elle avait pris ses habitudes. Elle avait une agréable chambre dans un bungalow au bord de la mer, décorée d'étoffes tropicales, de plantes, de meubles en rotin. Kayla commençait ses journées par un jogging, effectué selon un itinéraire immuable : le long d'un restaurant de fruits de mer, d'un parking où des chiens aboyaient à son passage, d'un tennis où venaient s'entraîner de riches Américains, jusqu'à la plage et retour. Ensuite, elle rentrait se doucher et se préparait un milk-shake à la papaye. Puis, avant qu'il ne fasse trop chaud, elle gagnait au volant de sa voiture le centre-ville misérable. Elle achetait deux ou trois bricoles à l'épicerie, tirait de l'argent à la banque, visitait une boutique de souvenirs, choisissait des tee-shirts pour ses enfants. L'après-midi, elle traînait sur sa terrasse. À 17 heures, elle reprenait une douche, buvait un verre de vin et se préparait un dîner ou se rendait à pied au restaurant de fruits de mer. Tous les soirs, elle allait se promener du côté de la rivière, devant l'entrée de l'hôtel, enlevait sa robe et se baignait dans le lagon. Alors, seulement, elle s'autorisait à réfléchir un peu.

Ses récentes épreuves lui avaient ouvert les yeux et elle en avait tiré quelques conclusions. D'abord qu'elle n'était pas une bonne mère, ensuite pas la meilleure des épouses, enfin pas une amie fidèle. Quelques semaines auparavant, ces trois mots – mère, épouse, amie – lui auraient semblés les plus aptes à la décrire. Plus maintenant. Si elle n'était ni mère, ni épouse, ni amie, qu'était-elle donc ?

Le lagon lui faisait peur, bordé par les épaisses racines des mangroves. Elle redoutait d'y plonger les pieds, à cause des crabes, des serpents… En même temps, cela lui éclaircissait les idées – elle se repassait les premières heures de la vie de ses enfants, particulièrement celles de Theo, comme un joueur de tennis visionnant l'enregistrement d'un match pour analyser ses points faibles. Avec son premier bébé, elle avait improvisé, elle ne savait pas bien ce qu'il fallait faire. L'avait-elle trop longtemps nourri au sein ou sevré trop vite ? Lui avait-elle dit trop souvent qu'elle l'aimait ou trop rarement ? Qu'avait-elle fait pour qu'il en arrive à coucher avec sa meilleure amie ? Elle se sentait responsable. Et comment avait-elle pu ne se douter de rien ? Maintenant, tout lui semblait tellement clair : Theo et ses mystérieuses sorties du soir, l'odeur de ses chemises quand elle faisait la lessive, ces innombrables questions qu'il lui posait sur le passé d'Antoinette. Mais Kayla était alors trop occupée, trop aveugle, trop naïve pour comprendre. Antoinette occupait une partie de sa vie, Theo l'autre, à l'opposé. Maintenant encore, elle ne parvenait pas à imaginer leurs corps enlacés.

Elle avait encore plus de mal à penser à Raoul. Durant les dix-neuf années de leur mariage, ils avaient toujours dormi ensemble – en dehors des rendez-vous annuels que Kayla avait passés sur la plage de Great Point avec Val et Antoinette. Elle avait eu du mal à lui dire adieu : il l'avait conduite à l'aéroport, alors que les enfants étaient à l'école, aussi s'étaient-ils retrouvés seuls dans le terminal quasi désert. C'était la première fois qu'elle disait au revoir à Raoul et elle ne savait comment s'y prendre. Il chantonnait pour la mettre à l'aise mais elle s'emporta parce qu'elle avait toujours trouvé qu'il chantait faux. Ils s'étaient assis l'un à côté de l'autre, les bras croisés, et regardaient l'employée de Cape Air derrière son comptoir, occupée à aider un voyageur qui se trompait dans ses billets. Et puis on avait appelé le vol de Kayla, Raoul l'avait prise par le coude pour l'entraîner vers la porte et l'embrasser tendrement. Alors, elle s'était mise à pleurer.

Maintenant, le son de sa voix lui manquait, ainsi que sa peau rugueuse quand il ne s'était pas rasé depuis deux jours ; ou cette façon qu'il avait de l'effleurer la nuit comme pour s'assurer qu'elle était toujours là. Elle avait envie de l'entendre parler aux enfants, de sentir son odeur de bois, de plâtre et de peinture, de ramasser dans ses poches les reçus chiffonnés du restaurant de midi. Mais elle n'avait pas été une bonne épouse. Elle l'avait soupçonné d'adultère pendant des années – elle devait le reconnaître –, accumulant pour rien des sommes de colère rentrée. Et puis Jacob. Seigneur, Jacob… Depuis le début de ces « vacances », elle devait lutter pour ne pas tomber au fond du puits.

S'il lui restait une chance de sauver son couple, Kayla comprenait que son amitié avec Val et Antoinette était perdue. Val l'avait dénoncée à la police et Kayla avait couché avec Jacob, deux infractions impardonnables au pacte qui les liait. Qui aurait su prévoir qu'une amitié de vingt ans aussi solide que la leur pouvait se laisser si brutalement détruire ? En quelque vingt-quatre heures à peine.

Après sa baignade, Kayla sortait de l'eau, se séchait et retournait à son bungalow tout en se posant inlassablement la même question, devenue sa raison d'être : qu'est-il arrivé à Antoinette ? Était-elle vivante ? Elle avait demandé à Raoul de laisser un message à l'hôtel si on retrouvait un corps. Il ne l'avait pas contactée. La police avait lancé des enquêtes dites « limitées », des avis de recherche, mais, là aussi, elle restait sans nouvelles. Tout le monde savait ou avait fini par admettre qu'Antoinette s'était noyée durant la Nuit des Sirènes. N'avait-elle pas bu ? L'océan était dangereux, le courant violent et imprévisible. Pourtant, un élément intriguait Kayla, un élément qui avait pour nom Antoinette. Celle-ci était trop habile, trop forte, trop intelligente pour se laisser ainsi emporter. Cela semblait bête, mais ce n'était pas le style d'Antoinette. Elle avait trop de ressources. Où était-elle, alors ? Perdue parmi les fans de Jim Morrison au cimetière du Père-Lachaise, à Paris ? Ou en train de se balader à dos d'éléphant dans les forêts de Thaïlande ? Pour Kayla, Antoinette n'était ni vivante, ni morte. Juste partie. Autrement dit, elle pouvait resurgir à tout moment. Refaire surface.

*
* *

Kayla avait toujours redouté ces vacances, pourtant, une fois les six semaines écoulées, elle s'affolait à l'idée de regagner Nantucket. Elle repensait aux paroles qu'Antoinette avait prononcées un jour : « Je suis constamment seule. Mais il y a bien pire que la solitude : la trahison. »

Kayla ne voulait pas renoncer à sa solitude, à ses habitudes simples, à sa vue sur l'océan ni à ses baignades nocturnes. Elle en venait presque à envisager d'écrire une carte postale : *Décidé de rester ici pour le restant de mes jours. Baisers. Kayla*

Elle repartit le 6 novembre et, alors que son avion survolait l'île, elle sentit son cœur trépider. La première chose qu'elle repéra fut le phare de Great Point qui, vu d'en haut, n'avait plus l'air que d'un poteau fiché dans le sol. Un poteau marquant le point de sa tristesse. Puis elle revit la couleur myrtille de la lande, les étangs bleu nuit, les parcelles émeraude des fermes. L'automne était arrivé pendant son absence.

Elle ne savait trop à quoi s'attendre en entrant dans l'aérogare. Elle faillit passer devant Raoul – assis sur un banc, plongé dans la lecture de son journal – mais il tendit la main et agrippa sa jupe. Il n'avait pas changé, toujours le plus bel homme qu'elle ait jamais rencontré, cependant, sa physionomie s'était altérée. Il semblait triste ; comme s'il avait peur. À cause d'elle.

Cette fois, elle ne pleura pas, elle resta là, à le dévorer du regard.

– Tu veux que je porte ta valise ? proposa-t-il.

Elle le laissa l'aider.

Mieux valait réprimer pour le moment les questions qui n'avaient cessé de la hanter ces six semaines : *Est-ce que tu m'aimes encore, est-ce qu'on va s'en sortir, est-ce que tu vas de nouveau me faire confiance ?* Elle se rappela que Raoul était un bâtisseur ; il aimait à construire. Il allait falloir restaurer leur relation brique par brique. Ce ne serait ni rapide ni facile. Cependant, elle avait envie de dire quelque chose ; alors qu'ils attendaient la valise sur le tapis roulant, elle murmura :

– Tu m'as manqué.

– Ah oui ?

Elle déglutit.

– Oui. Et toi ?

Il la prit dans ses bras et elle se cacha le visage dans le creux de son cou en se demandant comment elle avait pu se passer de lui si longtemps.

À l'approche de Thanksgiving, la vie avait repris son cours. Kayla osa de nouveau s'aventurer dehors, bien qu'elle ne veuille toujours parler à personne de ce qui s'était passé au cours du week-end du Labour Day. Lorsque les gens lui demandaient ce que devenait Theo, elle répondait qu'il était inscrit à Boston Hill afin de se donner une chance supplémentaire d'intégrer une grande université.

Raoul passa en jugement et fut condamné à cinq cents dollars d'amende et cinquante heures de travaux d'intérêt général. Il se proposa de construire une nouvelle cage à poules pour la cour de récréation de l'école élémentaire et Luke l'aida à la dessiner. Avec son équipe, il avait commencé un nouveau chantier sur Eel Point Road. Le client avait acheté un terrain de dix-huit hectares pour près de vingt millions de dollars et demandé à Raoul de lui construire une maison qui, en comparaison, ferait apparaître celle des Ting comme une cabane de pêcheurs.

Les enfants – Jennifer, Cassidy et Luke – ne connaissaient pas encore toute l'histoire. Mais l'école et leurs amis les accaparaient, aussi n'eurent-ils pas de mal à faire passer au second plan cette préoccupation-là.

Quand Raoul et Kayla téléphonaient à Sabrina, celle-ci leur répondait qu'il était encore blessé mais qu'il allait mieux. Kayla avait envie de lui parler, de le voir, mais il n'était pas près. Il avait besoin d'espace, de temps. Plus que n'importe qui, elle le comprenait.

Dans le *Inquirer and Mirror* de la mi-novembre, elle vit que la maison de Val et John avait été vendue pour plus d'un million de dollars. Quelques semaines plus tard, le barreau de Nantucket publiait un encart souhaitant à Valerie Gluckstern « beaucoup de chance pour son nouveau cabinet d'Annapolis, Maryland. » Kayla en éprouva une impression de gâchis mais, par-dessus tout, un immense soulagement.

Et puis vint décembre. Le jour où elle alla faire ses premières courses de Noël dans une ville en parade. Le jour où elle reçut un coup de téléphone qui faillit lui causer un arrêt du cœur.

*
* *

– Kayla, dit la voix dans le répondeur. J'ai du nouveau. Rappelez-moi, s'il vous plaît.

J'ai du nouveau. Kayla fait les cent pas à travers la maison, dans le seul espoir de reprendre son souffle. Elle entre dans la chambre de Theo, impeccable, nettoyée, le lit fait. Telle que Kayla l'a toujours imaginée une fois que son fils irait à l'université, avant que Raoul et elle ne décident d'y installer des appareils de gymnastique ou d'en faire une chambre d'amis.

J'ai du nouveau.

De quoi a-t-elle peur ? Peut-être d'apprendre qu'Antoinette est bel et bien morte, qu'on a retrouvé son corps. À quoi pourrait-il ressembler, maintenant, des mois plus tard ? À un squelette ? À un cadavre bleu et bouffi ? Du jour où elle le verra, ce corps qui a recelé son petit-fils, cette vision la hantera le reste de sa vie. Il surgira dans son sommeil, au point qu'elle finira par avoir peur du noir. De la réalité de ce cadavre. Sans parler des éventuelles accusations qui pourraient revenir de plus belle, de ce mot de « meurtre » désormais attaché à son nom, de l'inculpation qui pourrait s'ensuivre, du procès…

Je ne peux pas. Sa chambre de Porto Rico lui manque. *Je ne peux pas le rappeler.*

Le plus terrifiant restant encore l'idée qu'Antoinette pourrait bien être vivante.

Kayla a tenté d'oublier le message. À l'époque de Noël, cela peut se concevoir. Le lendemain, elle demande à son mari de prendre sa journée pour l'accompagner au centre commercial du Cap afin d'y faire les courses de Noël pendant que les enfants sont encore à l'école. Outre les vêtements, matériels de peinture et autres rollers commandés par les petits, ils choisissent un ordinateur pour Theo et le font expédier directement à Boston. Puis, épuisés, ils s'arrêtent pour déjeuner dans un restaurant de la galerie marchande, où de petits gosses accompagnés de leurs mères se jettent des frites à la figure.

C'est alors, qu'au cœur de ce brouhaha, Kayla croit entendre la voix de Paul Henry : *J'ai du nouveau.*

Elle a envie de se réfugier parmi les décorations clinquantes, les lumières et les barbes à papa du centre commercial. D'oublier enfin toutes ces histoires de noyade, d'amours défendues et d'inspecteurs de police. Mais le visage de Paul Henry flotte dans son esprit. Elle adresse à Raoul un sourire impuissant.

– Ça ne va pas ? lui demande-t-il. Tu sembles préoccupée.

– J'ai un coup de fil à donner. Tu sais où il y a une cabine ?

– Qui veux-tu appeler ?

– Ta mère. Elle a dit que Theo voulait autre chose, pour le lycée, mais j'ai oublié quoi.

Raoul acquiesce d'un signe de tête et sa femme se précipite dans la direction qu'il lui a indiquée.

– Venez au commissariat, demande Paul Henry.

– Je ne peux pas, je suis sur le continent. Dites-moi ce qui se passe. Vous avez trouvé un corps ?

– Je vous dirai ça quand vous viendrez. Ce n'est pas le genre de chose qu'on annonce au téléphone. Demain matin ?

– Bon...

Elle raccroche d'un geste rageur.

– Qu'est-ce que maman t'a répondu ? demande Raoul lorsqu'elle revient.

Trop occupé à faire un sort à son poulet, il ne remarque pas l'agitation de sa femme.

– Sabrina n'était pas chez elle, ment Kayla de nouveau.

– Elle a dû sortir faire ses courses pour le dîner.

Le commissariat n'a pas échappé non plus aux décorations de Noël. Des guirlandes brillent sur les bureaux, aux fenêtres. L'agent derrière son comptoir porte un bonnet rouge et blanc. Apercevant Kayla, il décroche aussitôt son téléphone. Paul Henry émerge quelques secondes plus tard. À la surprise de la jeune femme, il la prend par la main, l'embrasse sur la joue. Elle qui n'a pas fermé l'œil de la nuit... Elle est restée les yeux ouverts à côté de Raoul qui dormait à poings fermés ; elle a eu le temps d'imaginer tous les scénarios possibles mais, curieusement, elle est presque contente. Sans doute parce que la solution va enfin se faire jour. Quelle qu'elle soit.

Elle suit Paul Henry à travers le couloir obscur, jusque dans son bureau ; il s'assied derrière une table en forme de haricot et sa visiteuse se laisse tomber dans un fauteuil recouvert de tapisserie. Il ouvre un dossier bistre, se met à lire, tandis qu'elle examine distraitement les photos dans leurs cadres qu'il a dressées devant lui – sa femme Carla, leurs enfants, un petit-fils. Puis elle contemple les mains du policier, son alliance en or. Raoul n'a jamais porté d'alliance de peur de se blesser sur un chantier ; il conserve la sienne dans une petite boîte blanche, parmi ses chaussettes. Un simple anneau d'or à l'intérieur duquel il a fait graver le nom de Kayla et la date de leur mariage, le 1er juin 1981.

Le cœur battant, elle regarde maintenant Paul Henry.

– Tout d'abord, commence-t-il, je dois vous avertir que j'ai téléphoné hier à la fille de Mme Riley. Elle m'a raccroché au nez et je n'ai plus réussi à la joindre depuis.

– D'accord, répond-elle sans trop savoir pourquoi.

Paul Henry prend un petit carnet sur lequel il semble copier quelques lignes tirées de son dossier. Puis il glisse une feuille sur le bureau, en direction de sa visiteuse. Comme devant un médecin en train de rédiger le diagnostic d'un cancer en phase terminale, Kayla préfère ne pas savoir.

– Vous pourriez me dire ce qui se passe ? insiste-t-elle à contrecœur.

Il repose son stylo.

– Mme Riley habite Martha's Vineyard.

– Martha's Vineyard ?

– C'est l'inspecteur Simpson qui était chargé de la recherche de personnes disparues et il a obtenu d'importantes informations du cabinet de Valerie Gluckstern.

– Quel genre d'information ?

– Au sujet des avoirs de Mme Riley. Au début, John Gluckstern nous a raconté comment sa femme avait convaincu Mme Riley de récupérer ses biens à la banque de Nantucket pour les confier à un agent de change londonien.

– À Londres ! répète Kayla.

– Nous avons fini par le repérer et il a refusé de répondre à nos questions, alors nous nous sommes adressés à ses supérieurs et avons fini par découvrir que la banque envoyait l'argent de Mme Riley à une adresse de Martha's Vineyard le premier de chaque mois… depuis septembre.

– Vous plaisantez ! Val était au courant ? Elle a toujours su qu'Antoinette était vivante ?

– Je me suis donné la peine de lui téléphoner en personne parce que je ne pouvais pas le croire. Elle nous a répondu qu'elle s'était contentée de mettre Antoinette en contact avec cet agent de change mais qu'elle ne connaissait rien de leurs arrangements.

Comme pour mieux appuyer ses effets, Paul Henry passe la main dans ses cheveux en brosse avant de continuer :

– Si par hasard elle était au courant depuis le début, nous pourrions l'accuser de faux témoignage. L'inspecteur Simpson est persuadé que c'est ce qui s'est passé, moi pas. Notre commissariat n'est pas équipé pour traiter de grosses affaires. En tout cas, je suis content que Mme Riley soit vivante.

Kayla regarde le papier.

– C'est l'adresse d'Antoinette ?

– En principe.

– Que voulez-vous que j'en fasse ?

– Ce qui vous plaira. Allez la voir. Ou non. Je pense que l'inspecteur Simpson préférerait que vous lui fournissiez une identification en bonne et due forme, afin qu'il puisse clore le dossier.

Paul Henry rougit, mais il poursuit néanmoins :

– Il s'est montré terriblement cavalier avec vous. Croyez que j'en suis navré, Kayla.

– Ce n'est rien à côté de Val, murmure-t-elle. Je n'en suis pas revenue.

– Encore une fois, je suis navré de ce qui s'est passé. Je n'aime pas voir d'honnêtes citoyens maltraités comme vous l'avez été, avec Raoul, et aussi votre fils.

Kayla fourre le papier dans son sac.

– D'accord, dit-elle.

Elle sait que Paul Henry guette un geste d'absolution mais elle ne tient pas à lui donner satisfaction. Elle n'a qu'une envie, sortir de là au plus vite.

– Merci.

En rentrant à la maison, elle s'arrête pour acheter de la bière et un billet de loterie. Antoinette vit sur Martha's Vineyard. Derrière son volant, Kayla ne peut s'empêcher d'éclater de rire.

Elle s'arrête dans un bar et se commande deux bières qu'elle boit avec son déjeuner : un sandwich au fromage et huit pommes chips. *Valerie a toujours su.* Dans l'esprit de Kayla, cela ne fait aucun doute. Elle gratte son billet de l'ongle. Rien. Elle a découvert d'innombrables billets grattés dans la chambre de Theo. Il les achetait chez le caviste, à *l'Islander,* à l'époque où il y traînait avec ses copains. Quand c'était encore un jeune homme ordinaire. Le mot qui lui vient à l'esprit est *outrageux.* Parce que le cœur du mot est rage. Antoinette est vivante. *Dans cette île de Martha's Vineyard.* Et Valerie savait. Maintenant, tout devient clair. Val a voulu faire croire qu'Antoinette s'était noyée afin que personne ne songe plus à la chercher, mais elle savait que Kayla ne risquait pas grand-chose puisqu'on ne découvrirait jamais de corps. Kayla était partie au moins une demi-heure pour aller avertir la police, ce qui laissait largement le temps à Antoinette de sortir de l'eau et de s'enfuir. Sans doute avait-elle laissé sa bicyclette quelque part dans les parages, sans doute était-elle allée se réfugier chez Val avant de prendre le ferry pour Martha's Vineyard qui grouillerait de touristes le jour du Labor Day. À moins qu'Antoinette n'ait pris un bateau à moteur ; elle savait s'en servir – Kayla en avait eu la preuve au cours de leur excursion à Tuckernuck avec Theo, quand il était petit. Une fois là-bas, elle était à l'abri. C'était le meilleur endroit où elle pouvait se cacher. Trop proche, trop évident pour qu'on songe seulement à aller y voir.

Mais pourquoi, Antoinette ? Pourquoi s'enfuir ?

Kayla veut en avoir le cœur net.

Les enfants à l'école, Raoul occupé par son gigantesque chantier, Kayla n'a aucun mal à s'éclipser dès le lendemain matin. Il y a justement un ferry pour Martha's Vineyard, qui revient dans l'autre sens en fin d'après-midi. À part Kayla, ils ne sont que deux autres passagers. Elle s'installe derrière un hublot et, le temps de la traversée, se met à inventorier les dégâts causés par la fuite d'Antoinette – le cœur de Theo, pour commencer ; ensuite, la réputation de Kayla ; le couple de Kayla et de Raoul ; l'amitié de Kayla et de Val ; le chantier Ting. Si jamais elle retrouve Antoinette sur Martha's Vineyard, que pourra-t-elle lui dire ? Une seule chose : *Tu as tout gâché*. Excessif.

L'île de Martha's Vineyard est beaucoup plus grande que Nantucket et compte sept villes là où Nantucket n'en compte qu'une. Dans Vineyard Haven, cependant, on retrouve la même atmosphère tranquille qu'à Nantucket en hiver. À sa descente de bateau, Kayla trouve une rangée de taxis et leurs chauffeurs rassemblés autour d'un café chaud. L'un d'eux se détache du groupe pour venir trouver la cliente qui l'attend devant la première voiture.

– Où est-ce qu'on vous emmène ? demande-t-il.

– Je ne suis pas sûre.

Le papier indique : *52, Painted Rock Road, entre Chilmark et Aquinnah.* Elle le tend au chauffeur.

Il paraît étonné :

– Je connais Chilmark et Aquinnah, indique-t-il, mais jamais entendu parler de Painted Rock Road. Vous êtes sûre que c'est ce nom-là ?

– Non, il s'agit seulement d'une adresse qu'on m'a donnée. J'ai une... une amie qui habite là.

– Ça fait vingt-six ans que je vis ici et quatorze ans que je fais le taxi, mais je n'ai jamais entendu parler de Painted Rock Road.

C'est bien du Antoinette, se dit Kayla. Déjà, elle déroutait tous les taxis sur Nantucket. Même avec l'adresse, ils ne trouvaient pas sa maison.

– Vous pouvez m'emmener là-bas ? insiste-t-elle. Vous me laisserez sur place et je chercherai moi-même.

– Si vous voulez. On va y faire un tour.

Ils quittent la ville et le chauffeur, un certain Eddie à en croire son badge, annonce dans sa radio qu'il s'aventure à l'intérieur des terres. Kayla regarde le paysage, les prairies, les champs, la forêt de pins. Le jour s'annonce assez beau, parfois même ensoleillé

Au bout d'un certain temps, ils passent devant un panneau où l'on a peint à la main : CHOCOLATS CHILMARK.

– Alors, on est ici à Chilmark ? demande-t-elle.

– Ouais, dit Eddie.

– À partir de maintenant, je vais lire tous les panneaux.

– S'il y en a un qui indique Painted Rock Road, je ne l'ai jamais vu.

– Ah...

Eddie reprend son micro :

– Hé, les gars, quelqu'un a déjà entendu parler de Painted Rock Road ?

Grésillements.

– Hé, Norm, tu es là ? Carrie, ma poule ?

Voix de femme :

– Je suis là, Eddie. Mais je n'ai pas la réponse.

Autres grésillements.

Kayla regarde passer les boîtes à lettres. Eddie conduit trop vite à son goût.

– Vous ne pourriez pas ralentir un peu ?

Une voix d'homme retentit dans la radio :

– Painted Rock Road coupe la route sur la gauche, Eddie. Deux virages avant Kaiser Place.

– Tu plaisantes ! Il n'y a pas une maison dans le coin. Pas un panneau.

– Non, pas de panneau ni de pancarte. Juste un rocher avec une marque de peinture bleue. Tu n'as dû jamais faire attention. Mais si tu descends là-bas, tu trouveras une maison. Je le sais parce que j'y ai déposé la femme qui y habite il y a une semaine.

La femme qui y habite.

– Merci pour le tuyau, répond Eddie.

Il se retourne vers Kayla :

– On en apprend tous les jours.

Sa passagère a la gorge trop serrée pour pouvoir lui répondre.

En peu de temps, Eddie tombe effectivement sur le rocher à la trace de peinture bleue.

– Pas possible ! marmonne-t-il. On y est !

Kayla cherche de l'argent dans son sac.

– Vous n'avez qu'à me laisser là. Je continuerai à pied. Pour tout vous dire, j'aimerais fumer une petite cigarette avant d'arriver.

Le chauffeur se gare au bord de la route.

– Pas de problème. Ça vous fera quinze dollars.

Elle lui tend un billet de vingt et lui dit de garder la monnaie.

– Joyeux Noël, à vous et à votre amie ! lance Eddie.

Le soleil brille mais il fait très froid. Kayla a enfilé un jean, un pull à col roulé et une veste de velours côtelé noire.

Painted Rock Road est un simple chemin de terre bordé d'arbres épais. Tout à fait le même genre de paysage qu'à Nantucket. Elle voit des empreintes de pas sur la terre et se demande si ce sont celles d'Antoinette. À moins qu'il ne s'agisse de celles d'une autre femme. Elle les suit et débouche dans une clairière où se dresse une petite maison de plain-pied, longue et étroite comme un wagon de train. Bardeaux de cèdre, volets vert sapin, bac à fleurs vides. Une cheminée de stuc crache une légère fumée.

On dirait que quelqu'un s'est fait un bon feu.

Kayla marche sur le gravier qui crisse sous ses pas. Elle pense à la cabane d'Hansel et Gretel ou à celle de Boucles d'Or. Un corbeau malfaisant s'envole du toit. Kayla frappe trois fois à la porte d'entrée. Gentiment. Pas de réponse.

Elle frappe de nouveau, cette fois avec plus d'agressivité. Elle se demande si on ne l'a pas déjà vue derrière les rideaux.

Toujours pas de réponse.

Elle fait le tour de la maison, s'arrête dans le jardin. Elle s'inquiète en découvrant que, de l'autre côté, s'ouvrent de larges baies vitrées. Il lui est tellement facile de voir à l'intérieur – les beaux placards de merisier dans la cuisine, les tabourets de bar ; sur l'un s'ouvre encore un exemplaire de *L'Œil le plus bleu*. Un petit arbre de Noël scintille sur le comptoir. À côté de la cuisine s'étend un séjour équipé d'une immense cheminée et, dans un canapé, Kayla n'a aucun mal à reconnaître Antoinette, profondément endormie.

Enceinte.

Kayla retient son souffle. Elle devrait partir. Immédiatement. Donner sa réponse à l'inspecteur : *Oui, c'était Antoinette. Affaire classée.* Mais Kayla ne peut s'empêcher de se rapprocher des portes-fenêtres, d'appuyer le front contre la vitre pour s'assurer qu'elle ne s'est pas trompée.

Étendue sur le côté, les mains posées sur son ventre rebondi, Antoinette porte une chemise blanche plissée. Antoinette en blanc… comme c'est curieux ! Ses cheveux s'éparpillent sur le coussin, autour de son visage paisible.

Kayla ne parvient pas à détacher les yeux de ce spectacle. Elle n'a pas oublié l'épuisement de ses propres grossesses, cette sensation de pesanteur. À tout hasard, elle essaie la poignée de la porte coulissante. C'est ouvert. Elle entre sur la pointe des pieds, se dirige vers le canapé, écoute un instant le souffle de la dormeuse, si près qu'elle pourrait lui toucher le front de son front. Ainsi la voilà, après tous ces mois d'angoisse et d'interrogations. *Tu t'es enfuie. Tu as tout gâché.* Cependant, en contemplant son ventre, elle se radoucit. Après tout, Antoinette a gardé le bébé.

D'un seul coup, sans prévenir, les yeux d'Antoinette s'ouvrent et elle regarde Kayla. Celle-ci lui sourit.

– Salut, ma belle !

Une expression sidérée marque d'abord le visage d'Antoinette.

– Tu... tu m'as trouvée ?

– On dirait.

Antoinette cligne des yeux sans paraître comprendre.

– On dirait, répète-t-elle comme pour mieux assimiler les mots.

Elle pose la main sur le canapé, comme si elle voulait se lever.

– Ne bouge pas, reprend Kayla. Je vais m'en aller.

– Tu as une arme ?

– Une arme ?

– Tu ne veux pas me tuer ?

Kayla se met à rire.

– Si, au fond. Mais je ne veux pas tuer celui que tu portes en toi.

Antoinette se détend, se frotte le ventre.

– C'est une fille.

Kayla ne peut retenir ses larmes.

– Une fille ?

Elle se met à pleurer et ne parvient plus à réprimer le flot d'émotions qui la submerge.

Toutes ces choses que l'argent ne peut pas acheter – un mariage heureux, de bons enfants, des amis sincères – semblent flotter autour de sa tête comme des flocons. Il fut un temps où elle croyait posséder tout cela mais, maintenant, c'en est fini, remplacé par cette nouvelle. Un bébé, quand même. Une petite-fille. Kayla essuie ses larmes du dos de la main et pousse un profond soupir mais, lorsqu'elle se retourne vers Antoinette, elle éclate en sanglots.

– Pourquoi est-ce que tu… et Val… elle ne m'a pas dit… elle m'a accusée…

– Je lui avais demandé sa parole. Je lui ai fait jurer.

– Mais nous devions échanger nos secrets toutes les trois. Vous ne deviez pas en avoir pour moi !

– Nous voulions te protéger.

– Moi ?

– Et Theo. Il ne doit pas être au courant. Ça ne risquerait que de le ramener vers moi. Il faut qu'il vive sa vie. Tu sais que j'ai raison. Je t'en prie, promets de ne rien lui dire !

– Il a le cœur brisé.

– Moi aussi. Au moins peut-il se dire que tout est ma faute ; c'est vrai, je suis responsable de tout. Je vais m'en vouloir toute ma vie.

– Bien.

Jacob Anderson le lui a dit, un jour : il n'y a rien de pire que le remords pour vous gâcher la vie. Et Antoinette mérite de se mordre les doigts jusqu'à la fin de ses jours.

– Tu as fait du mal à beaucoup de gens. À commencer par moi.

– Je sais, Kayla, je suis désolée.

Kayla fourre les mains dans les poches de son jean. Toutes deux se regardent encore un long moment. Kayla n'a jamais compris cette femme mais, jusqu'à la fin de l'été, elle l'a aimée sincèrement, sans se poser de questions. Qui Antoinette voit-elle en elle en ce moment ? Une épouse ? Une mère ? Une amie ?

– Il faut que je prévienne Theo, murmure-t-elle. Il est impossible que je le lui cache.

– Surtout pas ! Il a le droit de profiter d'une deuxième chance – de rencontrer l'amour, de fonder une famille. Quand il sera plus grand.

– Oui, mais…

– Kayla ! Il y a vingt ans, nous nous sommes promis de garder précieusement les secrets des autres. Cette promesse est encore plus vieille que Theo lui-même.

– Il finira bien par le découvrir, tu sais.

– Plus tard, d'accord. Promets-moi qu'il ne l'apprendra pas de ta bouche.

Kayla hoche la tête et les larmes lui coulent le long des joues.

– Tu l'élèveras bien ? reprend-elle. Notre petite-fille ?

– Je te le promets. C'est ma seconde chance à moi. Voilà longtemps que je l'attendais.

– Je ne savais pas que tu voulais une seconde chance.

– C'était ma confession. Je veux une seconde chance. Je t'en prie !

Kayla ne sait plus que répondre et comprend qu'elle ne le saura jamais.

– Joyeux Noël ! dit-elle.

Elle retourne vers la porte et repart dans la lumière fraîche et ensoleillée de cette journée de décembre. Quand elle se retourne, les yeux d'Antoinette se sont refermés ; elle la regarde respirer de plus en plus régulièrement, sa poitrine s'élevant et retombant au rythme des vagues de l'océan.

Kayla marche jusqu'à la ville de Vineyard Haven. Plusieurs voitures s'arrêtent pour lui proposer de la déposer mais elle refuse. Elle est dans une sorte de transe et ne cesse de se rejouer sa conversation avec Antoinette, de repasser par les sentiments contradictoires qui l'ont traversée, d'abord sa colère, puis son étonnement et ses remords. Mais tout ceci s'estompe vite au profit d'une extraordinaire sensation de liberté. C'est fini. Terminé. Sans mort de part et d'autre, au contraire. Une nouvelle vie va venir. La vie de sa petite-fille qui constituera le dernier secret de la Nuit des Sirènes ; sans doute l'empêchera-t-il de jamais revoir Val ou Antoinette si elle les croise de nouveau dans sa vie. Le secret le plus lourd à préserver.

Pardonne-moi, Theo. Parce que je suis mère, moi aussi, je comprends.

En attendant le ferry pour Nantucket, elle pense à la fillette qui va bientôt voir le jour, une petite fille liée à la vie de Kayla, à son mari, à son fils, à sa meilleure amie. Il ne reste à Kayla qu'à espérer qu'Antoinette l'éduquera bien, lui donnera la force, la sagesse et la sincérité de sa grand-mère. Peut-être un jour Antoinette lui racontera-t-elle l'histoire des Nuits des Sirènes, de ces trois femmes qui ont partagé des secrets impossibles à confier à quiconque. Peut-être, lorsque la petite fille aura grandi, trouvera-t-elle aussi des amies avec qui partager ses secrets. L'amitié entre femmes est un défi. Mais, lorsque cette amitié est solide, elle irradie une force sacrée.

La tête chargée de souvenirs, Kayla grimpe dans le bateau, prête à rentrer chez elle.

Remerciements

Ma profonde gratitude à :

Mon agent, Michael Carlisle, mon havre de paix dans le monde chaotique de l'édition new-yorkaise, et à Jennifer Weis, mon éditrice de St. Martin's Press.

Jeff Allen, membre des pompiers de Nantucket, pour sa description détaillée du sauvetage en mer.

Aux femmes de ma vie qui m'ont enseigné l'amitié. (Vous vous reconnaîtrez.)

Clarissa Porter, pour m'avoir rappelé que je possédais la fibre littéraire même lorsque j'étais plongée jusqu'au cou dans les petits pots de bébé, et à Mimi Beman, de la librairie Mitchell's Book Corner, pour son soutien enthousiaste.

Heather Osteen Thorpe, ma première lectrice, comme toujours.

Ma mère, Sally Hilderbrand, pour mes racines et mes ailes.

Par-dessus tout, merci aux hommes de ma vie, ou devrais-je dire, aux hommes qui sont ma vie : mon mari, Chip Cunningham, et notre rayon de soleil, Maxwell.

Composition : Compo-Méca s.a.r.l.
64990 – Mouguerre

Impression réalisée sur CAMERON par

BRODARD & TAUPIN
GROUPE CPI

La Flèche

pour le compte des Éditions Michel Lafon
en mai 2002

Imprimé en France
ISBN : 2-84098-820-8
N° d'impression : 13257
Dépôt légal : juin 2002
LAF 330